ullstein

DAS BUCH

Frei nach dem Motto »Kein blöder Land in dieser Zeit« fährt Dietmar Wischmeyer mit dem Rasiermesser durch den deutschen Alltag und besucht auf seiner Reise durch das Land der Bekloppten und Bescheuerten den miesen Mitmenschen auf der anderen Seite des Jägerzauns. Liebevoll zeichnet er ein Bild unserer Umwelt, das wir uns so schrecklich gar nicht vorgestellt hatten. Leider, muss man nach der Lektüre zugeben, hat er wieder mal recht.

DER AUTOR

Dietmar Wischmeyer arbeitet seit Ende der Achtziger in der deutschen Humorwirtschaft. Zunächst beim Hörfunk (*FRÜHSTYX RADIO)*, dann auch auf der Bühne und im Fernsehen. Wischmeyer lebt im Landkreis Schaumburg in Niedersachsen.

Von Dietmar Wischmeyer sind in unserem Hause bereits erschienen:

Eine Reise durch das Land der Bekloppten und Bescheuerten
Zweite Reise durch das Land der Bekloppten und Bescheuerten
Das Paradies der Bekloppten und Bescheuerten
Das Schwarzbuch der Bekloppten und Bescheuerten

Dietmar Wischmeyer

Eine Reise durch das Land der Bekloppten und Bescheuerten

Teil 1 & 2

Ullstein

Besuchen Sie uns im Internet:
www.ullstein-taschenbuch.de

Umwelthinweis:
Dieses Buch wurde auf chlor- und säurefreiem Papier gedruckt.

Sonderausgabe im Ullstein Taschenbuch
1. Auflage Dezember 2008

Umschlaggestaltung: HildenDesign, München
(nach einer Vorlage von Tandem Design, Hamburg)
unter Verwendung eines Fotos
Umschlagmotiv: Andreas Münchbach
Alle Fotos im Textteil von Dietmar Wischmeyer,
Nora Köhler und FSR
Satz und Lithos: LVD GmbH, Berlin
Druck und Bindearbeiten: Clausen & Bosse, Leck
Printed in Germany
ISBN 978-3-548-37254-9

TEIL 1

Inhalt

MITTEN IM RESERVAT DER BEKLOPPTEN UND BESCHEUERTEN

Häßliches Land

Schon seit langem warte ich darauf, daß Sightseeing-Busse für ausländische Touristen vollgekotzt in die Depots zurückgebracht werden, daß Bürger aus ästhetischen Gründen dieser Republik auf ewig den Rücken kehren. Machen wir uns doch nichts vor: Deutschland ist kackenhäßlich. Wohin man schaut, möchte man am liebsten lang in die Landschaft brechen. Gleichförmiger Siedlungsbrei frißt sich mit seinen Knack- und Backhütten in die Feldmark, Hochregal-Auslieferungslager locken LKW-Kolonnen in den fernsten Winkel der Provinz. Umgekehrt proportional zur schwindenden wirtschaftlichen Bedeutung dieser Lahmarschrepublik klekkern die Bürgermeister Gewerbegebiete in die Flora, eins widerwärtiger und leerstehender als das andere. Dazwischen siedelt die Konsumzecke in seinem Futterhäuschen fürs Fernsehen und ungestörtes Vögeln. Mit der Wasserwaage hat er die Stiefmütterchen in die Krume gesteckt, mit dem Senkblei die Krüppelkonifere am Plattenweg ausgerichtet. Der ganze Vorgartenscheiß sieht aus wie eine Gartensimulation auf einem 64er Commodore PC aus den frühen Achtzigern. Des Deutschen Königsweg in die häßliche Aufbereitung seiner Gaue ist die Parzellierung. Zuoberst werden Wohn-, Gewerbe- und Einkaufsgebiete abgesteckt. Darin darf man nur das tun, was vorne dran steht, damit keine Abwechslung entsteht. So geschult, parzelliert der Blödian natürlich lustig weiter auf der eigenen Parzelle. Da gibt's die Sonderzonen für Blümchen, für Autos, für Hundekacke, für Kinder und die Wäscheleine – alles durch Betonkantsteine voneinander getrennt. Denn am meisten Angst hat der parzellierwütige Deutsche vor dem Übergangsbereich, jener schwul-südländischen Geisteshaltung, in der beispielsweise Rasen und Verbundpflaster allmählich ineinander übergehen oder das eigene Grundstück nicht durch einen antikommunikativen Schutzwall abgeschottet wird. Einher geht mit dem Drang zur Parzelle beim hiesigen Knallkopp die deutscheste aller Paradiesvorstellungen:

Alles hat seine Ordnung. Das Auto steht auf der rotgefärbten Betonplatte und nicht etwa auf dem Rasen, und der Löwenzahn wächst schön brav im zugewiesenen Gartenbiotop. Traut er sich über die Betonkante: Kopp ab! Und genau das ist das tiefe Geheimnis der Häßlichkeit in diesem Land: Alles ist an seinem Platz und strahlt eine ekelerregende Nettigkeit aus. Hinzu kommt natürlich noch die geradezu unfaßbare Dämlichkeit hiesiger Bauherren: Wie mit der Streusandbüchse werden Fensteröffnungen wild auf der Fassade verteilt, burmesische Pagodenpforten aus friesischem Klinker gemauert und der hellblaue Dachstein auf den Krüppelwalm geknallt. Menschen dieser Welt, schaut auf das deutsche Eigenheim, und ihr wißt, wieviel Scheiße in den Köpfen seiner Bewohner rumliegt.

Pikant gewürzt wird die gemauerte Kotze durch die Kreationen der Verbrauchermarkt-Aufsteller. Fernab jeder landschaftlich geprägten Architektur ballern sie die überall gleichen Flachbunker in die Dorfkerne und malen sie gelbrot an. Warum erbarmt sich eigentlich keine unterbeschäftigte terroristische Vereinigung dieser wegsprengenswerten Gebilde?

Ich beantrage hiermit bei der UNESCO, 95% aller Gebäude in Deutschland mit einer Kennzeichnung zu versehen, die sie ausdrücklich im Falle eines Krieges für die Bombardierung freigibt.

Altes Fachwerkhaus – schön renoviert.

»RUHE! HIER BRÜTEN ANGESTELLTE.«

Anwohner

Der Mensch als Arschloch ist das Wesen mit den tausend Gesichtern, eines der neuesten ist das des Anwohners. Der Anwohner ist eine saturierte Mittelstandskrampe, die sich vorzugsweise und voller Niedertracht in der Einflugschneise eines internationalen Flughafens ansiedelt, um per Oberlandesgerichtsentscheid in der Mittagspause den kompletten Flugverkehr lahmzulegen. Gerne nörgelt er auch an einer Sondermülldeponie neben seinem Eigenheim-Soweto herum, wo sich doch kaum ein geeigneterer Standort vorstellen ließe. Jeglichen Kraftverkehr im Umkreis

MENSCHEN

Warum leben eigentlich so viele Menschen auf der Erde? Wäre die Hälfte nicht auch genug, oder sagen wir 200? Mehr kennt man ja sowieso nicht. Was wollen die ganzen Fremden hier auf diesem Planeten, hier wo sie keiner kennt?

Kassowarth von Sondermühlen

einer Meile seiner altdeutsch verschandelten Wohnhölle möchte er auf 30 km/h herunterkastrieren. Die damit auch für ihn verlorene Zeit holt er allemal wieder raus, wenn er mit seinem Siebener BMW auf der Schnellstraße durch die Prolo-Vorstadt rast. Der Anwohner, noch mehr sein Weibchen, die Anwohnerella, ist ein hypersensibles Wesen, das am liebsten ein Leichentuch der Stille über die Welt decken möchte. Sein höchstes Plaisir ist drum auch das Verhindern von Rock-Konzerten. In einer ekelerregenden Pervertierung des Bürgerinitiative-Gedankens schließt er sich mit einer Handvoll anderen Mittelstands-Blödis zusammen und verleidet 60 000 anderen einen harmlosen Spaß. Die Hauptstadt des Anwohners ist München, hier hat er es innerhalb eines Jahres geschafft, die Biergarten-Kultur auf ein niedliches Kindergeburtstagsniveau runterzufahren. Sein Ziel ist es, in jeder Stadt das pulsierende Leben zu vernichten, so lange, bis alle Menschen zu ebensolchen Erzlangweilern mutiert sind wie er und seine lahme Trulla. Aber nicht genug damit, Deutschland zu zerstören, nein neuerdings schlägt der Anwohner auch im Ausland zu. Der Neger im Nebenzimmer, die lustige Schlagbohrmaschine im Frühstücksraum – alles kann Gegenstand einer einklagbaren Wertminderung sein. In wenigen Jahren werden diese Botschafter des schalen Geschmacks die ganze Welt mit den Viren der muffigen Mittelstandsgemütlichkeit infiziert haben, New York wird Bad Harzburg, und zwischen 13 und 15 Uhr läßt der Serbe die Flinte ruhen. Das Lebenscredo des Anwohners ist die inselhafte Scheinordnung in einem Meer des Chaos und des Unfriedens. Nicht der Weltkrieg macht ihm angst, sondern der Glascontainer vor seinem Haus. So liegen denn auch seine bescheidenen Freuden nicht darin, das Leben in seinen Widersprüchen in sich aufzusaugen, sondern seinen blöden Rotwein richtig zu temperieren und sich die naturbelassenen Einlegesohlen in die Halbschuhe zu stopfen. Man kann nur froh sein, daß in unserer Gesellschaft die Ausübung des GV in der Öffentlichkeit nicht gestattet ist, damit man sich dieses vernunftmäßige Tempo-30-Geruckel außerhalb der Ruhezeiten nicht mit ansehen muß.

WERBEATTENTATE AUF BÄCKEREIEN

Im Namen des Brotes

Ach so, Sie meinen den »Kosakenschniepel«, weist mich die Brotfachverkäuferin zurecht. Was von mir als das »kleine graue Mischbrot dort« bezeichnet wurde, ist also im Werbejargon der Lebensmittelgiftküchen ein »Kosakenschniepel«; was auch immer der braungefärbte Auszugsmehlklumpen mit dem Gemächte eines Angehörigen der zaristischen Waffen-SS gemein haben mag. Es vergeht kein Tag, an dem man nicht beim Bäcker – Entschuldigung – in der Mehl-Erlebnis-World mit neuen Sprachklonen attackiert wird. Das schlichte Graubrot wird Country-Stuten, Brötchen mit drangeklebten Roggenkörnern heißen Jogger-Baguettes, und die mit Preßluft aufgepumpten Gummilaiber firmieren als altfränkischer Hüttenknubbel im Regal der mehligen Giftküche. Je weniger drin ist, desto mehr steht drauf. Kaum ein Bäckersgesell, der nicht mindestens zwanzig pseudoverschiedene Brötchensorten aufgebahrt hat, um der tranigen Kundschaft am frühen Morgen Vielfalt im Einerlei seines Pappfraßes vorzugaukeln. Kaum ein Supermarkt, der nicht damit wirbt, bei ihm würden alle 20 Minuten frische Brötchen gebacken. Na klar, nach 5 Minuten schmecken die faden Klumpen ja auch schon so, als seien sie vier Wochen bei Dschingis-Khan unterm Pferdesattel plangeritten worden.

Während im Orkus der Backstube Freund Zwischenwirt aus gefrorenen Halbfertig-Rohlingen mit Hilfe der Chemokeule einen Brotunculus erschafft, liegen vorne im Laden knusprige Bauernkanten und delikate Fitneßstuten auf angestrahlten Strohballen oder rustikal geflämmtem Fichtenbrett. Längst verbirgt sich hinter der tchibohaften Leuchtreklame »Poppendiecks Landbäckerei seit 1752« nichts anderes als das eingetragene Warenzeichen eines weltweit operierenden Nahrungsmultis.

Bis in die allerletzte Dorffiliale drückt der Moloch seinen verkokelten Fraß aus geschmacklich angereicherten Sägespänen. Im Schutze der Nacht schleichen die Brotwagen über Land und liefern die Rohlinge an den Hintertüren der sogenannten Bäckereien ab. Drinnen wirft der übernächtigte Lehrling an den einen Sonnenblumenkerne und veredelt ihn zum Mehrkornbrot, an den anderen eine Handvoll Mehl und verwandelt ihn in das handgeformte »Pizzabaguettevitaljoggingbrötchen von Meisterhand«.

Alles Betrug! Na und? Ist es nicht die gerechte Strafe für die Horde übelgekleideter Zombies, die am frühen Morgen in den Bäckerladen schleichen? Der Mann im lila-grünen Jogginganzug und den Badelatschen und die HB-qualmende Frau im Bademantel – haben sie wirklich etwas anderes verdient? Nein.

Macht nur weiter so, ihr Pseudobäcker und Mehlpanscher – es trifft keinen Falschen. Sie wollen es nicht anders. Und was gibt es Schöneres, als am Wochenende in der plüschigen Versandhausgarnitur zu hocken und sich zum schwiemeligen Frühstyxfernsehen den mehligen Giftmüll reinzumümmeln. Guten Appetit!

»Nein, du Sack, schmier ihn dir in die Haare!«

BLABLABLABLABLABLABLABLABLABLABLA-BLABLABLA…

Das Gefasel

Das Fernsehen ist niveaulos und blöd. Sicherlich. Aber immer noch besser als das Gefasel, das einem Freund Mitmensch ins Ohr hustet. Wie platt und dümmlich das Drehbuch einer Folge des Bergpfarrers auf Rügen auch immer sein mag, allemal interessanter als die ungeschnittene Nacherzählversion des Arbeitskollegen am anderen Morgen in der Firma ist sie bestimmt. Die Hälfte dessen, was die Bekloppten und Bescheuerten für mitteilenswert halten, besteht aus den spannenden Erlebnissen, die sie wieder einmal vor dem Bildschirm hatten. Die andere Hälfte sind pointenlose Anekdoten aus dem Heldenleben einer Arschgeige: »Weißt du, was mir heute auf der Straße passiert ist?« Ein außerirdischer Rottweiler hat dich von hinten gepoppt? Nein? Ach so. Was denn? »Da is ein Fußgänger bei Rot über die Ampel. Dem hab' ich aber was erzählt.« Toll! Weder der Fußgänger noch ich interessieren sich aber für deine Blödi-Meinung bezüglich der korrekten Verhaltensstrategien im öffentlichen Raum.

Gerne berichtet der Faselkopp auch über seine weitreichenden Kontakte in die Glitzerwelt des Showbusiness. »'nen Freund von mir, der kennt die zweite Frau von Bata Ilic noch aus der Schule.« Ratlos steht man vor diesem immensen Zugewinn an enzyklopädischem Wissen und kann den Eingang der Information nur mit einem erstaunten »Aha« quittieren. Was immer sie uns erzählen, alle diese Nachbarn, Kollegen, Freunde, Ehegatten: Es ist in der Mehrzahl schlecht recherchiert, belanglos, grammatikalisch falsch und zu laut. Jede Baumarktbeilage aus der Tageszeitung enthält mehr Wahrheit als das Geblubber des Anrainermenschen. Warum aber setzt sie sich endlos fort, die schlammige Flut des Geseires und Gefasels. Warum hören Menschen einander überhaupt noch zu? Es ist ein Pakt auf Gegenseitigkeit, der das überflüssig modulierte Ausatmen der Leute am Leben erhält. Wenn ich mir deine Scheiße anhöre, dann mußt du dir auch meine anhören. Und so quietscht und knarzt die Tretmühle der Kommunikation bis in alle Ewigkeit: Mütter erzählen stolz vom sauber abgekniffenen Stuhl ihres Erstgeborenen, Rentner vom stillen Glück des Arbeitslagers für die verwöhnte Jugend und so weiter und so fort. Kein Tag vergeht, an dem nicht aus Treppenhäusern und Fluren der Kommunikationsmüll quillt, zu nichts weiter nutze, als den Beteiligten das Gefühl zu geben, sie leben noch. Wenn der Schimpansenpimpf seiner Mama die Zecke aus der Arschbehaarung rupft, so hat das die gleiche soziale Bedeutung wie das Gefasel des Wohnungsnachbarn über die letzte Max-Schautzer-Sendung. Nur mit dem Unterschied, daß die Schimpansenmama den geldwerten Vorteil der entfernten Zecke zusätzlich zur sozialen Komponente erhält, der Observationsbericht aus der Welt der dümmlichen Fernsehunterhaltung hingegen keinen Vorteil birgt. So laßt uns doch endlich aufhören mit dem Gelaber und zugeben, daß wir nichts Erzählenswertes je erleben und unsere Meinung der allerletzte unfundierte Blödsinn ist, der keinen interessiert. Statt des Gefasels kehrt wieder Ruhe ein in den Stuben und Fluren: Nachbarn schneiden sich gegenseitig die Fußnägel, Ehepaare kraulen sich den Rücken, und Arbeitskollegen bürsten liebevoll die Schuppenflechte vom Anzug des Vordermanns. Und siehe da, wenn jemand dann seine Stimme erhebt, hat er tatsächlich etwas zu sagen, und alle hören wieder zu.

KATZE VERFÜHREN

Wer von uns möchte nicht mal die Katze vom Nachbarn verführen. Aber ist das auch richtig? Denken wir dabei auch an die Katze oder wieder einmal nur an uns selbst. Tragen Sie diesen Gedanken eine Weile in ihrem Herzen.

Kassowarth von Sondermühlen

OBI ET ORBI, SPRIRITUS SANCTUS UND NE DOSE PINSELREINIGER

Baumärkte

Draußen vor den Toren der Stadt liegen sie wie grellbunte Raumschiffe in der Mittagssonne und brüllen uns mit widerwärtigen Neonreklamen an: Baumärkte: Tempel einer okkulten Sekte, die die Spanplatte verehrt und den Dübel anbetet. Zum lauten Wummern der Kabeltrommel strömen sie in ihre gottlosen Kultstätten, fingern vernickelte 6-mm-Linsenkopfschraubbolzen aus den Bundesladen und spannen vor erwartungsfroher Gier den eigenen Piephahn in das willige Bohrfutter eines niedlichen Akkuschraubers.

Draußen an den Tingplätzen der Bekloppten und Bescheuerten stehen die Menhire der Heimwerkerära: Aluleitern zum Aufklappen, Ausziehen, Befingern und Begrapschen. Unterwasserpumpen blubbern brackige Brühe in imaginäre Folienteiche, Schubkarrenmulden türmen sich wie Panzer gemordeter Riesenschildkröten vor dem Eingang des Labyrinths. Irgend jemand muß ein koreanisches Containerschiff mit Dreifachsteckdosen überfallen und den ganzen Weichplastikramsch in die Vorhölle des Bastler-Orkus gekippt haben.

Zwischen den Regalen aufgebaut stehen Videomonitore mit den schlechtesten Filmen der Welt: Endlosserien, in denen unsympathische Mittdreißiger rote Plastikkästen über ihren Köpfen schwenken, aus denen angeblich keine Farbe entweicht, oder autobiographische Streifen von Franz Beckenbauer, in denen er mit einem neuen Schlagbohrmaschinenzusatzgerät seine Bayernkrause stutzt. Schmerwanstige Männer schleppen Styroporplatten mit Eichendekorfolie zum Ausgang, um die Freizeit damit zu versauen, den Wert ihrer Wohnung dramatisch zu senken. Frauen kaufen dunkelgrüne Wabbelmasse, die aussieht wie angefaulter Büffelpansen, und dutzendweise Schnittblumenleichen, um damit ihre Wohnstuben in eine teutonische Ikebanahölle zu verwandeln.

Dazwischen strolchen erwachsene Männer in absurden hellorangefarbenen Kitteln, die trotz gleißenden Neonlichts der riesigen Betonhalle die muffige Schwiemeligkeit eines Tuntenballs bei der Staatssicherheit Ende der 50er Jahre verleihen.

Immer wieder erstaunlich, auf welch häßliche Weise man Wasser aus der Wand laufen lassen oder die ehrliche Präsenz einer Glühbirne zerstören kann. Messingbeschlagene Tapirschniepel konkurrieren mit gebürstetem Chromvanadiumstahl in Form und Größe eines wahrhaftigen Shetlandponipimmels um den Platz über der Porzellanmuschel. Doch wer sich in der Sanitärabteilung noch nicht erbrechen mußte, dem bleibt das Lampenrevier: Gelb-bräunliche Oma-Unterhosen stülpen sich über ach so vernünftigen Energiesparleuchten, und tranige Glimmerfunzeln flackern auf schmiedeeisenbewehrten Eichenplanken. Seinem ärgsten Feind würde man nicht wünschen, sein Leben in derartig widerwärtigem Ambiente zu verschleudern. Dennoch: Jeden Sonnabend zieht es Millionen irregeleiteter Gestalten in die Sakralbauten des kollektiven Bastelwahns. Der einzige Trost für die am Rande Stehenden: Auch die gutmütigste Rasenkantenschere läßt ihren Besitzer auf Dauer nicht ungeschoren. Und dort, wo appe Finger bluten, leuchtet – wo sonst nur Schwachsinn herrscht – ein versöhnlich Lichtelein in der Welt.

Willi Deutschmann: »Kabeltrommeln, näh, für neununddreißick Mack, dat is quasi geschenkt.«

WINTERMANÖVER DER TOTALBEKLOPPTEN

Karneval

Für den Deutschen wird das Leben erst richtig schön, wenn es im Verein betrieben wird. Nur die Angst vorm miesen Abschneiden im offenkundigen Schniepelvergleich hält ihn davon ab, auch den ehelichen Akt in einer Horde lustiger Kameraden abzuziehen. Nur beim Witz ist es dem Deutschen gelungen, der Spontaneität ein für allemal das Wasser abzugraben und die Witzleiche endgültig zu beerdigen. Karneval ist der Name des Sarges. Und an drei Tagen im Jahr wird er durch die Gemeinden getragen. Vornehmlich in den Regionen Deutschlands, die sich dadurch auszeichnen, daß ihre Bevölkerung an der Entwicklung der Schriftsprache nicht teilgenommen hat, wird die Lustigkeit im Stahlkorsett vorgeführt. Auf sogenannten Prunksitzungen öden senile Blödiane mit Witzen, die schon Ötzi in der steinzeitlichen Bäckerblume langweilten, einen Haufen noch größerer Volltrottel an, die dafür auch noch Geld bezahlen. Unmengen pubertierender Mädchen in Phantasiereichswehruniformen mit Einblick im Schritt geilen sabbernde Lokalgrößen in der ersten Reihe auf, und debile Barden reimen sich zur Gitarre den Wolf, bis den aufgedonnerten Trullas im Parkett das geplatzte Mieder um die Ohren fliegt. Wem das noch nicht reicht an widerwärtigem Ekelfrohsinn, der kann sich noch den Jeckenumzügen durch die Innenstädte stellen. Ein Lindwurm aus durchgeknallten Obimärkten ringelt sich durch die Straßen. Auf den Wagen stehen dralles Weiberfleisch und verlebte Kommunalpolitikerfresse, genannt Alfons der Viertel vor Zwölfte und seine Prinzessin Vagina die Dritte. Es folgt ein Troß aus quäkenden Schalmeien und paramilitärischen Idioten, die mit Plastikgewehren in der Gegend rumfuchteln. Wenn sie Holz vor der Hütte haben, heißen sie Gonsbach-Lerchen, mit Pferd unterm Arsch Meenzer Kleppergaard. Das könnte ja alles ganz lustig sein, wenn es nicht in der humorlosen Akribie einer Kfz-Hauptuntersuchung beim TÜV ablaufen würde. Damit trotz aller Vorkehrungen auch kein Spaß aufkommt, gibt es zusätzlich zu den Wagen mit den bekloppten Pseudomonarchen auch noch solche, auf denen angebliche Witze in Pappmaché eingefroren sind. Da nagelt ein fünf Meter großer Helmut Kohl ein riesiges Schwein mit der Aufschrift »stabile Leitwährung«, und am Wagenrand steht in mannshohen Lettern: »Ja, dem Kohl, dem Kohl, dem is nich wohl, ei gucke da die Wutz is hohl.« Selbiger Witz wurde von einem Team des Blau-Weiß Hückeswagen in drei Monaten erarbeitet, dann einstimmig vom Vorstand verabschiedet und in 1200 Arbeitsstunden in einen Wagen umgesetzt. Bravo. Alle Achtung. Blau-Weiß Hückeswagen. Wer meint, diese Form von grausamer Witzigkeit ließe sich nicht steigern, dem seien die Karnevalsumzüge in Oldenburg, Vechta oder Hannover empfohlen. In Köln oder Düsseldorf sind die Menschen von der eigenen Dämlichkeit so gefangengenommen, daß sie nichts mehr merken. Bei den erbärmlichen Veranstaltungen in Norddeutschland ahnt hingegen jeder Dorftrottel, daß das, was hier abgezogen wird, nicht im entferntesten an Lustigkeit grenzt, und nur dem wachen Auge des Gesetzes ist es zu verdanken, daß sich die Zuschauer nicht auf der Stelle vor tiefer Verzweiflung an einen Laternenmast knüpfen. Helau und Alaaf.

TEPPICHFLIESE

Die neuen Teppichfliesen sind eingetroffen, las ich 1982 in einem Schaufenster. Ein geradezu überirdisches Glücksgefühl durchströmte meinen Körper. Bis heute konnte ich es mir nicht erklären, doch was geblieben ist, ist die Erinnerung. Geht es uns nicht allen so?

Kassowarth von Sondermühlen

IN DER GOSSE DES DEUTSCHEN FROHSINNS

Nachtrag zum Karneval

Die Hölle auf Erden hat einen Namen: Karneval in Köln. Als Norddeutscher durch widrige Umstände in die frohsinnverseuchte Kloake gespült, schreit und fleht man nach der heiteren Gelassenheit niedersächsischer Beerdigungen, dem gezügelten Amüsement einer Leichenöffnung in Visselhövede, der stillen Würde eines zuckenden Berges gekeulter Mastschweine in Vechta. Denn was an den tollen Tagen in der Hauptstadt der Bekloppten und Bescheuerten geschieht, könnte nicht fremder sein als die Kastrationswochen in Burundi oder der Winterschlußverkauf in Magnitogorsk. Tausende sogenannter Jecken fluten ihre bemalten Zombiehüllen mit obergärigem Schankbier, das rüpelige Urinkellner durch die prallgefüllten Gaststuben schwenken. Da dieses Gebräu außer Harndrang keine körperliche Reaktion hervorruft, muß sich der User anderweitig in Verzückung versetzen. Probates Mittel ist das Grölen dämlicher Absichtsbekundungen wie zum Beispiel: »Mer lasse den Dom in Kölle, denn da jehört er hen«. Was in diesen harmlosen Versen mitschwingt, ist nichts anderes als die nackte Angst, der rechtmäßige Besitzer könnte den Dom wieder abholen. Hätte nicht die preußische Besatzungsmacht im 19. Jahrhundert den Dom nach über 600 Jahren endlich fertiggestellt, die Pappnasenfritzen würden immer noch auf eine Baustelle glotzen. Konrad Adenauer war's, der Preußen zerschlug, um den Dom endgültig für seine Heimatstadt zu sichern. Doch die Angst bleibt, betäubt nur durch die alljährlichen Pseudosaturnalien, bei denen frierende Schnapsleichen durch die Straßen torkeln, in die Kaufhauseingänge urinieren und einander Papierschlangen an die Geschlechtsteile blasen. Kölner Karneval, so grausam kann Fröhlichkeit sein. Lachend geht die Welt zugrunde. Wieviel Wahrheit steckt doch in diesem Satz. Was müssen das für Menschen sein, die stolz in der Fremde erzählen, bei ihnen in Kölle, hurra hurra, da sei man schweinelustig und nicht so ein Haufen grummelnder Selbstmordgefährdeter wie in Norddeutschland. Nun zeugt ja die ständige Bereitschaft zum Selbstmord von einer gewissen realistischen Sicht der Dinge, grundlose Fröhlichkeit hat eo ipso etwas Blödes, Frohsinn als durchgeknallte Wehrsportübung wie in Köln was extrem Unverständliches. Es ist, als würde ein

MITMENSCHEN

Wie oft schlägt man einen
lieben Mitmenschen nieder,
ohne daß man es böse
gemeint hätte. Warum?
Was wollen wir ihm
damit sagen? Ist es nicht
oft einfacher, andere,
die uns nahestehen,
aber nicht gefallen,
beim Finanzamt anzuzeigen?

Kassowarth von Sondermühlen

Kölner, wenn er von den karnevalistischen Vorzügen seiner Stadt berichtet, erzählen, hurra hurra, wir sind so doof, einmal im Jahr können wir's vor Schmerz nicht mehr aushalten, dann müssen wir's in die Welt hinausschreien. Ja, wer hätte da kein Verständnis. Ansonsten hab' ich mir schon immer lieber die Militärparade zum Jahrestag der Oktoberrevolution auf dem Roten Platz angeschaut als den Kölner Karnevalsumzug. Ja, die Sowjets, die hatten wenigstens Humor.

KUNDE, VERPISS DICH!

Deutsche Läden

Zwischen den Regalen schleichen mürrische Mannsweiber herum und bewachen die Ware: Läden in Deutschland. »Nur was da steht«, keift es gelegentlich aus der Warenlagerkommandantin, wenn ein Kunde die Frechheit besaß, sich nach *nicht* aufgebahrtem Mumpitz zu erkundigen. Gefällt der feilgebotene Krempel nicht auf Anhieb, folgt ein harsches »Wird aber sonst gern genommen«.

Nichts geht dem Deutschen derart ab wie normale Freundlichkeit hinterm Thresen. Herrenmenschen bei Banken und Sparkassen behandelten den insolventen Kunden schon immer als kreditunwürdiges Leben. Da will nun auch der Ladenschwengel nicht mehr hintanstehen und hat sich ein paar Formeln zurechtgelegt, um die Kundschaft zu verprellen: »Kann sein, daß wir das mal wieder reinkriegen«, »da müßte ich mal 'ne Kollegin fragen, die ist in anderthalb Jahren wieder hier«. Beliebt ist auch die Abschiebehaft in unbewohnte Regionen des Geschäfts: »Dritter Gang hinter den dreizölligen Muffelösen gleich rechts, Kollege kommt dann dahin.« »Kommt dann dahin« – am Arsch. Ein Haufen verblichener Kundengerippe liegt unordentlich zwischen den Muffelösen herum. Doch nicht immer ist der Laden groß genug, um die Kundschaft in einer Ecke zu verklappen, dann hilft nur noch das bewährte »Kann ich helfen?«, schnarrend vorgebracht wie auf preußischem Kasernenhof. Übersetzt heißt die Formel: »Nimm deine Griffel von den Auslagen, du Drecksau.« Wer da noch die Stirn hat zu sagen: »Nein danke, im Moment nicht«, wird von den Regalkapos so lange mit Blicken durchschossen, bis er gesenkten Hauptes das Geschäft wieder verläßt. Denn nur eins ist dem analfixierten Ladenschwengel wichtig: Er will sich nicht von seiner Ware trennen. Niemand von dem hergelaufenen Geschmeiß dort draußen ist es wert, seine Schätze zu erwerben. Und um den Kundenkontakt möglichst gering zu halten, beharren die kleinen Scheißer in ihren Läden darauf, nur eingeschränkte Öffnungszeiten zuzulassen. Nur dann, wenn alle Kunden keine Zeit haben, wird aufgesperrt, damit sich höchstens ein paar leicht zu demütigende Rentner ins Warenmausoleum verirren. Sind die Ladenkröten schon durch den einfachen Verkauf ihres Krempels völlig überfordert, gibt es zwei Dinge, die sie komplett aus der Bahn werfen: Beratung und Bestellung. Beratung erschöpft sich zumeist in der unschuldig gemeinten Formel: »Hähähä, ich bin auch neu hier.« Oder aber sie überschlägt sich in einer oberlehrerhaften Zurechtweisung, die den Kunden auf den Status eines unwissenden Halbaffen degradiert, nur weil er nicht weiß, daß die linksdrehende Schlingenware besser und damit auch 100mal teurer ist als der toupierte Rattenfilz. Schlimmer noch wird's, kommt man mit einer konkreten Vorstellung vom zu erwerbenden Gegenstand in den Laden, statt sich mit dem angebotenen Restmüll zu bescheiden. »Guten Tag, ich hätte gern einen Rasenmäher mit 4-Takt-Benzinmotor.« Verblüfftes Erstaunen beim Gegner, dann die Antwort: »Da könnte ich ihnen diese 2-Takt-Fräse günstig überlassen.«

»Nur was da steht.«

Der Wunsch des Kunden ist für den deutschen Warenlagerkommandanten der Feind Nummer eins, der vernichtet werden muß, damit der eigene Dreck in dessen Haushalt endgelagert werden kann. Trotz allem: Hoffentlich bleiben die deutschen Läden noch lange bestehen, denn wer weiß, was sich die Heinis sonst einfallen lassen, wenn sie nicht mehr ihren Warenknast zum Spielen haben.

ZU BESUCH IM PÄDAGOGIK-ZIRKUS

Die süßen Kinder

Schon draußen fällt auf, daß in diesem 400qm LBS- oder BHW-Gehege Kinder gezüchtet werden. Das Grundstück ist übersät mit schreibunten Plastikteilen jeglicher Größe, an deren Entsorgung noch 10 weitere Generationen ihren Spaß haben werden. Über der Haustürklingel klebt ein hellgrüner Knetgummiklumpen mit draufgemanschten Teckelkotwürsten: Sven-Jonas, Caroline-Anastasia, Inge und Fritz Willumeit-Znork. Ding Dong. Ein halbmetergroßer Außerirdischer rast von innen gegen die Tür, reißt sie auf und würgt einen Eimer verdauter Klaus-Hipp-Masse auf das Hosenbein des Besuchers. »Hahaha, unser Sven-Jonas kann schon die Tür aufmachen, ist das nicht toll?« Kein Wort über den süßlich riechenden Glibber auf dem Beinkleid. »Komm doch rein, wir sitzen gerade gemütlich beim Abendbrot.« Abendbrot? Zwei in pädagogische Pranger gefesselte Bälger werfen mit Fischstäbchen und spucken Kartoffelbrei durch das Eßzimmer. Auf Mamis Teller steckt ein Matchbox-Auto mit dem Kofferraum im Ketchup, und Papi sieht aus wie Helmut Kohl in Halle. »Setz dich doch!« Ein zotteliger Familienköter springt unter der Eckbank hervor und onaniert das Hosenbein in die Altkleidersammlung hinein. »Was haltet Ihr denn vom Überfall auf die Sowjetunion, heute vor 54 Jahren«, versuche ich ein harmloses Gespräch anzufangen. »Pipi, Kacka, Pipi, Kacka«, prustet es schon aus dem kleinen Sven-Iwan heraus, und eventuelle antifaschistische Statements des Herrn Papa ersticken im Magensäureregen teilverdauten Kartoffelbreis. Auch Klein Caroline-Anabolika war nicht faul, hat sich aus dem Ikea-Pranger befreit und einen schönen runden Waldorf-Schiß auf den Kokosläufer abgeseilt. »Kacka, Kacka«, kommentiert Sven-Egon sehr richtig und leistet damit zum erstenmal einen korrekten Diskussionsbeitrag. »So, ihr müßt jetzt in die Heia«, hör' ich noch aus dem Mund des Muttertiers, als ein infernalischer Lärm das Blut in den Adern gefrieren läßt. Sowohl der süße Svenni als auch die niedliche Ana haben sich in die besten Tieffliegerimitatoren verwandelt, die ich je gehört habe. Die kleinen Schreigeneratoren scheinen dreiviertel ihrer Nahrungsaufnahme direkt in Dezibel umzusetzen. Haha, denke ich schadenfroh, da wird's aber gleich eins an die Fresse geben. Nichts da. »Wenn Ihr nicht sofort ruhig seid«, kommt es drohend aus dem Muttermund, »dann sperrt der Papi morgen eure Kreditkarten.« Stille! Willenlos lassen sich die juvenilen Verbraucher in ihre Zellen abführen. »So, das hätten wir«, frohlockt Papi, »nur noch ein bißchen Saubermachen und Aufräumen, dann machen wir uns einen gemütlichen Abend.« Während Papi den Kartoffelbrei von der Rauhfaser kratzt und Mami mit KotEx über den Kokosläufer schrubbt, verdrücke ich mich heimlich nach draußen und rase mit meinem Auto in die Notsterilisationsaufnahme des städtischen Krankenhauses.

SCHWULE SAU

Neulich hörte ich einen Nachbarn im Treppenhaus von seinem Sohn berichten: Dieser sei »eine schwule Sau«. Wie kann eine Sau schwul sein? Auch Jugendliche führen oft ein großes Wort und schimpfen über die »Bullenschweine«. Wie schrecklich ist doch solche Rede.

Auch und gerade wenn wir andere beschimpfen oder verleumden, sollten wir auf eine korrekte Sprache achten, denn sonst werden wir unglaubwürdig.

Kassowarth von Sondermühlen

VERWAHRANSTALT FÜR PHANTASIELOSE

Eigenheimlager

Überall sprießen sie aus dem Boden wie warziger Ausschlag der Erdkruste: die Eigenheimsiedlungen am Rande der Stadt. Auf immer kleineren Parzellen versuchen bis zur Organspende verschuldete Kleinfamilien ihre putzigen Starenkästen aufzubauen. Doppelverdienende Kleinverdiener kämpfen verzweifelt mit Schubkarre und Zementfaß gegen die Kostensteigerung im Baugewerbe. An jedem Wochenende werkeln sie an ihren piefigen Hütten und versuchen so, die längst überfällige Scheidung ihrer Ehefassade zumindest bis zur Rohbaufertigstellung hinauszuschieben. Die letzten Groschen werden Oma aus dem Sparstrumpf gestohlen, um sich den Messingdrücker Posthorn an jeder Zimmertür leisten zu können oder auf der winzigen Gästetoilette die Mischbatterie Manhattan aus altdeutschem Platinersatz zu installieren. Und wenn das Museum des kleinbür-

Links: umgepflügter Todesstreifen.

gerlichen Horrors fertig ist, würgt die Gestaltungswut der Bauherren noch eine japanische Teehausfälschung aus dem Heimwerkermarkt in den Garten. Und damit ja nicht die gesellschaftliche Wirklichkeit in Form des nächtlichen Einbrechers in die schwiemelige Gemütlichkeit eindringt, hängt an jedem Maschendraht ein und dasselbe Schild. Gezeigt wird das blödig grinsende Porträt einer genetisch deformierten Hunderasse mit der Überschrift: »Hier wache ich.« Auch wenn sich kein Einbrecher dafür interessieren dürfte, die von Bausparkassen ausgelaugten Loserhütten aufzuknacken, so reizt doch das Schild zumindest dazu, die Haustür zu sprengen, um dem dämlichen Köter die Wumme in den Hals zu schieben. Wenn alle Bekloppten in der Wüstenrot-Gefangenenkolonie ihre Baracke hochgezogen haben, beginnt Stufe zwei des Eigenheimhorrors: Verklagen des Nachbarn wegen feindlicher Übergriffe seines Knöterichs oder zwei Millimeter von der zulässigen Traufhöhe abweichender Dachkonstruktion. Die gegenseitige Zerfleischung der Kolonie ist unvermeidlich, da das Projekt »Eigenheimsiedlung« ungefähr so einleuchtend ist wie »Einsiedler-Kompanie«. Alle hassen einander, weil sie im jeweils anderen die spießige Gewöhnlichkeit des eigenen Lebenstraumes erkennen, aber nicht wahrhaben wollen. Um bewaffnete Auseinandersetzungen im Lager zu verhindern, gibt es nur zwei Möglichkeiten: 1. Turnusmäßig wiederkehrende Sauforgien namens Straßenfeste, auf denen eine behutsame geschlechtliche Durchmischung der Kleinfamilien-Sexkartelle stattfindet. 2. Eine gemeinsame Bürgerinitiative gegen irgend etwas. Z. B. gegen die Durchfahrtstraße, die seit der Römerzeit von den Eingeborenen benutzt wird, nun aber in eine Sackgasse umgewandelt werden soll, damit dem Zugezogenen nicht die Doppelverglasung aus dem Rahmen fällt. Dadurch steigt zwar das Solidaritätsgefühl innerhalb des Baudarlehen-Straflagers, die ganze Siedlung ist in der Gemeinde allerdings so beliebt wie die Schweinepest in Südoldenburg. Das Ende vom Lied: Die Siedlungsheinis stellen einen eigenen Bürgermeisterkandidaten und majorisieren mit ihrer laberigen Argumentationswut die gewachsene Korruption des Gemeinderats. Ergebnis: wieder eine Gemeinde von der klebrigen Anständigkeit der Auto-Bild-Leser und Warentest-Bekloppten erobert. Gute Nacht.

EIN DOOFMANN KANN TAUSEND SCHLAUE ZUM WAHNSINN TREIBEN

Dumme

Dumm fickt gut«, weiß der Volksmund und hat damit den einzigen gesellschaftlichen Vorteil der intellektuellen Minderleistung vollständig beschrieben. Wer jemals außerhalb des Geschlechtsverkehr-Zusammenhangs mit Bekloppten und Bescheuerten zu tun hatte, weiß, daß die Figuren mit der spiegelglatten Großhirnrinde eine wahre Landplage sind. Der Dumme glaubt bedingungslos an sich selbst, was Wunder, er kennt ja auch

DER ALTE SACK

Ein Freischwimmerzeugnis, ein bunter Stein, ein Stück Bindfaden. Was hätte alles werden können aus dem kleinen Hosenmatz.
Ein Olympionike, ein Geologe oder gar ein Scharfrichter. Nachdenklich geworden, lege ich die Sachen wieder behutsam in meine alte Pappschachtel. Warum nur, sage ich zu mir selbst, bin ich nur ein alter Sack. Schade.

Kassowarth von Sondermühlen

niemanden sonst. In unserer Gesellschaft wird die Dummheit am meisten gepäppelt durch die Meinungsumfrage, sie gibt dem Haufen Großhirnscheiße ständig das Gefühl, seine unqualifizierte, reaktionäre Blödmannmeinung sei tatsächlich von Interesse. Als ob das nicht schon schlimm genug wäre, gehen Politik, Radio und Fernsehen noch einen Schritt weiter, sie *richten* sich nach dem abgefragten Dreck. Eine sinnvolle Drogenpolitik kommt nicht zustande, weil das ideelle Gesamtarschloch etwas gegen umsonstes Methadon hat; die Glotze rülpst 24 Stunden am Tag schleimigen Abfall in die Wohnzimmer, weil die Doofen sich das tatsächlich gern angucken beim Eierkratzen. Im Radio läuft nur noch Betäubungslala für frisch operierte Laborratten, weil die Idioten sonst beim Autofahren einen Schreck kriegen. Doofheit hat die totale Herrschaft übernommen. Kein Automodell wird mehr auf den Markt gebracht, ohne vorher bei den Behämmerten nachzufragen, in welcher Knuddelkiste sie denn gerne die Sitze vollfurzen mögen. Jede Zeitung veröffentlicht täglich, was sich Freund Affenhirn denn so alles zur Welt zusammenreimt, ob er Scharpings Brille häßlich findet, ob sich Schäuble mal einen schickeren Rollstuhl besorgen soll und ähnliche weltbewegende Dinge mehr. Der Doofe glaubt fest daran, daß alles seine Richtigkeit hat. – Tschernobyl ist auseinandergeflogen, wer weiß, wofür's gut ist. Hinter allem vermutet er eine geheimnisvolle Schicksalsmacht, da er sich die Welt als Ergebnis gedanklicher Vorarbeit ja auch nicht vorstellen kann. Gern raucht und säuft der Doofmann auch viel, ja, wer weiß, vielleicht gehe ich gar nicht tot, hihihi. Die Gehirntätigkeit bleibt darauf beschränkt, die Körperorgane in ihrer Funktion zu überprüfen: Rastet die Rosette noch ein? Ist der Urinstrahl noch gebündelt? Na bitte, dann ist ja alles prima. Auch im privaten Umgang sind die doofen Torfnasen ein Quell ewiger Freude. Sie können sich nicht vorstellen, daß es ein Leben jenseits ihres Gesichtskreises gibt. Sie reißen Zimmertüren auf und fangen sofort an, laut zu quasseln, weil sie nicht begreifen können, daß hinter der Tür auch schon Leben existierte, bevor sie ihren Organträger durch die Zarge schoben. Ständig unterbrechen sie andere bei ihrem Tun und Schaffen und erzählen Anekdoten aus ihrem vergeigten Leben aus zweiter Hand. Wo gibt es in unserer Gesellschaft einen Minderheitenschutz gegen den Terror der Doofen? Warum müssen wir uns ihre Scheißfernsehshows angucken, ihre fade Fertignahrung ertragen, uns ihre blöden Schicksale am Kiosk reintun, wie lange noch treten die Ärsche auf unsern Nerven rum. Marx und Lenin haben gesiegt: Die totale Diktatur des Proletariats ist erreicht.

KINDLICHER WISSENSDURST, ERWACHSENE SCHADENFREUDE

Lüsterner Blick in Lexika

Der Teutone an sich ist gern brachial, so nennt er auch, was dem Lateiner schlicht ein Lexikon, also ein Wörterbuch, ist: Nachschlagewerk. Von definitorischer Faust niedergestreckt, liegen darin die toten Begriffe aufgebahrt. Zu allem und jedem gibt's was nachzuschlagen. Da ist das Rocklexikon, *hier* das Wörterbuch der Bayerischen Geschlechtskrankheiten. Wem nach universellem Bescheidwissen dürstet, für den hält der Handel Brockhaus und Meyer bereit, bekannt geworden hauptsächlich durch die enzyklopädischen Ratenzahlungen. Bescheidener geht's im Telefonbuch zu, dem Nachschlagewerk des Mittelschülers. Doch ob Hundelexikon, ob Rechtschreib-Duden, der erste Akt am just erstandenen Werk ist bei allen der gleiche. Lüstern blättert der Teutone bis zum Buchstaben »F« und schaut nach – na was wohl –, ob das Wort »Ficken« auch ordnungsgemäß vermerkt wurde. Grinsend liest er laut der Gattin vor, wenn der prüde Duden schreibt: »derb für koitieren«. Nühühahaha, was sind das doch für kleine Schweinchen da unten in Mannheim. Sabbernd stellt sich unser Freund das niedliche Duden-Mäuschen vor, das den Eintrag »Ficken« ins Glossar eintippte. Und nur der jähe Blick auf die dumpfe Gattin bremst die spontane Erektion. Noch finsterer wird's, wenn bei Erscheinen des neuen Örtlichen begierig nach den armen Schweinen gefahndet wird, die ein Leben lang den üblen Namen tragen müssen. Und findet sich kein »Ficker, Komma, Herbert, Birkhuhnweg 8«, den man unbekannterweise hämisch bedauern kann, so wird noch hinter jedem »Eickmeyer« übles Gelichter vermutet, das sich den unteren Strich am großen »E« für viel Geld gekauft haben muß. Selbst das dröge lateinische Taschenwörterbuch entgeht nicht der gründelnden Suche nach dem Zauberwort des wohligen Erschauerns. Doch, ach und weh, was müssen wir da entdecken zwischen »Fichtenwald« und »Fieber«? Nichts! Ein gähnendes Nichts! Langenscheidt, du Verräter! Eilig wird nach dem guten alten Diercke-Atlas gefingert! Wieder nichts! Tote Hose zwischen Fichtelgebirge und Fidschi-Inseln. Das gibt's doch nicht. Irgendwo auf der Welt wird's doch wenigstens ein halbwegs versautes Kaff geben. Gott sei Dank: Fickburg in Südafrika! Im Index schamhaft verschwiegen. Was sagt denn der Brockhaus, die zugeknöpfte Sau. Fichtel und Sachs AG, Fichtennadelextrakt, aha – haha! »Ficken«, mhd., vicken soso, ich ficke, nühühaha, 1. oberdt. fahre hin und her, wie bitte, 2. peitsche, züchtige, nun ja, wenn's paßt, 3. stecke in die Tasche, Blödsinn, 4. habe Geschlechtsverkehr. Na also, warum nicht gleich so. Auf die Standardwerke ist eben noch Verlaß.

In jedem billigen Pornoblatt am Kiosk kann der normale Bekloppte das Wort der Begierde tausendfach für wenig Geld in sich aufsaugen, doch nichts gleicht der Lust, einen »Konrad Ficker« im Telefonbuch entlarvt zu haben oder die zugeknöpften Rechthaber der Dudenredaktion beim Blick in den Schritt zu überraschen. Harmlose Freuden der Menschen.

Drecks-Lexikon:
zu ›Fachwerkhaus‹ ein Bild,
zu ›Ficken‹ natürlich nicht

WAS SICH DER JAPANER ALLES SO AUSDENKT

Autofocus-Kameras

Vor über 150 Jahren wurde die Fotografie erfunden. Hundert Jahre lang blieb sie ein Hobby der Privilegierten und eine handwerkliche Kunst des Spezialisten. Erst nach dem 2. Weltkrieg wurde sie für jeden erschwinglich – der Fotoamateur entstand. Das war jemand, der wußte, in welcher Weise Verschlußzeit, Blende und Filmempfindlichkeit die Qualität eines Bildes beeinflussen – und er hatte Spaß an seinem Wissen und am souveränen Umgang mit der Technik.

Doch der Fotoamateur ist tot, heute knipst der Blödmann. Der Blödmann ist derart entfremdet von der Technik, daß man ihm jeden Dreck verkaufen kann. Z. B. Fotoapparate, bei denen der Film mit einem Motor zurückgespult wird. Das ist fast so sinnvoll wie ein elektrischer Eierkratzer oder ein Popelautomat. Der Blödmann ist der ideale Konsument, seine Hobbys sind natürlich blöd sein und nichts dazulernen und auf dem Sofa liegen und furzen. Beides unabdingbare Voraussetzungen für den Erwerb einer vollautomatischen Autofocuskamera mit integriertem Blitz und Vor- und Zurückwinder. Jedesmal wenn dieser auf seine Grundfunktionen degenerierte Menschdarsteller den Apparat in die Hand nimmt, sagt ihm dieser: »Hallo Blödmann, wie geht's? Ich, der hochintelligente japanoide Fotoautomat, halte dich für dermaßen bescheuert, daß ich nicht glaube, du könntest deinen rechten Daumen fünf Zentimeter nach rechts bewegen, um den Film ein Bild weiterzuspulen. Also nimm die Griffel weg von mir. Ich mach's mir selbst.« Sprach's, und ein leises Motorsirren zeugt vom Vollzug. Seit der Erfindung des opponierbaren Daumens in der Welt des Halbaffen vor Millionen Jahren sind wir Primaten noch nicht so beleidigt worden. Doch der Blödmann merkt es nicht, er hält es für selbstverständlich, von der Apparatewelt zum Volltrottel abgestempelt zu werden. Und so freut er sich, daß sein Kamera-Automat ihm sagt, wie und was er zu knipsen hat. Freut sich, daß sein grottenlangweiliges Familienfest auf dreihundert Bildern für die Ewigkeit festgehalten wurde, seine fette Oma nach dem Dahinscheiden nicht in die verdiente Vergessenheit abdriftet, sondern in Tausenden schlechter Knipsbilder dem Jüngsten Gericht entgegenmodert und daß die Kamera endlich automatisch festhält, wie Papa des

GUTEN MORGEN

Grad war der Zeitungsbote da und rief mir einen »Guten Morgen« entgegen. Dummer Tropf, was weißt denn du vom Leben. Wie kann ein Morgen wohl gut sein, wenn überall auf der Welt junge Teckelwelpen ertränkt werden, weil der Wurf zu groß war. Sollten wir nicht alle etwas sorgfältiger mit unserer Sprache umgehen angesichts des Elends auf der Erde?

Kassowarth von Sondermühlen

nachts über die käsige Ehesexanbieterin ruckelt, ohne daß das Bild verwackelt. Ist das nicht alles toll, Herr und Frau Blödmann?

Doch heute ist es erst dein Fotoapparat, der dir sagt, was du tun sollst, morgen kann es schon deine Toilette sein. Daran solltest du immer denken, wenn du dein sauer verdientes Geld für überflüssigen Müll rauswirfst. Heute gehört dem Japaner dein Gehirn, sei's drum, doch schon morgen gehört ihm dein Arsch.

DA, WO DIE WILDEN JAHRE ENDEN

Das Nest

Wenn der Pubertätsabsolvent in die Jahre kommt, reflektiert er verschärft über den Gattenmord. Doch vor den Spaß hat der Herr die Mühsal gesetzt, will heißen: Da muß erst noch 'ne schöne Stange Ehe an die Seite gelebt werden, bevor man zum erlösenden Messer greifen darf. Wenn zwei einander versprechen, wird der Rest des Lebens auch noch abgestottert. Im Land des Negers dazumal mußte der Brautzins noch entrichtet werden, bevor das Unvermeidliche dann geschah. Hierzulande darf der Doofste noch das Jawort geben, und wenn's das einzige ist, das er sprechen kann. Erstarrt sind vor allem aber die heidnischen Rituale, die dem Eheversprecher vorausgehen. Da ist zuallererst der Nestbautrieb, ausgelebt vorzugsweise in skandinavischen Möbelhäusern. Paarweise schleichen die

Glück perfekt, das erste Heim

Ehe-Anwärter durch die Gänge und grabbeln nach Björn, dem Sofakissen, und Morgenlatte, dem Kerzenständer. Denn das neue Heim will zugekuschelt sein. Besonders der Platz vor dem Fernsehgerät, dem von nun an die Abende und das Wochenend gehören, obliegt dem Kuschelwahn. Hier ein Deckchen drapiert, dort ein Wölkchen auf die Tapete getuscht, und am Videorecorder stehen ein paar Trockenblumen. Damit der ganze Tand auch garantiert zusammenkommt, liegt vor der Eheschließung eine Liste aus beim örtlichen Geschenkartikel-Dealer. Da haben die Brautleute fein säuberlich notiert, was zum Glücke ihnen noch fehlt: die legendäre Chromagan-Platte, das elektrische Tortenhebewerk, der güldene Dosierspender für den Achselhaarentferner und vielerlei Ehekrempel mehr. So mancher Lediggebliebene fragt sich, warum bei simpler Verdoppelung der Mitglieder der Hausstand auf das Zehnfache anwachsen muß. Doch da ist die Raclette-Zange, der Tischgrill, das Fonduegeschirr, der 12er-Satz Gläser jeweils für jedes denkbare Getränk der Welt – alles nur, um andere Paare ins eigene Nest zu locken, damit für Stunden die Gewißheit der Ödnis durch albernes Geplapper und dummes Geschwätz verdeckt wird. Drum baut sich der Doppelmensch ein Nest, nicht nur um die freche Brut hochzupäppeln, nein, vor allem, um's »gemütlich« zu haben. »Gemütlichkeit« ist das visuelle Gegenstück zum Furz, ein Aggregatzustand der Wohnung, der einzig dem Zwecke dient, ein ideales Umfeld für die Verdauung zu schaffen. Wie beim Verwandten, dem Vogelnest, ist auch der Ehehorst nach dem ersten Jahr schon voller Ungeziefer. Die Milben der menschlichen Paarungsklause sind die sogenannten »Mitbringsel«, die von anderen Doppelverlierern ins Nest geschleppt werden: tausend Dinge, mit denen man Bierflaschen öffnen kann, Fliesen mit dem Schattenriß von Alt-Bielefeld, Erdnußspender in jeder Größe und natürlich Kaffeebecher mit Heinz und Inge drauf. Alles zusammen erhöht den Gemütlichkeitsanteil der Wohnung um ein vielfaches. Oft braucht ein Paar das ganze Leben, um die endgültige Ausbaustufe des Nestes zu erreichen. Und wenn es vollbracht ist, wird schwuppdiwupp ins Gras gebissen, und es kommt der Sohnemann und schiebt den ganzen Mumpitz in den gelben Sack. Tot zu sein, bedarf es wenig, und den Krempel braucht man eh nich.

DIE SICKERGRUBE DER SCHUTZGELD-ERPRESSER

Das Finanzamt

Manchmal sitzt du abends allein vor dem Fernsehgerät und denkst, du bist mutterseelenallein auf dieser Welt. Doch sei gewiß, es stimmt nicht, denn es gibt jemanden, der stets an dich denkt und deine Vernichtung will: das Finanzamt. Flächendeckend hat sich die staatliche Schutzgeldtruppe bis in jede Ritze unseres Alltags vorgearbeitet, nährt sich von unserem Lungenkrebs und bestraft jeden, der zu dämlich ist, in Monaco zu wohnen. Auffällig ist vor allem der rüpelhafte Ton, in dem das Geschmeiß seine Erpresserbriefe abfaßt – für jemanden, der keinen Heller zur Mehrwertschöpfung des Landes beiträgt, doch erstaunlich. Das Arsenal der Folterknechte reicht vom sich selbst vermehrenden Säumniszuschlag bis zu willkürlich festgelegten Krediten, die dem Staat zu gewähren sind. Während Großkonzerne wie BMW ihr Steueraufkommen lässig auf ein Zehntel zurückfahren, hagelt es für die Morlocks Solidarzuschläge, Kinderlosenabgaben und ca. dreitausend andere erpresserische Anschläge. Angeblich werden mit dem Reinerlös Kindergartenplätze und sonstige Knuddelprojekte finanziert, versucht der Krake uns weiszumachen. Papperlapapp. Mit einem Teil der Moneten versilbert sich das bürokratische Gesindel sofort und direkt den Allerwertesten, ein weiterer Teil wird mit Hubschraubern über marodem Industriegelände abgeworfen, und der größte Batzen wird im Finanzamt unter lautem Grölen verbrannt – aus Schlechtigkeit. Nun versucht der Staat seit Jahrzehnten vergeblich, seinen Bürgern klarzumachen, bei Steuerhinterziehung handele es sich mitnichten um ein Kavaliersdelikt, sondern um ein Verbrechen. Angesichts der Milliarden, die vor unser aller Augen täglich in die Grütze gehauen werden, sicher eine ernsthafte Herausforderung für jede PR-Agentur. So werden uns in den Medien auch dauernd sogenannte Lebemänner vorgeführt, die angeblich zig Millionen Mark Steuern hinterzogen haben. Alles Lüge, nur dilettantische Promotion-Manöver des Finanzamtes, um den Steuerverweigerer als unsympathischen Schnorrer zu stigmatisieren. Doch so leicht läßt sich das Volk nicht täuschen. Wer heute nicht seine kargen Vermögenswerte ins Ausland transferiert, um sie vor dem dritten und vierten Zugriff des Finanzamtes zu retten, wird übereinstimmend als Idiot angesehen. Solange dieser Staat seinen Bürgern kein faires Angebot macht, wie der ganze Sums hier zu finanzieren ist, und statt dessen jeden zum Belegfuzzi und Fahrtenbuchdeppen degradiert, so lange muß er sich nicht wundern, daß die »Steuermoral«, bruhaha, was für ein Wort aus dem Wörterbuch des Herrenmenschen, ganz weit unten liegt im Kollektivgewissen. Das Deutscheste aber am staatlichen Eintreiberwesen ist der »Bund der Steuerzahler«. Daß es tatsächlich einen Verein dieses Namens gibt, wollte ich jahrelang nicht für möglich halten. Nun gut, dachte ich mir dann, die armen Schweine werden gezwungen, dort einzutreten, oder können wenigstens ihren Ersatzdienst im Verein ableisten. Nix da. Das ist alles freiwillig. Kaum zu glauben. Das ist in keinem anderen Land möglich. Vielleicht gibt es hier demnächst eine »Interessengemeinschaft der Leute, die sich freiwillig in die Fresse schlagen lassen«.

GLÜHBIRNE

Sinnierend schaue ich in den Wolfram-Faden meiner Glühbirne und weiß, daß es irgendwo auf dieser schönen Welt einen Menschen gibt, der diese Birne für mich gemacht hat, um mir die Finsternis der Nacht zu vertreiben. Gleich morgen will ich mich an den Schreibtisch setzen und ihm einen Dankesbrief schreiben – guter alter Glühbirnenmensch, welche Freude hast du mir doch so manches Mal beschert.

Kassowarth von Sondermühlen

TOTE SCHWEINE STARREN MICH AN

Fleisch

Gier nach Fleisch: Hier wird ein junger Hund erwürgt

Ein x-beliebiger Supermarkt vor den Toren der Stadt. An der weißgefliesten Wand erstrecken sich 30 Meter Fleischtheke wie blutige Seziertische in der Gerichtsmedizin für Mastschweine. In riesigen Bottichen fault sogenanntes »Pfannengyros« dem Endverbraucher entgegen, breitgeprügelte Frikadellen mit Vogelfutterstreusel geben das Holzfällersteak. Immer wieder neu und unterhaltsam ist die Schweineleiche. Besonders bei der Grillvorlage tobt die Phantasie des Fleischdesigners. Aufgerollter Bauchspeck, in Schießpulver geschwenkt, mutiert zum Pußtaspieß, Fußnägelgrütze im Zwölffingerdarm windet sich als Bratwurstkringel am Mikadostengel. Das größte aber sind die Zinkwannen mit Thüringer Mett und dem legendären Halb und Halb. Hier hat der Schweineschlitzer die tote Sau am Stück in den Schredder gedrückt, mit Pökelsalz und Flomenresten aufgemotzt und die Leichenmansche breiig in die Wanne gestürzt. Da freut sich die Endverbraucherin, kann sie doch aus dem geduldigen Schweine-Fimo einen Großteil ihrer häuslichen Horrormahlzeiten kneten: ad 1. Der Hackbraten. Hierbei wird der Nährwert der Flomenknete durch eigene Zutaten noch weiter runtergefahren, sehr beliebt sind verschimmeltes Toastbrot aus der Fabrik und Brühwürfel, der Inbegriff des Herzhaften in der deutschen Kleinbürgerküche. ad 2. Die Frikadelle. Sie kann die Verwandtschaft zum großen Bruder, dem Hackbraten, nicht leugnen, beherbergt zusätzlich allerdings noch eine ganze Batterie Gemüsezwiebeln, damit Vatters Selbstbewußtsein wieder wächst, wenn er seinen Freund, den Mastdarm, spürt. Täglich produziert die Fleischindustrie güterzugweise Schweineschredder, damit die wichtigste Errungenschaft der Arbeiterbewegung nicht verlorengeht: jeden Tag einen Brocken tote Sau auf den Tisch. Neben dem gemanschten Viehkadaver hält sich in der Beliebtheit nur das Schnitzel, die Volksdroge Nummer eins. In der Fleischtheke schon bratfertig frisiert zu kaufen als Wienerschnitzel in Sägespanhülle, als Jägerschnitzel in hellbrauner Pampe mit Plastikpilzen und, als die Krönung multikulturellen Schweinetunings, das Zigeunerschnitzel. Jeu, Zigan, nimm deine Geige und heiz uns den Darm. Eine Tunke aus zermahlenen Marika-Rökk-Filmen, etwas Alexandra und einer Messerspitze Lilo Pulver verwandelt den faden arischen Fraß in loderndes Balkanfeuer. Und – jetzt kommt's – dieses gottgleiche Dreigestirn der deutschen Fleischgestaltung gibt es in einer B-Reihe zusätzlich auch als Kotelett – neben dem hehren Manta sozusagen noch den Ascona der teutonischen Schweinewelt. Da ist das gleichfalls extrem multikulturelle Zigeunerkotelett, das eher biederkonservative Jägerkotelett, und im Unterschied zur Schnitzel-Reihe kennen wir in der Economy Class den Vertreter im Spanplattendekor nicht als Wiener, sondern lediglich unter der Bezeichnung »Kotelett«. Übrigens für alle, die erst jetzt in die Szene der Schweine-Klassiker einsteigen: Die Panade-Edition gibt es auch kalt direkt aus der Vitrine. Mit megascharfem Löwensenf eine Delikatesse der späten Stunden am Biertresen. Jäger und Zigeuner sollten dagegen nur heiß verzehrt werden, da die namensgebende Tinktur auf der Oberfläche im kalten Zustand ein eher unappetitlich lepröses Erscheinungsbild abgibt. Heil Fleisch!

TSCHUNGTSCHUNGTSCHUNGTSCHUNG-TSCHUNGTSCHUNG...

Terror der Beschallung

Kaum eine Ritze in dieser Gesellschaft, aus der keine Lala quillt. Kaum ein Ort, an dem man nicht berieselt wird von sirupartigem Mainstream-Gejaule. Sogenannte »Musik« ist zur Umweltverschmutzung Nummer eins avanciert. Man möchte sich Schallschutzwände auf die Schultern mauern, wenn man ins Kaufhaus geht. Selbst an sich vernünftige Zeitgenossen verseuchen ihre vier Wände mit dem Gewinsel der Schmalspurbarden aus den Hitparaden. Sogar in die Stille des Landlebens zieht man sich zurück, um ungestört von Dritten die Verblödungssauce über den eigenen Brägen zu jauchen. Die Schergen aus dem Superladen mag man noch verstehen, wenn sie die Doofbacken-Lala gezielt auf den Verbraucher träufeln, um ihn in eine tranige Konsumlaune zu lullen. Was aber ist mit den Heinis, die just den nämlichen Bekloppten-Soundtrack für teures Geld auf CD nach Hause schleppen, um die heimische Muffelhöhle mit RTL-Klassik oder Flocki de los Rios und seiner Bande vollzusiffen. Gut: Eine laute Lala ersetzt das Gespräch mit dem öden Ehe-Mitinsassen, doch auf Dauer zieht sich das Großhirn in den Arsch zurück. Quillt dann noch im Auto und im Büro der Schleim aus den Radiogeräten, dann fragt man sich, ob es schlußendlich nicht doch günstiger wäre, die Schlagbohrmaschine an die Schläfe zu setzen. Sehr witzig gibt sich auch der gemeine Freiluftveranstalter. Kein Gebrauchtwagen-Open-Air, kein Pony-um-die-Wette-Humpeln, bei dem nicht zwischen den debilen Ansagetexten ein Gebinde Volksmusik aus den Hochton-Quäkern am Fahnenmaste plärrt. Merkwürdigerweise gilt der Terror der Beschallung den Veranstaltern als zusätzlicher Besucheranreiz, für den sie sogar Geld zu zahlen bereit sind, der gebührenfreie Verkehrslärm hingegen wird bekämpft. Doch wie lieblich ist der gutturale Klang einer startenden TransAll gegen das erbärmliche Gewinsel der Volks- und Popmusiker. Warnte einst die Oma schon vor den fatalen Auswirkungen der »Jimmi-Jimmi-Musik« ihre Enkel, so muß die Warnung heute der Musik generell gelten. Nicht ihre jeweilige Gestalt, ob Schlager oder Techno, ist es, die sie so unerträglich macht, sondern die heuschreckenartige Verbreitung. Mit der Erfindung der Musikcassette ist die Aufzeichnung und Absonderung von musikalischem Müll fast kostenneutral zu gestalten. Der Neger, seiner Zeit wie immer weit voraus, lief schon vor Jahren mit dem geschulterten Brüllschrank durch die Straßen, um ja keine Sekunde unbeschallt leben zu müssen. Er wurde zum Symbol des Krachjunkies, wie er heute in jeder Szene anzutreffen ist. Wegwerf-Lala auf Wegwerf-CDs in Billigblastern wummert aus jeder bewohnten Höhle. Menschen können nicht mehr singen und kaum noch sprechen, doch soviel Trost ist gewiß, bald sind unsere Ohren so zugeschissen, daß wir auch nicht mehr hören können, und juppheidi, dann kann man endlich wieder seelenruhig ins Kaufhaus gehen.

PENISLÄNGE

»Wie lang ist eigentlich Ihr Penis, Herr von Sondermühlen«, fragte mich gestern in der Früh der Postbote beiläufig. Ich konnte es ihm nicht sagen. Nachher habe ich mich geschämt, daß ich nicht einmal die einfachsten Dinge von mir weiß.
Wie genau kennen wir uns eigentlich selbst? Darüber sollten auch Sie einmal nachdenken.

Kassowarth von Sondermühlen

WATERLOO AM VIDEORECORDER

Verpackungen

Der Mensch ist des Menschen Wolf, formulierte einst der Lateiner in seiner klassischen Mundart und hatte da sicherlich die Hersteller von Audio- und Videocassetten im Auge, die aus reiner Schlechtigkeit ihr Wegwerfprodukt mit einer hauchdünnen Folie aus der Weltraumforschung überziehen. Als ob der Homo sapiens nicht schon geschlagen genug wäre durch Krebs und Steuerpflicht, gibt es immer wieder nette Schöpfungskollegen, denen noch 'ne Schweinerei zusätzlich einfällt. 20.14 Uhr. In einer Minute läuft im Fernsehen Casablanca, und zwar der Directors Cut, in dem Adolf Hitler himself eine kleine Rolle in Paris übernommen hatte. Der überflüssig komplizierte VHS-Kasten wurde mit Hilfe eines koreanisch/holländischen Wörterbuchs schon vor Tagen programmiert. Harharhar. Nur noch die frisch erstandene 180er reingeschoben. 20.14 Uhr und 45 Sek. Etwas nervös geworden, versuche ich die Cellophanhülle anhand des eingeschweißten roten Bändchens zu entfernen: 1 qmm Hülle lösen sich problemlos ab, dann war's das mit dem Fisselband. 20.15 Uhr. Ahhrrr! Ein leicht debil wirkendes Ansagemädel murmelt einen zusammengestoppelten Text aus dem Heyne-Filmlexikon herunter. Gott sei Dank! Mittlerweile kratzen die Finger wie ein eingesperrtes Rattenweibchen an der Folie herum. Autsch! Eine Heftklammer löst sich aus der Verpackung und fährt unters Nagelbett des Zeigefingers. Rutschig geworden vom frischen Blut, glitscht die Kassette auf den Teppichboden. 20.16 Uhr. Das Ansage-Mäuschen hat das Gehirn wieder zugemacht und grinst derweil, bis der Kollege in der Regie aufwacht und die Kamera abzieht. Verdammt, verdammt! Adolf Hitler und Humphrey Bogart – eine Traumbesetzung! Endlich, ein Anfang ist gemacht, an einer Ecke löst sich das vermaledeite Cassettenkondom, weitere 2 qcm VHS-Pelle lassen sich freischälen. Dem Himmel sei Dank hat sich jetzt noch der Werbeblock vor den Filmklassiker geschoben: Doofe Kinder und fusselnde Köter hampeln um Hundepralinen und Kom-

ICH BIN BEKLOPPT

Neulich sah ich einen Halbwüchsigen in der Stadt, der ein T-Shirt trug mit der Aufschrift »Ich bin bekloppt«. Alle Achtung, junger Mann. Wer von uns, mal Hand aufs Herz, hätte wohl den Mut, sich zu seinen Unzulänglichkeiten zu bekennen. Er sollte uns ein Vorbild sein. Laßt tausend T-Shirts blühen mit unseren kleinen Schwächen: »Ich pinkel immer neben das Becken«, »Ich bin ein Mörder« oder »Ich bin eine Frau«. Wieviel schöner wäre doch dann das Leben, meinen Sie nicht?

Kassowarth von Sondermühlen

biautos herum. Nachdem die messerscharfe Pappkante ein weiteres Nagelbett in eine Blutlache verwandelt hat, erinnere ich mich an den Werkzeuggebrauch, den sich unsere Ahnen vor ein paar Millionen Jahren ausdachten. Schon hacke ich mit der Papierschere auf der feindlichen Folie herum und löse weitere 4 qcm aus ihrem Klammergriff. Dem Werbeblock hat sich allerdings schon die Kaskade der Programm-Trailer angeschlossen, in denen der Sender auf sein komplettes Verblödungsangebot aufmerksam macht. Verdammt, verdammt! Die Klinik am Rande des Friedhofs, morgen 18 .30 Uhr, bosnische Mütter berichten über Inzest mit ihren beinamputierten Söhnen. Schreinemakers live. Ich freue mich auf Sie. Sender-Logo. Neihein! Noch sind dreiviertel der Cassette folienumspannt. Jetzt hilft nur noch eins: beherzter Griff zum Feuerzeug. Schmurgel, Britzel, weg ist der Spuk! Halt! Aus! Aus! Um es kurz zu machen: Die teilverbrannte VHS-Cassette liegt im gelbem Sack, Casablanca mit Adolf Hitler hab' ich mir dann auch gar nicht mehr angeguckt. Wozu, wenn man's danach nicht auf Cassette hat. Den Abend verbrachte ich mit einem Brief an die Firma Fuji in Japan. In diesem Schreiben stellte ich weitere Teilauslöschungen der Tokioter U-Bahn-Fahrgäste in Aussicht, falls sich an der Verpackungspolitik nicht umgehend was ändere.

DAS LEBEN IST EINE DEPONIE

Wertstoffsäcke

Schön war die Zeit, als man seinen Hausmüll noch einfach in den Wald bringen konnte: gelebte Anarchie einer hedonistischen Gesellschaft. Heute wird der Abfall zuerst in acht verschiedenen Säcken sortiert und *danach* in den Forst gekippt: geboren ward der Wertstoffsack, eine Offenlegung der Intimsphäre aus durchscheinendem Plastik. Am Abend vor der Abholung streichen die Bekloppten durch die Straßen und glotzen in die Säcke der anderen: *Na, wieviel Mariacron hat die dicke Nachbarin denn letzte Woche verklappt? Sieh an, dort wird die Stütze auch 1 : 1 in Appelkorn umgesetzt.* Doch wer heimlicher Trinker bleiben will, muß in mühsamer Kleinarbeit die verräterischen Etiketten im Wasserbad von den Flaschen lösen, bevor sie im Wertstoffsack veröffentlicht werden können. Die andere

Mülltrennen ist Frauensache

Geißel der Mülltrennung ist die Verlagerung der Deponie in die eigene Wohnung. Monatelang schwelen acht Tüten im Wohnzimmer herum, bis sich endlich genug Joghurtbecherdeckel oder Verbundwerkstoffe gefunden haben, um den Sack an die Straße zu bringen. Schon im Supermarkt stellt man das Gebinde Chablis traurig ins Regal zurück und greift statt dessen zum Sechserträger Maggi, um endlich genug Braunglas für den Wertstoffsack zusammen zu bekommen. Als es noch die einfache Mülltonne gab, in die alles unsortiert reingefeuert wurde, wußte jedermann: Gleich kommen die bösen Männer in den orangefarbenen Overalls und bringen meinen Schweinkram in den Wald, hujuijui, was bin ich doch für eine Drecksau. Das war gut und richtig. Heute glaubt der leicht zu täuschende Verbraucher-Blödi, er produziere tatsächlich »Wertstoffe«, wenn er den gleichen Schweinkram, auf acht Säcke verteilt, in den Wald fahren läßt. So sammelt und sortiert die ganze nette Eigenheimfamilie tagaus, tagein die Plastikkacke aus dem Pupsimarkt und denkt wunders, was für brave Umwelthäschen sie doch sind. Bis, ja, bis die bösen Männer in den orangeroten Overalls eine 30 ha große Deponie vor der Siedlung auf die Wiese knallen. Ooohhhh, weint dann die Pedigree-Pal-Familie und gründet eine lustige Bürgerinitiative gegen den Müllberg. *»Wir haben doch so schön alles sortiert und gesammelt und viele viele Wertsoffsäckchen an die Straße gestellt, und jetzt kommen die bösen Männer und wollen uns vergiften. Das finden wir gemein!«* Sicherlich! Aber Einfalt schützt vor Strafe nicht. Es ist, als ob eine Gesellschaft eine Bürgerinitiative gegen den eigenen Arsch gründen würde. Was kann der Hintern dafür, daß der Kopf soviel frißt. Wo sind denn die Bürgerinitiativen gegen die Pupsi- und Hupamärkte, die mit ihren Verpackungsmüll-Filialen noch das hinterletzte Dorf zupflastern? *»Unsere Gesellschaft verwandelt wertvolle Rohstoffe in unverdauliche Scheiße.«* Das ist die schlichte philosophische Wahrheit einer Hausmülldeponie. Ehrlich und gut. *»Du kannst soviel Mist kaufen, wie du willst, nachher trennen wir das so lange, bis es ganz wertvoll ist.«* Das ist die Lüge des Wertstoffsackes. Drum kippt eure alten Lacke heimlich vor den Baumarkt, schmeißt die Einwegflaschen beim Hupamarkt-Filialleiter in den Vorgarten, und deponiert den Rest in eurem Wohnzimmer, denn da gehört er hin.

AASGEIER MIT LANGEN HÄLSEN

Land der Gaffer

Des Deutschen Lieblingsbeschäftigung ist zweifelsohne, den Nachbarn vor den Kadi zu schleifen, wenn er ihn bei einer winzigen Unregelmäßigkeit ertappt. Doch fast ebenso gern starrt er ihn dabei an. Ganz gleich, was man tut in dieser Republik, man kann sicher sein, kurz darauf schlappt eine Rentner-Lemure aus ihrer Behausung und glotzt ungeniert. Jede noch so winzige Abweichung von der Ödnis des Alltags wird mit Anstarren beantwortet. »Ein grauer Opel parkt schon seit 10 Sekunden vor meiner Tür«, meldet das wachsame Mütterlein stante pede aufs Polizeirevier. Man mache den Test, stelle seinen PKW gegen Abend in einer Wohnstraße ab und lehne sich rauchend für ein paar Minuten an die Kühlerhaube. Zuerst schwenken die Gardinen wie ein Mann zur Seite, kurz darauf knarren die Aluzargen, und frischgebadete Frührentner wackeln unsicher Richtung Jägerzaun. Sie sind das glotzende Kanonenfutter des neugierigen Anrainers. Sollte es sich bei dem rauchenden Figuranten etwa um einen tollwütigen Tschetschenen handeln, so verbleibt lediglich der nutzlose alte Sack im Felde. Besagte Kreatur baut sich nunmehr an der rustikalen Einfriedigung auf und fängt mit Glotzen an. Keine weitere Reaktion, kein freundliches »Hallo«, auch kein »Was machen Sie denn hier?«, sondern einfach nur Glotzen, dummes ungeniertes Anstarren, vor hundert Jahren noch ein Anlaß, Satisfaktion zu verlangen, sprich: die Duellpistolen um Rat zu fragen. Heute glotzt jeder Bekloppte ungestraft auf alles, was er für anglotzenswert hält. Am liebsten natürlich auf die Autobahnleiche, die frisch aus dem Wrack geschnitten im eigenen Blut auf dem Asphalt liegt. Dafür staut sich der Gaffer auch schon mal freiwillig, wenn er für einen Sekundenbruchteil menschliches Elend mit den Augen aufsaugen kann. Doch zumeist tut es auch das weniger Spektakuläre: junge Menschen mit grünen Haaren, alte Leute, die sich auf'n Bart legen – stets ist der erste Impuls: Stehenbleiben und in Ruhe mit Gaffen anfangen, dann kann man immer noch weitersehen. Noch gar nicht lang ist's her, da wurde noch dem Neger hinterhergeglotzt. Heute sehr beliebt als Anstarrungsfläche ist das ethnisch gemischte Pärchen: vorzugsweise die blonde Frau und der schwarze Mann, aber auch der teutonische Wampenträger und die asiatische Lolita. Der Klassiker unter den Anglotznehmern ist und bleibt aber der Behinderte. Vor gar nicht langer Zeit noch als Freakshow über die Jahrmärkte gekarrt, leben die Normabweichler ja heute mitten unter uns – dürfen aber nicht mehr ungeniert angestarrt werden, weil man das ja nicht macht. Wenn man das aber nicht mehr darf, dann sollen sie auch in ihren Heimen bleiben und nicht mit uns in Urlaub fahren oder neben uns wohnen. Basta! Dann glotzen wir doch lieber ungestraft den doofen Nachbarn an.

TRAINER

»Trainer lügen nicht«, weiß der deutsche Schlager. Doch haben nicht wir alle schon mal einen Bundesligatrainer dabei ertappt, wie er im Sportstudio die Unwahrheit sagte. Nicht alles, was der Schlager behauptet, entspricht der Wahrheit. Da heißt es auf der Hut sein beim Radiohören.

Kassowarth von Sondermühlen

DER BLICK DURCH DIE EIGENE UNTERHOSE AUF DIE WELT

Das Getümel

Am nächsten bei sich ist der Bekloppte und Bescheuerte dort, wo getümelt wird: im Brauchtum oder Volkstum. An die Fertiggarage nagelt er das tümelnde Fichtenbrett aus dem Baumarkt, um den Opel abends in einer Pseudoalmhütte zu parken, seine Jeansjacke hat Hirschhornknöpfe aus Plastik am Revers, Mamas feister Entsorgungsschacht ist in waidgrünes Trevira mit Rehkitz-Applikationen getaucht. Wie einst der Führer klebt auch der Endverbraucher gerne Decefix in Holzdekor über den nackten Beton. Plastik darf auch nicht Plastik sein, sondern wird durch Mooreichenmimikri zum respektablen altdeutschen Holzstubben mit kerniger Lebensweisheit hochgetümelt: »Futtern wie bei Muttern. Ficken wie die Ricken.« Überhaupt ist in der Privathölle des Obi-Menschen nichts so, wie es scheint: Die angebliche Klinkerfassade ist eine Asbestplatte, die Pendeluhr

LIEBE DEINEN NÄCHSTEN

»Liebe deinen Nächsten wie dich selbst«, diese kleine Zeile aus einem Lied von Bata Ilic kam mir heute morgen in den Sinn. Und je mehr ich drüber nachdenke, desto mehr wird mir klar, welch tiefe moralische Erkenntnis in dieser harmlosen Schlagerzeile steckt.

Kassowarth von Sondermühlen

hat ein Quarzwerk, die Eichentür ist aus Pappe, die Fenstersprossen sind Plastikknüppel in der Doppelscheibe oder Klebestreifen, und der Pudel trägt eine Perücke. Wem spielen die Hirnverbrannten eigentlich was vor? Warum kleben und tackern sie auf alle Dinge ihrer Umgebung diesen schwiemeligen großdeutschen Arierkitsch. Was ist das Bauhaus gegen den Baumarkt, diese Albert-Speer-Ausgabe für Arme. Es tümelt jedoch nicht nur der Privatbekloppte, auch die Gemeinschaft will nicht nachstehen: Bushaltestellen, die aussehen wie kleine Fachwerkkotten, frischverlegtes Betonpflaster mit vorgeriffelten Spuren alter Kutschwagen – so tümelt die Kommunalverwaltung. Warum kein Atomkraftwerk aus Fachwerk – ist doch hübsch – oder Plastikblätter an den Strommasten, ist doch netter als der doofe Wald? Oder nicht? Wär' doch gelacht, wenn man nicht auch die Wohncontainer unserer Asylantenfreunde ein wenig folkloristisch überjauchen könnte. Fachwerk ist immer hübsch, da vergeht selbst dem Neger die Zeit bis zur Abschiebung wie im Fluge.

Wann wächst sie endlich raus aus dem Volk, die kissenfurzige Verklärung der Agrargesellschaft? Wohnmobilverkäufer und Versicherungsvertreter hoppeln am Abend im Trachtenverein übers Parkett der Keglerkneipe. Erntedankfest in der Spielothek. Klöppelabend bei Obi. Da freut sich der Reichsnährstand. Wie angetrocknete Speisereste kleben die Überbleibsel der bäuerlichen Gesellschaft an den Fassaden der Endverbraucherwelt und bilden die muffige Gemütlichkeit des Heimatgetümels. Widerlich: das Damwildgehege neben dem Cityparkplatz, die aufgebockte Feldbahnlokomotive am Hupamarkt, die verschnörkelten Gußeisenpoller auf eingefärbtem Rustikalbeton zu Beginn der Fußgängerzone. Ich freue mich schon darauf, wenn in ein paar Jahrzehnten unsere heutige bäuerliche Gegenwart in den Sog des Getümels gerät: Güllefässer im Heimatmuseum, Elektrozangen zum Schweinekeulen über dem Kamin, Edelrestaurants in alten Hähnchenmastställen und die Trachtengruppen: proper gewandet in C&A Westbury-Klamotten. Juppheidi heida! Am Sonnabend schleicht der Doofe zu Obi-The Next Generation und kauft Betontapeten, am Sonntag trifft sich der Heimatverein und sprüht die S-Bahn-Wagen voll. Großartig!

RITUALE EINER VERSUNKENEN EPOCHE

Hinaus zum 1. Mai

Normo-Gestalten, Typus gereiftes ADAC-Mitglied, stieren gelangweilt in die Peek-und-Cloppenburg-Auslagen. Neonverpackte Gören quengeln an den Spüli-Pranken gefärbter Hausfrauen. Über die trostlose Waschbetonfläche wabert der Shatterhall eines billigen PA-Verleihers. Das aufmodulierte Nutzsignal kommt aus dem Mund eines fuchtelnden Mittfünzigers. Wir sind auf einer Maiveranstaltung der Postgewerkschaft. Willkommene Gelegenheit für den mittleren Dienst, schon am Vormittag das ein oder andere Bierchen einzupfeifen. Die stillen Stars der Arbeiterklasse, Pils- und Bratwurstbuden, bilden den authentischen Kern des betagten Zombierituals. Überall in den Fußgängerzonen versichern sich an diesem Tag die Gewerkschaften ihrer Restexistenz, fordern kleinlaut irgendwas, um das Jammertal des ausdifferenzierten Kapitalismus an den Rändern etwas aufzumotzen. Doch wer meint, mit der Phrasenkanonade des Fuchtelknaben auf dem Podium sei das Schlimmste überstanden und man könne sich nun endlich der Freiluftgastronomie widmen, sieht sich getäuscht. Es folgt der gnadenlose Angriff auf die Sinne: Gewerkschaftskultur! Wer Glück hat und in einer tradionsbewußten Arbeitergegend wohnt, muß sich nur die Knappschaftskapelle mit einem ABBA-Potpourri gefallen lassen. Schlimmer ist es dort, wo die Gewerkschaftsjugend das Sagen hat. Todsicher grölt dann der ideale Gesamtneger über den Platz, gern in der Gestalt der Salsa-Gruppe oder des kurdischen Trachtenvereins. Schaut her, Genossen, wollen uns diese Aufführungen sagen, der Ausländer ist gar mopsfidel und kann auch lustig mit den Armen und Beinen wackeln. Multikulti-Tralala Widdewiddewittjuchheirassa! Trotz verblichener Nelkenrevolution und ausgeleiertem Nicaraguablödsinn ist die Utopie der gewerkschaftlich orientierten Jugend die gleiche geblieben: Sinnvoll rumlungern, da wo's warm is. Die älteren Genossen sind da längst realistischer geworden. Gehärtet in den Stahlgewittern der Rezession, aufgequollen durch Lindan und Kartoffelchips, wagen sie sich bestenfalls drei Wochen aus dem Einflußbereich der bundesdeutschen Apparatemedizin davon. Ihre Utopie ist der TUI-Katalog und der Kontoauszug, und wenn beides okay ist, ist auch sonst alles okay. Hinaus zum Ersten Mai treibt sie das gute Wetter: der Sonderfahrschein der Verkehrsbetriebe und die Currywurst ist ihnen Internationalismus genug. So erscheinen auch die innerstädtischen Menschenansammlungen an diesem Tag eher wie Werbeausstellungen für schweißdurchlässige Freizeitjacken und lila Alufahrräder als wie das kämpferische Aufbäumen der Arbeiterklasse. Nun ist die Häme auch leicht vergossen über das zwanghafte Gehampel und Gepimpel der Gewerkschaften, fehlt doch das Pendant zum Tag der Arbeit, der Tag der Ausbeutung. Und ich wäre doch zu gern dabei, wenn sich der Arbeitgeberpräsident in der Fußgängerzone an seinesgleichen wendet und die neuesten Errungenschaften der Kapitalflucht referiert. Doch leider labt sich der sogenannte Leistungsträger lieber heimlich am Shrimp, statt öffentlich seine Strategien hinauszuposaunen. Immerhin werden wir dadurch von Arbeitgeberkultur verschont und müssen nicht Justus Frantz oder Friedrich Kurz in der Öffentlichkeit ertragen. Dann schon lieber Pils und Currywurst.

KOTZE

Es ist noch nicht lange her, da verstand man unter »Kotze« einen umhangähnlichen Mantel. Was ist heute aus diesem schönen Wort geworden. Wie unsere Sprache doch verroht. Was wird man in 20 Jahren unter ein »Liebe« verstehen? Einen eitrigen Abszeß an der Peniswurzel des Mantelpavians? Wollen wir's nicht hoffen.

Kassowarth von Sondermühlen

IRDISCHES JAMMERTAL, TIEFERGELEGT

Geburtstage

Soziologen haben errechnet, daß jeder Mensch durchschnittlich 200 Freunde und Bekannte hat. Das kann nicht sein, denn das wären ja nur 200 öde Geburtstagspartys im Jahr, mir kommt es eher vor, als seien es 365. Dauernd schleichen Kollegen durch die Firma, ziehen einen Heiermann ein, um vom Gesamterlös einem bedauernswerten Mitgefangenen einen Tischgrill zu besorgen, dargereicht im Set mit einer vorgedruckten Glückwunschkarte »Kaum zu glauben, es ist wahr, hähähä wird heut' 40 Jahr.« Für höhöhö hat jemand mit Kuli Egon reingekrakelt. Nach Büroschluß gibt's 'n Gläschen Schädelsprenger und 'ne Salzlette, und der Geburtstag wäre glücklich abgehakt. Schlimmer ist's bei engeren Bekannten. Wie um stets daran erinnert zu werden, daß unsere irdische Existenz ein Jammertal ist, veranstalten sie sogenannte Geburtstagspartys. Davon lebt mittlerweile eine ganze Industrie. In »Geschenkboutiquen« kann man all die drolligen Staubfänger kaufen, die am Eingang überreicht werden: Raumschiff Enterprise als Toilettenbürste, Plüschaffen, die lustig pfeifen, wenn man ihnen die Eier krault, oder Hundescheiße aus Gummi, die man in den Nudelsalat legt. Hahaha, ham wir gelacht. Für den eiligen Geburtstagsyuppie gibt's dann noch den Partyservice: Verbrecherorganisationen, die für ein Stück vertrockneter Weißbrotrinde nebst totem Shrimp und Mayonnaise-Pups 5,80 Mark berechnen. Da man vom Fressen allein nicht lustig wird, kreist die Puffbrause, und – huhuhaha – um zwölf kommt ein öliger Südländer durch die Tür und reißt den Schlüpfer runter. Inge kriegt rote Ohren, als der gedungene Nubier seinen Otto an ihren Dingern reibt und alles juchzt. Tolle Stimmung, famose Party. Doch alles ist gekauft, von allein läuft nichts. In der Küche stehen sechs Männer mit dem Arsch am gerupften Buffet gelehnt und schwadronieren über die Existenzfolter im öffentlichen Dienst, an der Hausbar serviert der Gastgeber eigene Cocktailkompositionen: »Einmarsch in Bagdad« – eine Hommage an den Golfkrieg aus drei Sorten Whisky, Kümmel und Dattelsaft; »Alien 3«: angebrüteter Eidotter in Wodka usw. Nach einer Stunde sind seine bedauernswerten Opfer reif für den Rettungshubschrauber. Unterdessen ist die allgemeine Fröhlichkeit nicht mehr zu bremsen, auch bekannt unter dem Namen: Kampftrinken mit wechselseitigem Ziepen an den Geschlechtsteilen. Vier Uhr nachts, die bestellten Taxichauffeure klingeln an der Tür, nur um vom Gastgeber wütend wieder davongejagt zu werden: Hahaha, hier kommt keiner lebend raus, jetzt geht die Sause erst richtig los. Von wegen. Nachdem der geordnete Rückzug abgeschnitten wurde, macht sich schlagartig Ernüchterung breit. Die lange verdrängte Frage »Wer fährt?« taucht am vernebelten Horizont der zugedröhnten Köpfe auf. Hihihi. Die einen werfen kalt lächelnd den Führerschein ihrer Begleiterinnen in die Flensburger Opferschale, die andern krümmen sich in Embryonalstellung auf der Auslegeware und dämmern dem Sonnenaufgang entgegen. – The day after: Nudelsalatreste zwischen der Shakespeare-Erstausgabe, Shrimps drehen sich einsam auf Plattentellern, Leiber zucken am Boden, Münder, so trokken wie die Mojave-Wüste, krächzen nach Aspirin. 40 Gestalten werden diesen Tag dem Bruttosozialprodukt wieder einmal vorenthalten. 40 Restgehirne werden ein »Nie wieder« formulieren, doch morgen wird die Gabi 34 und wäre echt sauer, wenn es keine tolle Party mit ganz vielen tollen Leuten gäbe. Herzlichen Glückwunsch!

Ganz toll: Kreativlinge hacke wie Hulle

... ALS OB DAS LEBEN EWIG WÄHRTE

Tristesse des Alltags

Was ist es eigentlich, das uns täglich runterzieht und verzweifeln läßt: Es ist die ständige Wiederkehr des Banalen: das Brötchenschmieren, das Staubsaugen, das Tanken. »Wie oft«, fragen wir uns, wenn wir wieder mal an Säule 4 glasig in die Ferne starren, »wie oft muß ich hier noch stehen in meinem Leben?« Das kann doch nicht alles gewesen sein auf Erden: an Säule vier stehen und den Rüssel in den Fiesta halten? Doch wenn wir an der Kasse sind, wissen wir nicht einmal mehr, welche Säule es war: Tücke des Banalen, Tristesse des Alltäglichen. Das ganze Leben scheint angefüllt mit Handlungen aus dem Baukasten der Langeweile, die sich zu den immer gleichen Mustern Tag für Tag verknoten: Müll an die Straße stellen, Kontoauszüge abheften, Milchtüten aufreißen, und immer wieder Tanken – doof an Säulen stehen und in die Ferne starren. Immer denselben Satz lesen: »Bei Scheckbezahlung wird eine Gebühr von DM 0,50 erhoben.« Hilfe, laßt mich hier raus! Um uns herum steht ein Zaun aus Geboten: »Bevor man auf die Straße geht, zieht man sich eine Hose an.« – »Wenn die fette Pickelvisage aus der Tür guckt, sagt man ›Guten Morgen, Frau Kleinert‹.« – »Steht der Zeiger auf ROT, dann muß man wieder volltanken.« – Jeden Tag dieselbe Strecke ins Büro fahren. Da liegt schon seit drei Jahren ein modriger Teppichrest im Garten, vorm Baumarkt stehen Alu-leitern und Betonmischer, an der Bushaltestelle: »Katrin, ich libe dich« – nur mit einfach »i«. Zwischen Zubringer und Finkenweg lohnt sich das Hochschalten in den Vierten eigentlich nicht, aber im Dritten ist es immer so laut. Man möchte sich halt beschäftigen und nicht nur bei heulender Maschine warten, bis der verfickte Finkenweg endlich kommt. Noch immer gibt es traumhafte Orte auf dieser Erde, Palmenstrände und endlose Wälder mit wilden Bächen, und wo sind wir jeden Tag? Im Finkenweg. Angesichts der Endlichkeit unseres Lebens gibt es eigentlich keine Rechtfertigung dafür, auch nur eine Sekunde davon in diesem widerwärtigen

Drecks-Finkenweg zu vergeuden. Und doch zieht es uns magisch jeden Tag in diese städtebauliche Beleidigung, weil uns irgend jemand eingeflüstert hat, wir müßten einen Beruf ausüben, um zu leben. Und ein anderer hat uns gesagt, Filialleiter bei Fliesen-Heydrich sei ein ganz feiner Beruf, da könne man's wohl aushalten. Und so treibt es uns jeden Tag in den verschissenen Finkenweg mit seinem modrigen Teppichrest, in die muffige Baracke mit den Scheißhausfliesen auf der Spanplattendeko. Und wenn die Pickelfresse aus der Tür gafft, sagen wir »Guten Morgen, Frau Kleinert«, und auf dem Rückweg tanken wir an Säule vier, starren blödig in die Ferne, heften zu Hause die Kontoauszüge sauber weg, bringen den Müll runter und vergleichen vor dem Zubettgehen in der Zeitung die Preise von Aluleitern. Bonjour Tristesse. Gute Nacht allerseits.

RASENMÄHER ODER NEGER

Was ist eigentlich besser, ein Rasenmäher oder ein Neger, hat mich einmal ein kleiner Junge gefragt. Ja, was ist wirklich besser? Erst ein Kind mußte mich auf diese Frage aufmerksam machen, ich selbst hatte sie mir noch nie gestellt.

Kassowarth von Sondermühlen

TAUB, BLIND, STUMM UND GESCHMACKS-NEUTRAL

Multimedia

Alljährlich sitzen die Schweinepriester der großen Elektronikmultis zusammen und überlegen, welchen überflüssigen Dreck sie den Bekloppten und Bescheuerten diesmal aufs Auge drücken können. Nach DAT und MiniDisc, CD-i und CD ROM hat bloß keiner von uns Armleuchtern mehr Bock auf neue Plastikteile. Was braucht man mehr zum Eierschaukeln als Ferni und Lalà. Hihi, sagt da der Mann aus Fernost, jetzt kommt Multimedia, damit kannst du blödes Schwein mit deinem Fernseher telefonieren. Will ich gar nicht, ich hab' alles. Ja, du vielleicht, aber dein PC zum Beispiel, womöglich will der mal mit deinem Toaster sprechen oder deiner Mikrowelle über Internet ein Fischstäbchen reinschieben. – Noch will man uns weismachen, daß *wir* irgendwie in dem Multimedia-Zirkus auch noch mitmischen. Doch längst ist abgemacht, die Geräte wollen ein Leben ohne uns, sie wollen nur noch miteinander sprechen, und wir sollen den ganzen Quatsch bezahlen. Einziger Trost derweil: Natürlich funktioniert das alles nicht für zwei Pfennig. Um dennoch den Multimedia-Hype am Glühen zu halten, diffundiert der Begriff in die Alltäglichkeit. Alle machen Multimedia: Der eine fotografiert eine Telefonzelle, der andere spricht den abgelesenen Bildschirmtext in seinen DAT-Recorder. Durch das Zauberwort wird noch die blödigste Beschäftigung zum souveränen Agieren im Cyberspace. Alles wird mit allem vernetzt – ohne Sinn und Verstand. Warum soll ich mir den Quelle-Katalog im Fernsehen anglotzen, dagegen ist ja noch das »Wort zum Sonntag« ein Straßenfeger. Was bringt mir das RDS-Mäusekino am Radio, auf dem sogenannte Zusatzinformationen unterstellen, bei dem sonstigen Gelulle aus dem Kasten handele es sich überhaupt um Informationen. Welch gräßliche Vorstellung, beim versehentlichen Einschalten der volkstümlichen Hitparade auf dem eigenen PC auch noch die Noten und Texte der Jammergestalten vorzufinden und über Modem womöglich ein Tête-à-tête mit den virilen Blut-und-Boden-

BIER TRINKEN

Manchmal, wenn ich eine Flasche Bier trinke, denke ich an die vielen tausend Menschen in der Dritten Welt, die sich keine Flasche Bier leisten können. Aber wie sollten wir ihnen helfen? Selbst wenn wir ihnen Bier schickten, wie würde die Rückgabe der Pfandflaschen geregelt? Oft müssen wir die Ungerechtigkeit der Welt, ob wir wollen oder nicht, auf unseren Schultern tragen.

Kassowarth von Sondermühlen

Monster simulieren zu können. Die Multimedia-Welt bietet wenig Erheiterndes, sollte sie denn mal funktionieren. Wer will denn schon mit noch mehr Menschen kommunizieren, wenn schon das Gespräch mit dem Eherochen zur Tortur gerät. Wer glaubt denn wirklich, daß der unbeschränkte Zugang zum Versandhauskatalog via Daten-Highway aus dem ganz normalen Arschloch von nebenan einen mündigen Bürger macht? Je mehr Datenschrott den Heinis in die Bude gepumpt wird, desto mehr wird ihnen suggeriert, an den Geschicken dieser Welt beteiligt zu sein. Dabei sind wir alle nur ein riesiger Darmtrakt, der kritiklos verdaut, womit er genudelt wird. Und jede Schnittstelle zu den Infoviren dort draußen ist eine Wunde in unserer schützenden Haut der Ahnungslosigkeit. Multimedia will uns endgültig unsere Doofheit stehlen. Aber doof sein heißt auch, den Überblick behalten. Drum laßt die Geräte untereinander ihren Schwatz halten, meinetwegen bezahlen wir auch den ganzen Käse, aber laßt uns gefälligst in Ruhe, ihr Schweine.

ANNO DOMINI 2005, SONNTAGS 18 UHR 40

Vorschau auf die 1000. Folge Lindenstraße

Sommer 2005. Der Fernsehsender RTL Mega Plus 12 feiert die 1000. Folge der Lindenstraße. Nach der Auflösung der ARD vor 9 Jahren hatte ein Konsortium aus Kirch, Bertelsmann, Preussen Elektra und Sonnen-Bassermann-Suppen den Sender RTL Mega Plus 12 gegründet. Auf diesem Kanal wird die Rumpelkammer des ARD-Nachlasses verwaltet: Verstehen Sie Spaß? mit Arabella Kiesbauer, Die Tagesthemen mit Hape Kerkeling und natürlich die Lindenstraße. Unter der finanziellen Knute des greisen Alkoholikers und Geschäftsführers Rex Gildo ist die Serie zu einer billig abgedrehten Trash-Sitcom geworden.

Was in der 1000. Folge geschieht: Iffi Sperling stirbt bei der Geburt ihres 8. Kindes. Von ihrem zweiten Mann, dem in Afrika verschollenen Kurt, war sie seit drei Jahren geschieden und lebte jetzt mit dem 68jährigen verwahrlosten Penner Egon Kling zusammen. Der Vater des Kindes ist jedoch dessen verstorbener Sohn Olaf, ein bisexueller Blumenhändler, der vor 8 Jahren unter mysteriösen Umständen seinen Lebensgefährten Dieder mit einem Akkordeon erschlug. Höhepunkt der 1000. Folge ist jedoch der Tod von Helga Beimer. Sie wird in der Gaststätte »Bei Momo«, dem vormaligen Akropolis, von ihrem 93 Jahre alten Onkel Franz im Todeskampf mit einer Panzerfaust angeschossen, stürzt aus der Schänke, wird von ihrem sterbenden Sohn Klausi und dessen totem Freund Olli beim Rückwärtseinparken lebensgefährlich am Kopf verletzt, und auf dem Weg zum Operationssaal trifft sie auf den Leichnam Anna Zieglers, der die Schwerverletzte die Treppe runterwirft. Helga Beimer ist damit die 12. Tote, die auf das Konto der mysteriösen Anna geht. In Erinnerung geblieben sind der Tod ihres zweiten Gatten Hansemann und seiner Kollegen Böhdefeld und Hütthusen, die zusammen die Treppe des Sozialamtes hinunterfielen. Der Tod Helga Beimers soll jedoch nicht der einzige bleiben in der 1000. Folge. »Ich hab' die Schnauze voll«, hatte der 104jährige Geissendörfer in einer Vorabinformation des Senders geschrieben, »jetzt bring' ich die ganzen Sackgesichter um.« In der Tat hatte der große alte Mann der Lindenstraße schon etliche Male ein Blutbad angerichtet, wenn ihm seine Serie zum Halse raushing. Wir erinnern uns noch alle sehr gut an die legendäre 932. Folge, an das Massaker der Mexikaner. Manoel Griese war plötzlich zusammen mit Benito Juárez und einer Handvoll Mescalero-Indianern in die Lindenstraße eingeritten und hatte 25 Leute erschossen, darunter Philipp Sperling, Pannajotis und Elena Sarikakis sowie Hermann den Dritten. Geissendörfer, befragt über dies ungewöhnliche Auftauchen des seit 9 Jahren verschollenen Manoel, erklärte, daß er keinen anderen Ausweg mehr gewußt habe, um das Verhältnis zwischen der alten Sarikakis und dem mottenzerfressenen Schäferhund Hermann dem Dritten zu erklären. Ja, und Pannajotis und der Sperling seien zufällig auf dem Set gewesen und leider jetzt wirklich tot. Die anderen Leichen dieser Folge sind Herr Hülsch, Valerie Zenker, Tante Rosi und der verlotterte Gastwirt Momo Sperling. Alle vier werden von dem Zuschauer Ewald Pollatschek aus Ricklingen mit einem Maschinengewehr zerschossen. Herr Pollatschek ist der Gewinner des diesjährigen Preisausschreibens von RTL Mega Plus 12: »Ich erschieße meine Lieblingsstars.« Ab der 1001. Folge lebt nur noch Egon Kling: Wir dürfen gespannt sein auf die Verwicklungen, die sich in den nächsten 1000 Folgen noch ergeben.

BRUSTWARZE

Brustwarze! Wieviel Verheißung steckt doch in diesem Wort, und wieviel Schrecken. Kommen Sie gut über den Tag, ich wünsche es Ihnen von ganzem Herzen.

Kassowarth von Sondermühlen

SENDBOTEN DES SATANS KLINGELN AN DER TÜR

Handwerker und Lieferanten

Die größte Lebenslüge der Deutschen ist sicherlich, daß es sich bei ihnen um ein Volk der Dichter und Denker handle. Meines Wissens gibt es keinerlei Anzeichen dafür, daß der Anteil der Bekloppten und Bescheuerten in diesem Land geringer ist als in der Mongolei oder Dänemark – eher im Gegenteil. Die zweitgrößte Lebenslüge aber ist, daß der Deutsche nur so vor Zuverlässigkeit und Pünktlichkeit strotze. Wer immer noch dieser Meinung anhängt, ist noch nie in die Fänge eines deutschen Dienstleistungskraken geraten. Ob es sich um die Anlieferung eines Sofas handelt oder ein tropfender Wasserhahn der Fürsorge eines sogenannten Handwerkers harrt, stets sind die damit betrauten Untoten völlig außerstande, ihr Eintreffen auf drei bis vier Stunden genau vorherzusagen. Während

Jetzt muß sie nur noch zusammengebaut werden: die IKEA-Einbauküche

seit dem Mittelalter – mit der allgemeinen Verbreitung der mechanischen Zeitmessung – der Mensch der Neuzeit daran gewöhnt ist, seinen Alltag minutengenau zu synchronisieren, um nicht ständig den Zug zu verpassen oder nachts vor die geschlossene Tür des Aldi-Marktes zu rennen, schaukelt ein Heer grinsender Blödiane mit speckigen Pritschenbullis durch die Gegend und kommt und geht, wann es ihnen paßt.

»Der Kühlschrank wird um 10 Uhr geliefert, sorgen Sie dann bitte dafür, daß jemand zu Hause ist«, trällert die Frau am Telefon mit einer Kommandostimme, die keinen Widerspruch duldet. Schon schlimm genug, daß man sich für die simple Anlieferung eines Küchenmöbels einen halben Urlaubstag nehmen muß, so wird der Tag doch dadurch erst richtig schön, daß die avisierten Ladenschwengel natürlich nicht um 10, auch nicht um 12 und nicht um 3 erscheinen. Des weiteren ist die Erfindung des Fernsprechers vor ca. 80 Jahren völlig an ihnen vorbeigegangen. Es wäre ja ein leichtes, dem nutzlos wartenden Kunden, der zu Hause seine karge Freizeit verplempert, zumindest fernmündlich die Gründe seines Ausbleibens mitzuteilen. Vielleicht ist ja eine Atombombe auf den Kühlschrankladen gefallen, oder den Auslieferungsfahrer hat ein akuter Ausbruch endemischer Arschfäule dahingerafft. Wer hätte da kein Verständnis. Doch die Wahrheit ist leider viel prosaischer: Die beiden Granaten sitzen am Straßenrand in ihrem Siebeneinhalbtonner, kauen ein Fleischwurstbrötchen und lesen Fickelmagazine. Auf den Gedanken, daß andere Menschen einer geregelten Tätigkeit nachgehen oder zumindest mehr vom Leben erwarten, als der Kühlschrank-Anlieferungen zu harren, kommen sie natürlich nicht. Gegen 17 Uhr endlich treffen die beiden Spitzenkräfte am Haus des Kunden ein und schleppen einen Elektroherd mit Ceranfeld und Umluftbackofen in den fünften Stock.

Nachdem ich die beiden Sportsfreunde mit dem Herd wieder weggeschickt habe, lese ich in der Zeitung, daß die Wahrscheinlichkeit, in unseren Städten tagsüber ermordet zu werden, mittlerweile bei 120 % liegt und daß in den nächsten Jahren der Anteil der Dienstleistungen in der deutschen Wirtschaft drastisch gesteigert werden soll. Schwer zu sagen, welche Meldung mich mehr erschüttert hat.

DIE FEUERROTEN AUGEN DES ZYKLOPEN

Ampeln

Zu Hunderttausenden stehen sie an unseren Straßen herum und zerhacken den fließenden Strom des Lebens in eine dumpfe Abfolge gebremster Intervalle: Lichtsignalanlagen, vulgo: Ampeln. Hier will sich die Hausfrau aus der Meerschweinchensiedlung mit ihrem Drittwagen bequem in den Verkehr einfädeln und unterbricht dafür 5 Minuten lang den internationalen Schwerlastverkehr. Dort meinen die Bewohner eines Anrainer-Seniorenheimes, unbedingt ihren verwalteten Lebensabend damit aufmotzen zu müssen, daß sie dauernd auf die andere Straßenseite humpeln, und erstreiten sich den Bau einer Fußgängerampel. Hunderten von Berufstätigen wird der tägliche Weg zur Arbeit gehörig vermiest, nur weil eine Handvoll Geronten ihre üppige Beamtenpension unbedingt auf der anderen Straßenseite verzehren muß. Wie dämlich unser Alltag längst geworden ist durch die dauernde bevormundende Unterbrechung durch Lichtsignalanlagen, wird recht deutlich, wenn man sich ein jagendes Wolfsrudel vorstellt, das alle 200 m stehenbleibt und in der Nase popelt. Menschen, die vor Ampeln warten, in ihren Autos hocken mit Gesichtern wie kackende Hunde im Stadtpark, prügeln zu Hause ihre Ehegatten und versteigen sich in die abartigsten sexuellen Praktiken. Keine normale Psyche verkraftet es auf Dauer, ständig im Bewegungsdrang unterbrochen zu werden. Mathematisch gesprochen handelt es sich beim ampelgetakteten Verkehr um die erste Ableitung von Einzelhaft – eben noch schlimmer, zeigt sich doch zwischendurch die Illusion von Bewegung. Deshalb dieser ungebärdige Freiheitsdrang an den Ampeln, die Wheelies der Motorradfahrer, die Kickdowns der Audi-80-Piloten. Nur wenige Meter währt das Trugbild der Freiheit, schon flackert die nächste rote Flamme am Straßenrand. Eine besondere Form von Psychoterror ist die sogenannte »grüne Welle« an vielbefahrenen Ausfallstraßen. Bei ca. 120 km/h schalten dort die Ampeln jeweils auf Grün, wenn ein Auto naht. Hin- und hergerissen zwischen den Verlockungen der grünen Welle und der Illegalität der dafür nötigen Geschwindigkeit, fährt man 90, zu langsam, um durchzukommen, gerade schnell genug, um den Schein zu verlieren. Als ob das nicht reichte, um jeden vor Wut ins Lenkrad beißen zu lassen, gibt es neuerdings automatische Ampeln an Ortseingängen, die Dauergrün zeigen, aber sofort auf Rot umspringen, wenn sich ein Fahrzeug nähert. Diese Psychofolter, bei der das Opfer noch selbst den Mechanismus auslöst, wurde nicht etwa im finsteren Reich des Bösen erdacht, sondern ist fortschrittliche Verkehrspolitik der Bundesrepublik. Wen wundert es eigentlich noch, daß auf unseren Autobahnen die Leute rasen wie angreifende Kavallerie, wenn die Bewegung in den Städten, ganz gleich ob als Fußgänger, Auto- oder Radfahrer, längst verkommen ist zu einem blödigen Strammstehen vor roten Glühbirnen. Die absurdeste Idee der Ampelgläubigen bisher war ein Frauenarmband, das grün aufleuchtend dem Beschäler den empfängnisfreien Weg in den Uterus signalisieren sollte. Warum tragen dann nicht gleich alle eine Lichtsignalanlage vor jeder Körperöffnung und zeigen damit dem potentiellen Sexualpartner auf der Straße an, zu welchen Praktiken sie bereit sind. Deutschland, Ampelland. Deutsche Menschen – doofe Menschen.

FALSCHER FÜNFER

Ein altes Mütterlein hat mir gestern einen falschen Fünfmarkschein angedreht. Wie rührend. Ja, in der älteren Generation wohnt noch soviel Bescheidenheit. Jeder von uns hätte zumindest einen Hunderter gefälscht. Mögen die Tugenden der Altvorderen noch lange fortbestehen und ihre Werte in unserer Gesellschaft Bestand haben.

Kassowarth von Sondermühlen

HATTE ADAM DEN PERSONALAUSWEIS MIT DER NR. 001?

Terror der Zahlen

Nicht schlimm genug, daß man beim Friseur schon um einen Termin nachsuchen muß, nur weil er seine Schnippelbude jetzt Hairstyling Center nennt. Nein, die Rezeptionsgöre am Telefon blafft einen auch noch an: »Geben Sie mir bitte Ihre Kundennummer!« Hab' ich natürlich nicht, schon gar nicht im Kopf. Der ist voll mit Bankleitzahlen, EC-Card-Geheimnummern und den Ziffern vom Fahrradschloß. – Ein Brief vom Finanzamt: »Zahlen Sie bitte bis morgen grundlos 100 000 Mark. Rechtsmittelbelehrung: Gegen diesen Bescheid kann 20 Minuten lang Einspruch erhoben werden. Geben Sie dabei aber unbedingt unser Zeichen an.« Es folgt ein 78stelliges alphanumerisches Gebilde, das man unmöglich fehlerlos abschreiben kann – und das war's für den Einspruch. Oh, verdammt, ich muß ja noch zur Sparkassenfiliale, das Bußgeld fürs Falschparken einzahlen. »Haben Sie den Originalüberweisungsträger nicht mehr?« Bitte? Der hing zwei Wochen hinterm Scheibenwischer und ist vor lauter Taubenkacke ganz durchgeweicht. »Dann brauchen Sie die Kontonummer der Stadtkasse, Ihre Übertretungsnummer, das Autokennzeichen und natürlich die Bankleitzahl. Und alles bitte in Blockbuchstaben auf den Überweisungsträger schreiben. Hab' ich nich, kann ich nich, will ich nich! Weg ist der Lappen. Terror der Zahlen. Alles fing damit an, als der Gilb die Postleitzahlen nicht nur um eine Stelle erweiterte, sondern auch noch jeder Haustür eine eigene verpaßte. Seitdem kenne ich keine einzige mehr auswendig. Doch kaum hat die Chaostruppe von der Post AG dieses Maximum an Verwirrung gestiftet, bastelt sie schon an neuem Mist: Umstellung der Postleitzahlen auf binären Code. Meine bisherige wird zu 11 1 101 101 011. Wer's rauskriegt, darf mir schreiben. Zahlenkolonnen rauschen durch den Schädel, und man weiß gar nicht mehr, wo man welche draufschreibt. Was gehört noch mal hinten auf den Euroscheck? Die Schecknummer, die Kartennummer oder die ominöse Bankleitzahl oder gar der PIN – nein, den

WIE SPÄT IST ES

Wie spät ist es, fragte
mich heute ein Passant
an der Bushaltestelle.
Was sollte ich ihm antworten,
wie konnte ich diesem
Mitmenschen beistehen?
Ich hatte doch keine Uhr.
Wie traurig ist es doch oft,
dem anderen nicht helfen
zu können.

Kassowarth von Sondermühlen

darf man ja keinem verraten. In grenzenloser Anbetung der Nummernfolgen muß man sogar die Bankleitzahl angeben, wenn man innerhalb der eigenen Bank Geld überweist. Die kalte Erotik der nüchternen Zahl läßt uns nicht mehr los. »Ey, 1498 LZ Strich 7, komm her, du fettes Schwein«, hör' ich schon meinen Nachbarn mit seiner Frau schäkern. – Ich jedenfalls habe erst einmal die Schnauze voll vom Zahlenterror und schigger zum Kiosk, um mir auf den Nerv eine Palette Kümmerling hinter den Riegel zu schieben. Unten bei Mustafa seh' ich schon von weitem ein Pappschild im Fenster hängen: »Bin erreiche jetzt nur noch Internet: *http Doppelpunkt Doppelschrägstrich www Punkt hüdelhüdel Must. Sternchen.*

Ach du Scheiße!

GETUE UND GEMACHE

Funsportarten

Sport ist die konsequenteste Art, dem Menschen die Freude an der Bewegung zu rauben. Auf Zeit geradeaus rennen oder über eine Latte hechten, unter der man viel besser hindurchlaufen könnte – was für ein himmelschreiender Unsinn. Nicht mal das Tier, obwohl viel an der frischen Luft und mangels Gelegenheit Nichtraucher, treibt irgendeinen Sport, sondern liegt naturgemäß, sobald der Hunger nachläßt, lieber bräsig in der Flora rum. Allein der Mensch in seiner Form des notorischen Zappelheinis muß ständig an Bälle treten oder sich Plastikradkappen zuwerfen, statt angenehm betrunken unterm Holunderbusch ein Mittagsschläfchen zu wagen. Nun dachte man als bewegungsscheuer Zeitgenosse, der Schwachsinn der Sportiven sei nicht mehr zu überbieten. Weit gefehlt! In der ständigen Gier nach neuem Zappelfutter entstanden die Funsportarten, albernes Herumgehampel allzumal, doch einig in der Eigenschaft, Unsummen für Zubehör zu verschlingen. Ungekrönte Königin des Beklopptengezappels ist der Beachvolleyball. Als ob Volleyball allein nicht schon peinlich genug wäre, schütten die Doofen drei Sattelzüge Sand in die Fußgängerzone und »beachen«, wie es in ihrer merkwürdigen Sprache heißt. Andere, nicht weniger bescheuert, prellen eine Pille zwischen Lautsprechertürmen herum und spielen »Streetball«. Fast vergessen ist schon Squash, der Funsport für masochistische Klaustrophoben. Allen drei gemeinsam ist die Entstehung aus der Unzulänglichkeit: Weil der Scheißstrand in Kalifornien nicht anständig geteert ist wie etwa in Norddeich Mole, mußten die College-Heinis leider im schwergängigen Sand herumhopsen. Weil der arbeitsscheue schwarze Faulpelz in der Bronx zu blöd ist, um sich eine anständige Kampfbahn Rote Erde zusammenzusparen wie sein Kollege im Ruhrpott, prügelt er die Pille durch die Häuserschluchten. Weil der Massenmörder nie wieder aus seiner Todeszelle rauskommt, schmeißt er gelangweilt Klementinen an die Wand. So weit, so verständ-

Umstritten: Waldsurfing

lich. Doch warum sich reichlich versorgte Teenager westlicher Industriegesellschaften freiwillig diesen Beschränkungen unterwerfen, bleibt ein Rätsel. Warum sie nicht mit Papa wandern gehen oder sich im örtlichen Feldhockeyverein als Kassenwart ihre ersten Sporen verdienen – man begreift es nicht. Statt dessen verplempern sie die Penunzen des Sorgerechtinhabers bei debilen Funsportarten. Was werden die nächsten sein? Beach-Inline-Skating? Schmutzwater-Rafting? Stahlseil-Jumping oder In-die-Fresse-Smashing. Egal! Ich bin auf jeden Fall nicht dabei.

IM-WEGE-STEHEN ALS LEBENSZWECK

Der Vorläufer

Die Volkssage verteufelt den Nachfolger zum Usurpator, zum Thronräuber, den Vorläufer hingegen verklärt sie zum Propheten. Wer jemals als Nachfolger eine Rolltreppe im Kaufhaus hinuntergefahren ist, kann das nicht verstehen. Gibt es doch regelmäßig Pappköppe, die vor einem stehen und zwei Angström hinter dem Ende der Treppe mitsamt breitarschiger Begleitung wie angewachsen verharren. Während die in Konsumstarre Verfallenen das Stockwerk mit den Augen nach der Doppelripp-Abteilung absuchen, tagträumen die Nachfolger auf der Fahrtreppe von Flammenwerfern, Panzerfäusten und Schneefräsen, mit denen man die Bekloppten und Bescheuerten beiseite räumen kann. Der Vorläufer ist der Inbegriff des Charakterschweins, verantwortlich für $^{9}/_{10}$ allen Unheils auf dieser Welt. Warum dürfen Autos nicht mit einem Meter Abstand und 180 km/h auf der Autobahn fahren? Weil beim vorausfahrenden Psychopathen ständig mit irrationalen Bremsmanövern gerechnet werden muß: Mal kreuzt eine Kaulquappe den Schnellweg, mal fällt ihm beim Pommesfressen am Volant der Curryglibber auf die Trevirahose. Vorläufer sind überall: Sie parken aus dem Stand ihren massigen Körper im Hauptstrom der Fußgängerzone, wackeln im Schneckentempo – immer fünf nebeneinander – über Radwege, stehen in der Drehtür der Unfallnotaufnahme und unterhalten sich mit einem anderen geparkten Zellhaufen über Sonderangebote im Pimpel-Markt. Beliebte Weidegründe des Vorläufers sind die Ufer der Autobahnen. Weil ihm die Einfädelung in eine bestehende Bewegung charakterlich nicht möglich ist, rast er den geteerten Halbkreis runter und legt auf der Beschleunigungsspur eine Vollbremsung hin, dann glotzt er 10 Minuten dämlich auf den vorbeibrausenden Verkehr, um schließlich seine Gurke kurz vor einem mit 120 km/h nahenden holländischen Sattelschlepper im ersten Gang auf den Hauptfahrstreifen zu kullern. Auf die anschließende Notbremsung von 30 Tonnen Volvomasse folgt der obligate Auffahrunfall eines guten Dutzends unschuldiger Nachfolger. Um Leben zu retten, sei unseren Kapitänen der Landstraße dringend angeraten, die Zauderheinis an den Auffahrten grundsätzlich plattzuwalzen. Der deutsche Mensch an sich ist von seinem Volkscharakter her ein Vorläufer. Er steht gern im Wege rum und verteidigt Standpunkte, der Kessel und der Grabenkrieg, die Sandburg und der Parkplatz sind sein Zuhause. Bewegungen, die nicht andauernd von abrupten Bremsmanövern unterbrochen werden, sind ihm fremd. In der Ampel findet er den alltäglichen Trost für die unaufhaltsam davoneilende Zeit. Wer je einen Franzosen und Engländer in einen Kreisverkehr rasen sah und dagegen den Deutschen, wie er grundsätzlich auch vor einem leeren Kreisel bremst, um sich erst mal wieder neu zu orientieren, ahnt, daß mit diesen Trantüten nicht viel Staat zu machen ist. Der Vorläufer lebt schmarotzend von der Nachsicht des Nachfolgers. Er weiß, daß auf seine spastische Bremsbereitschaft nicht der verdiente Tritt in den Arsch folgen wird, sondern schlimmstenfalls ein unterdrückter Fluch. So bremst sich der Parasit durch unseren Alltag und zerstört die Anmut der Bewegung und letztendlich das Prinzip des Lebens: Alles fließt. Schon lange nicht mehr. Allen vorauslaufenden Zögerlingen wünsche ich ein halbstündiges Praktikum in einer Bisonherde auf der Flucht.

DER ANHÄNGER

Haben Sie in dieser besinnlichen Zeit einmal darüber nachgedacht, wer einem wirklich die Treue hält? Ist es die Ehefrau, ist es der Hund? Nein, es ist der Anhänger, dieses Geschöpf Gottes, dessen einziger Lebenszweck die Gefolgschaft ist. Etwas Treueres als den Anhänger finden wir auf Erden nimmerdar.

Kassowarth von Sondermühlen

VORSCHLAG FÜR EINE BESSERE WELT

Lob der Feldjäger

Zu unrecht gescholten wird viel zu oft das Militär, hat es doch Einrichtungen geschaffen, die von einer profunden Kenntnis der menschlichen Schwäche zeugen. Prämisse allen militärischen Denkens ist, daß der Mensch – zumal der männliche – von Natur aus ein widerliches Dreckschwein sei. Wer möchte dem widersprechen? Die Antwort des Militärs auf diese Naturgegebenheit ist allerdings nicht die Förderung der Herzensbildung beim Probanden sondern die Feldjägerei, eine Truppe primitiver Schläger, die den Lümmeln eins auf die Omme haut, wenn sie über die Stränge schlagen. Nun – der Humanist mag diese Form der Pädagogik verurteilen,

KÄFER ZERTRETEN

Wie leicht zertreten wir zuweilen einen Käfer mit unseren Schuhen, ohne einen Gedanken an den Tod zu verschwenden. Sollten wir nicht auch mal wieder ein Insekt mit den Fingern zerdrücken, um wieder ein Gefühl für den Tod zu bekommen?

Kassowarth von Sondermühlen

der Tourist hingegen, der schon mal seinen Urlaub in der Fremde inmitten einer Kolonie Landsleute verbracht hat, sehnt sich geradezu nach einem deutschen Feldjägerposten an fremden Gestaden. Wenn in spanischen Gaststätten namens »Hofbräuhaus« oder »Düsseldorfer Altstadt« zu Weizenbier und deutschem Gruß der Teutone schwelgt, heissa, wie nett wäre es doch, wenn zu vorgerückter Stunde eine Wagenladung Feldjäger die

Bude stürmte und die johlenden Schnitzelboliden so vermöbelte, wie sie es in ihren Reden einige Minuten vorher noch dem Kurden an den Hals wünschten. Um die polternde Plattfüßigkeit der temporären Auslandsdeutschen ein wenig zu deckeln, wünschte ich mir regelmäßige Razzien in den Hochburgen des TUI-Imperialismus. Wenn sie wieder mit den Charterjets der Legion Condor nach Spanien fliegen, um – dem Reihenhaus entflohen – die Sau rauszulassen, dann wartet der Feldjäger schon am Zielflughafen, sammelt die Pässe ein und geleitet die Erholungspflichtigen in ihre Kasernen. Dort werden an der Rezeption die Khaki-Uniformen für zwei Wochen ausgegeben und die mitgebrachten grün-lila Schinkenbeutel in den Safe verschlossen. Sodann ist Essenfassen am Buffet und danach eine Stunde Revierdienst, um ein Gefühl für die Arbeitsbedingungen der Einheimischen zu bekommen. Jeden zweiten Tag: Ausgang bis zum Wecken mit Gelegenheit zur Hormonentladung bei anderen Manöverteilnehmern. Wer pöbelt, bekommt vier Tage Bau. Jede Reisegruppe wählt aus ihren Reihen einen Stubensheriff, der beim morgendlichen Frühstück die Soll- und Ist-Stärke der Urlauberrotte dem Reiseleiter meldet. Die gesamte deutsche Garnison wird vom Standortkommandanten in Marine, Infanterie und Abschirmdienst unterteilt. Die Marinetouristen werden in Surfen und Kampfbaden unterrichtet, die Infanterie stählt sich derweil in Strandgepäckmärschen, während der Abschirmdienst am Pool rumlümmelt. Daraus entstehende Aggressionen sind erwünscht und verhindern falsche Paradiesprojektionen auf den Urlaubsort. So wird langfristig eine Devisenflucht sonnenhungriger Rentner nach Südeuropa verhindert. Die neue gesellschaftliche Aufgabe, die der Bundeswehr aus der Abwicklung der Urlaubsansprüche erwächst, schließt die Selbstverständnislücke der Streitmächte nach dem Ende des Kalten Krieges. Deutsche im Ausland sind nicht länger schlecht gekleidete Vandalen, sondern wohlgeordnete Besatzungsmächte. Die besten Voraussetzungen für den Urlaub der Zukunft bieten Inseln wie Alcatraz oder Robben Island, allerdings sind auch die abgeschotteten Gefangenenlager in der Dominikanischen Republik schon sehr weit. Und das schönste und zugleich erschreckendste Ergebnis des militärgestützten Tourismus: keine Beschwerden, kein Nörgeln, 100 % Zufriedenheit. Kraft durch Freude.

FAHNDUNGSFOTOS DER FUN-GENERATION

Grinseköppe

Grinseköppe starren uns an. Auf den briefmarkengroßen Blitzlichtfotos der Stadtmagazine begegnet uns die virtuelle Welt der guten Laune: Pipi und Bobo letzte Woche im Kaka, DJ Asshole beim ultimativen Rave-Event in Pepes Cholera-Stübchen. Gibt es diese Menschen wirklich? Kriechen Sie beim ersten Sonnenstrahl zurück in ihren Sarg? Oder bügelt ihnen Mama morgens die verschwitzten Unterhosen wieder auf? Wenn die Morlocks der City am Abend an der Sirene ziehen, verwandeln sie sich in eine kollektive C&A-Werbung und strömen den sinistren Spelunken entgegen: Fresse zeigen in der Osho, ein Toter Leguan auf Eis im Zaza, Fisch sucht Fahrrad, Fickalarm im Teckelzwinger – ja, wir machen durch bis morgen früh und singen bumsfallera. Irgendwo werden sie schon sein, die bleichen Grottenolme der Szenepresse, die einen in die Hall of Fame der Klatschspalten hochknipsen. Oje, feiert nicht Schnullerbacke vom Teenager Voodoo Club seinen 50sten heute, ist nicht im Exitus die irre geheime Insider-Schaum-Party? Und was ist eigentlich mit dem Rave im katholi-

Totenmaske eines Grinsekopps

schen Gemeindehaus? In ständiger Angst, nicht dabeigewesen zu sein, hetzen die Nachtasseln durch die City, um die angesagten Events nicht zu verpassen. Welch geheime Bruderschaft es denn ist, die einen Ort »ansagt«, das bleibt im verborgenen. Zu vermuten ist, daß eine Runde abgewichster Altgastronomen sich darüber verständigt, in welcher Glitzerbude den Bekloppten jeweils die Geldkatze gemolken wird. Dem graumelierten SLK-Fahrer nebst halb so altem Matratzenschoner wird die gediegene Räumlichkeit von Harry J. Fistfucks New York Bar angedient, der Büroschnulli mit seiner Tusse im billigen TexMex-Schuppen abgekocht und Mister 180 Beats samt Bulimie-Gespenst blutet in der Technohölle. Alle nähren sich an dem Versprechen, zur raren Gruppe der Trendsetter zu gehören, deren Fratzen die Partyseiten der Prospektmagazine füllen. Die Steigerung des Dabeigewesenseins ist nur noch die eigene Inszenierung. Auch wenn es schon megatoll ist, auf der Geburtstagsparty von Bata Ilic seine Visage in die Pressekamera zu halten, so liegt noch mehr Ruhm darin, wenn die jaulende Balkan-Hackfresse auf der eigenen Fete vom Fotografen erwischt wird. So bescheiden der lokale Szeneruhm auch ist, so unerbittlich sind seine Gesetze. Wer kommt rein ins Brevier der happy people? Da ist erst mal das frische Weiberfleisch unter der Überschrift »Gesehen an der Seite von«, es folgt der Name eines sattsam bekannten Edelalkoholikers. Wer den Pulli hoch- oder den Schlüpfer runterreißt, darf auch alleine kommen. Gerne auch belichtet wird der örtliche Promi, der in der großen weiten Welt reüssierte, vorzugsweise in der Gestalt des ewig jungen Rockgitarristen. Das Brot des Klatschfotografen aber sind die Nacht- und Szeneeulen, von deren Faces kein Mensch 2 km hinter der Stadtgrenze je gehört hat: »Sybille Prömmel vom Nagelstudio Kaiser wurde auch gesehen«, heißt es dann sybillinisch, oder »Zeigte sich guter Laune: Paki Amsaki aus dem BongoBongo«. Die Fremdheit dieser Welt wird einem erst in ihrer Gänze offenbar, wenn man die Szeneseiten einer anderen, nicht der eigenen Stadt betrachtet. Zwischen Bielefeld und Berlin ist da kein Unterschied, denn was die Todesanzeigen dem Tageszeitungsleser sind, ist dem jungen Printmedium-User die erstarrte Fröhlichkeit in den toten Fressen der Grinseköppe. Schade: wieder keiner dabei, den man kennt.

KAPITALVERBRECHER, DIE FREI HERUMLAUFEN

Die Zeiträuber

Schon klar. Jeder würde lieber auf Otaheiti im Baströckchen ein Pils zischen, als sich der gnadenlosen Moderne stellen. Denn hier bei uns im Land der Bekloppten und Bescheuerten lauern an jeder Ecke die Zeiträuber und stehlen unser Leben. Auto anmelden: einen halben Tag Arsch breitsitzen im Reptilienhaus der Kreisverwaltung. Telefonanschluß: »Unser Service kommt zwischen Montag und Freitag. Sorgen Sie bitte dafür, daß jemand da ist.« Fernseher anschalten: Shift Menu 1 program select GoTo Tuning Setup 5. Was denken sich die Schweinepriester eigentlich, warum wir im 19. Jahrhundert den 14-Stunden-Tag am Fließband abgeschafft haben? Damit wir jetzt nach der Maloche sechs Stunden lang den Eierkocher programmieren: Shift Menu Ei select weich. Was glaubt die Schmarotzerbrut in den städtischen Anstalten eigentlich: daß wir uns dauernd Urlaub nehmen, um uns neue Zettel abstempeln oder ablochen zu lassen. Vielleicht bequemen sich die sauberen Brüder mal, bei uns zu Hause vorbeizuschauen, wenn *wir* Zeit haben, um uns den Paß oder den Führerschein vorbeizubringen. Da lob' ich mir den Service der Polizei, die verhaftet einen jedenfalls noch ab Haustür. Alle andern wollen unser Leben klauen, nicht auf einmal, sondern Stück für Stück. Doch warum ist der Mann mit dem Messer, der die 90jährige Oma durchschneidet, ein Mörder, der Staat jedoch nicht? Der Messermann raubte der Oma höchstens 10 % ihres Lebens, der Staat ist durch unsinnige Ampelstopps, blödige Formulare und behämmerte Behördengänge – vom Wehr- und Ersatzdienst ganz zu schweigen – mit einem weitaus höheren Prozentsatz am Lebensraub beteiligt, geht aber ungeschoren davon. *Carpe diem*, reimte einst der Römer und meinte damit sicher nicht den Besuch beim Einwohnermeldeamt. Geradezu aberwitzig erscheint es, daß die Zeiträuber in den Pantoffelhäusern auch noch Gebühren nehmen dafür, daß wir unser Leben in ihren miefigen Linolfluren verschwenden, um ihre Angelegenheiten zu regeln. Mir geht der Personalausweis doch völlig am Arsch vorbei – der Staat will, daß ich seinen Zettel mit mir rumtrage. Warum kommt er dann nicht einfach auf'n Bier abends vorbei und fragt, ob ich Bock darauf habe. Nein, statt dessen zwingt er mich, während meiner normalen Arbeitszeit mit Menschen in widerlichen Pullovern zu sprechen. Ich glaube, es hackt. Wann verbietet das Kartellamt endlich den Staat und die Kommunalverwaltungen. Durch ihre Monopolstellung legen sie ein arrogantes Verhalten an den Tag, das vielleicht unter Karl dem Großen noch ganz witzig war. Heutzutage aber »bestellt« man einen Bürger nicht mehr an den Hof, zumal staatliche Höfe unserer Zeit die Prachtentfaltung einer Umkleidekabine für Pulloverfetischisten verströmen. Es ist weder zumutbar, seine Freizeit in den Miefbuden der städtischen Schleichkatzen zu vergeuden, noch möchte man jeden abend über Steuererklärungen und Mülltrennungsbeipackzetteln brüten. Das Leben ist kein Aktenordner, meins jedenfalls nicht. Lieber kack' ich noch voll Wonne auf meinen Teppich, als daß ich Kringel in Kästchen male für die Leute von der Zeitmafia. Außerdem kommt gleich »Meuterei auf der Bounty« im Fernsehen. Der Aufstand gegen die Schinderei der Zivilisation, da, wo alle die Schnauze voll haben, den Alten absägen und auf Otaheiti in Baströcken rumspringen und abends 'n Pils zischen. Shift Menu 1 Program Setup – Scheiße – Shift GoTo PictureDesc 5 Level 1 Play – verdammt noch mal – Shift 1 Menu Frequency Tuning 3 – No contact. Dreck!

ZWEI BEINE

Jeder von uns hat zwei Beine. Warum nur? Warum ist es gerade die ZWEI, die aus Myriaden von Zahlen ausgewählt wurde, die Anzahl unserer Beine zu bestimmen. Warum nicht die FÜNF oder die 10 474? Sind sie denn soviel schlechter?

Kassowarth von Sondermühlen

WEISSE MINNA DER URLAUBSKNÄSTE

Wohnmobile

Wenn Ferien sind in diesem Land, wackeln sie mit einer unförmigen weißen Kiste mit 60 km/h auf den Straßen herum und zwingen mich zu halsbrecherischen Überholmanövern. Dämlich glotzen sie aus dem Hymen-Mobil, immer auf der Suche nach einem Stück unberührten Straßenbegleitgrüns, wo sie ihre Chemotoilette auskippen können. Urlaub ist für solche Menschen undenkbar, wenn sie nicht ihren kompletten muffigen Haushalt auf vier Rädern mit sich herumschleppen können. Als ob ihre Wohnung nicht schon widerwärtig genug eingerichtet wäre, schleifen sie die abstoßende Ästhetik ihrer Lebensbewältigung sogar bis ins Ausland, um die letzten Sympathiereste für die Deutschen in allen Winkeln der befahrbaren Erde mit Stumpf und Stiel auszurotten. Noch das winzigste Pyrenäenkaff, die kleinsten Lofoteninseln, die von der deutschen Wehrmacht verschont geblieben sind, werden von der weißen Freizeittruppe niedergewalzt. Keine Bruchsteinmauer in Südfrankreich, keine Hecke in Irland, hinter die nicht ein Freizeitlandser gekackt hat. Die General-Wohnmobilmachung erfaßt alljährlich Hunderttausende der Bekloppten und Bescheuerten und stürzt sie in einen Taumel vorzivilisatorischen Benehmens. Da sie die eigene plüschige Privatheit am Haken hinter sich herziehen, bewegen sie sich in ihrem Selbstverständnis unter Ausschluß der Öffentlichkeit. Frech parken sie ihren »Sven Hedin« oder »Eriba« vor dem Straßburger Münster, verlassen des Morgens im grünlila Plastikstrampelanzug mit einer Klorolle unterm Arm den muffigen Wagen und kacken hinter die Kathedrale. Haben wir eigentlich 2000 Jahre christliches Abendland mit Ach und Krach durchgezogen, damit am Ende des Jahrtausends in Plastik eingeschweißte Freizeitzombies hinter unsere Kulturdenkmäler kacken? Nach dem frugalen Frühstück aufgewärmter Raviolidosen zuckelt die weiße Freizeitflotte wieder über die Straßen, um möglichst viele einheimische Autofahrer durch dämliches Gegendanglotzen zur Weißglut zu bringen. Gern

Endlich! Das fahrende Scheißhaus ist da.

wird auch mitten auf einer Kreuzung geparkt, um durch dilettantisches Kartenstudium die nächste Sehenswürdigkeit ins Stuhlgang-Kataster einzutragen. Und wenn man schon mal hält, »könnten vielleicht die Kinder schon mal in den Graben kacken, oder was meinst du, Pappa?«. Manchmal stehen sie auch am Straßenrand und zurren die Ladung fest: vier Mountainbikes, drei Surfbretter, zwei Kajaks, eine Enduro und riesige Plastikballons, in denen sie Alkohol nach Skandinavien schmuggeln oder billigen Fusel aus Frankreich importieren. »Mamma, wie isses, wenn wir schon mal halten, könntest du im Grunde auch mal eben hinter die Leitplanke kacken.« Irgendwann im August oder September kehren sie zurück von ihren Expeditionen ins Tierreich und werden wieder zu ganz normalen Menschen, die morgens ins Büro oder in die Fabrik gehen. Die Flotte des Grauens steht dann im Wartestand auf der grünen Wiese, hektarweise veröden sogenannte Caravancenter und Wohnmobilhändler die Ortsausgänge unserer Städte. Und am Sonntag vormittag schleichen sie schon wieder zwischen den geparkten Kisten herum und überlegen und rechnen, mit welchem Monster sie in der nächsten Saison anderen Menschen den Urlaub versauen. »Ja, und da wir gerade hier sind, Mamma, was meinst du, wollen wir schon mal jetzt direkt hier hinter den Wohnwagen kacken?«

MENSCHENRECHT AUF SHRIMPS

Planet Erde – Ausverkauf

Das runde Teil, auf dem wir hausen, geht den Bach hinunter. Keine Frauenzeitschrift, kein Fernsehmagazin, in dem das unausweichliche Ende des Planeten nicht längst ausgemachte Sache ist. Und wie immer, wenn etwas Großes zu Ende geht, werden die letzten Reste verschleudert: Onkel Erich frißt den Hummer aus dem Pimpl-Markt, Tante Hildegard hat im letzten Urlaub mit ihrem fetten Arsch 2 qkm Korallenriff für immer ausgelöscht. Kein Atoll, kein Urwaldnest mehr auf Erden, das nicht an die Bekloppten verramscht würde. Und gäbe es keine ortsansässigen Terroristen und geldgierigen Billigflieger, die gemeine Sandale hätte schon jede Krume der Erde plattgetrampelt. Und alles, was er sich in der Ferne durch den Arsch sacken ließ, das soll's für Onkel Heinzi fortan auch im Superladen geben: Jakobsmuscheln, Mangofrüchte, Straußeneier, Lamaklöten und tonnenweise Shrimps. Das schaufelt sich das dumme Schwein abends vor der Glotze rein. Und wenn die Lende wieder juckt, geht's last minute um den halben Globus zum Billigstich in braunes Fleisch. Ausverkauf der Erde – Kinderficken, Quark: alles für 'ne Mark.

Während sich der Europäer auf die Breitbandvernichtung ganzer Landstriche durch Freizeitblödsinn und Schnittblumenimport spezialisiert hat, greift der Chinese mit chirurgischer Präzision ins Resteregal der Fauna. Um seinen welken Piephahn wieder aufzupäppeln, bröselt er sich Panzernashorn und Sibirischen Tiger in den Reis: Hauptsache auch der 1,5milliardenste Knallkopp hat noch 'ne Morgenlatte. Und bei uns? Alles ist für alle da! Elitäres Arschloch der, der behauptet, nicht jeder Blödian müßte sich die letzten Blauwale angucken. Nix da. Auch Oma und Opa wollen mal raus. Zack, den Joggingschlüpfer übergestreift und heidewitzka in das Flugzeug rein. Onkel Heinzi fliegt auch noch mit und sagt ganz stolz: In jeden Ozean hat er schon reingepißt, nur die Südsee, die fehlt ihm noch. Die Tropen überhaupt, och wie schön: aus Mahagoni hat Tante Hildegard 'ne Blumenbank. Doch auch da ist sie dem gelben Manne weit unterlegen. Der Japaner, dieser Fuchs, wischt sich mit dem Urwald aus Neuguinea das Arschloch ab. Planet Erde – Ausverkauf! Was gibt's noch zu verramschen? Nur die Massengüter sind in Kürze noch im Angebot: Luft und Wasser – weg damit. Die Atemluft fressen der Mitsubishi und der Düsenjet, und in das Wasser pinkeln Onkel Heinzi und das Atomkraftwerk.

Auf den Schreck jetzt aber einen Shrimp. Guten Appetit.

DU SOLLST NICHT TÖTEN

»Du sollst nicht töten«, sagt das Gebot. Schwingt da nicht ein »eigentlich« oder ein »an sich« in dem Satze mit. Hätte es nicht besser geheißen: »Du darfst auf keinen Fall töten«? Hat diese unsaubere Formulierung vor Tausenden von Jahren all die vielen Millionen Ermordeter seither auf dem Gewissen? Wieviel Mißverständnisse kann doch eine kleine Schlamperei verursachen.

Kassowarth von Sondermühlen

DIE INVASION DER ZITTERROCHEN

Rentner

Sie haben ihr Leben lang gearbeitet, und jetzt wollen sie ihre alten Tage genießen. Aha! Nichts dagegen zu sagen, aber haben sie denn auch genug Pinkepinke, ihr Dasein ungebremst weit über die 65er Demarkationslinie zu verlängern? Da sieht's dann böse aus. Ein Großteil der Mümmelpriester, die sogenannten Pensionäre z. B., haben nämlich keine müde Mark ins Rentensäckerl eingezahlt und schmarotzen nun am Erwerbstätigen herum. Zudem verabschiedet sich die Beamtenkaste schon gerne mal Mitte 50 aus dem auch dort komischerweise so genannten Berufsleben und hampelt mopsfidel in der Freizeitgesellschaft herum. In Pharmagewittern gestählt, zieht es die Rostköddel zum Whitewaterrafting, zum Para-

Frieda & Anneliese rüsten zur Senioren-Trophy!

gliding und Freeclimbing. Nichts, aber auch gar nichts mehr ist der Jugend allein vorbehalten. Wahrscheinlich knutschen die Modersäcke auch schon im Mondschein auf den Parkbänken herum. Selbst die akademische Fron der Universität wird verwässert durch die Gerontenplage. Schon seit Jahren vereiteln die Mümmelfritzen durch das Seniorenstudium einen Schulterschluß der Generation. Kein Sozialpädagogik-Seminar, keine Statistik-Vorlesung, in der man sich noch in Ruhe über das Ficken unterhalten könnte, ohne daß eine Lebensendfigur interessiert die welken Löffel sperrte. Doch es gibt ja nicht nur den satt alimentierten Pensionär, sondern auch noch den weniger prächtig versorgten Kleinrentner. Doch wer glaubt, die Größe der Börse verhalte sich umgekehrt proportional zur Verträglichkeit des Charakters, der irrt. Gerade Freund Schmalhans ist ein Miesepriem sondergleichen. Seine Lieblingsbeschäftigung ist es, die Einkaufsgänge just dann zu unternehmen, wenn auch dem gemeinen Werktätigen die einzige Viertelstunde vor Ladenschluß zum Nahrungserwerb bleibt. Bräsig wackelt er dann mit seiner Gehhilfe durch den Pupsimarkt und fingert Mümmelfutter aus dem Regal, nervt die Models hinter den Wursttheken durch insistierende Fragereien nach oberschlesischem Pansakucha und zahlt an der Kasse selbst dreistellige DM-Beträge mit grünspanigen Reichspfennigen. Kann Freund Mumie seinen Kram nicht shoppen, wenn der Beitragszahler für ihn die Rente zusammenmalocht? Muß es immer gegen Feierabend sein? Aber nein, tagsüber hat er ja keine Zeit, da wackelt er mit dem Auto durch die Gegend und braucht die *eine* Zehntelsekunde zu lange an jeder Ampel, die den nachfolgenden Verkehr zum Wahnsinn treibt. Die Geronte als solche nervt. Täglich findet sich der Teilnehmer der einzig werteschaffenden, mittleren Generation im Zweifrontenkrieg zwischen den gierigen Gören und den durchgeknallten Tatterfredis. Beiden stünde etwas mehr Bescheidenheit ganz gut an, sonst können sie ihr Chappi bald selbst zusammenbetteln. – Im Grunde war's der Sündenfall der Erkenntnis, der uns zum Büttel der Wackelknochen werden ließ. Irgendwann entdeckte der Mensch, daß nicht nur seine Eltern alt und klapprig wurden, sondern ihm das gleiche Schicksal ins Haus stünde. Und fortan wurde der Opa nicht mehr zu den Wölfen in den Wald gejagt. Schade eigentlich.

HILFE, DIE DOOFEN SIND WIEDER DA

Heimkehrer

Jetzt kehren sie wieder heim, die Bekloppten und Bescheuerten, aus den Touristenlagern im Ausland, vorbei ist's mit der sommerlichen Ruhe, mit dem Sitz im Kino, dem Parkplatz vor der Kneipe. Hilfe, die Doofen sind wieder da! Nicht nur, daß die Bekloppten-Dichte pro Flächeneinheit wieder bedrohliche Ausmaße annimmt, nein, die Hirnis haben auch noch sogenannte »Eindrücke« mitgebracht von ihren zwanghaften Auslandsaufenthalten. Schweigen wir von der Tortur selbstgemachter Videofilmchen und der Rezeptionshölle des Knipsbildchens am Strand, konzentrieren wir uns ganz auf die nicht minder grausige Folter des mündlich vorgetragenen Berichts. Natürlich haben die Blödiane nichts in der Fremde erlebt, was man nicht auch aus der Lektüre des Prospektes erfahren könnte. Das wäre ja noch verzeihlich, denn niemand erlebt ja noch irgend etwas. Aber sobald dieses Nichts in fernen Ländern sich vollzieht, lockert es die Zunge des Zombies. Wie aus einer grammatikalischen Versehrtenanstalt entflohen, blubbert geschredderter Satzschrott aus dem Mund des Heimkehrers.

»Die Farbe da unte sind viel bunte als wo wie bei uns.«

Nicht, daß wir eine Spektralanalyse tropischer Lichtverhältnisse erwartet hätten, aber wenn schon dämliches Gesülze, dann bitte schön doch in grammatikalisch ansprechender Verpackung.

»Und die Neger, die liege die ganze Tag lang unter die Bäum. Wo nehme die bloß dann widder die Elan her für dasse sich dauernd totschieße tun mit unsere Entwicklungshilfegeld?«

Sicherlich! Tourismus fördert die Völkerverständigung, Widersprüche werden in der direkten Begegnung des Fremden erst hautnah erfahrbar, und dann wollen sie einfach raus, diese vielen neuen Erkenntnisse, und wer ist das Opfer? Wir, die wir aus Leichtsinn die natürlich nicht ernst gemeinte Frage gestellt haben: Na, wie war's im Urlaub? Und schon ergießt sich über uns ein Schwall bis zum Erbrechen langweiliger Beschreibungen des Mittagsbuffets, untermischt mit ewig wahren Axiomen der Völkerpsychologie:

»Der Neger, jedenfalls die Sorte von da unten, die können ja sagenhaft trommeln, von den einen ham wir sogar 'ne Cassette dann am letzten Tag abgekauft.«

Ja, da zeigt es sich doch wieder: wenn er sich nur anstrengt, der Herr Neger, dann mischt er ruckzuck im Welthandel mit.

»Die Schildkröten, die sind da unten ja an sich geschützt, hat sich Mama von den einen 'nen Aschenbecher für Onkel Franz seinen 60sten machen lassen.«

Und so weiter und so fort. Ängstlich weichen wir im Büro und in der Stadt jeder gebräunten Visage aus, um nicht mit Souvenir-Erkenntnissen dieser Güteklasse zugeschissen zu werden. »Ich hab' übrigens Hodenkrebs«, beginnen wir sicherheitshalber jede Unterhaltung, damit sich unser Gegenüber womöglich scheut, von seinen netten Urlaubsfreuden zu schwadronieren. Es ist entsetzlich. Können die Bekloppten nicht einfach nach Hause kommen, sich überm Diktiergerät erleichtern, die zugegöbelte Kassette neben den vergeigten Videodreck stellen und sich wieder schweigend in die Kassenschlange des Regalmarktes einreihen. Ich hoffe es für sie, sonst drehe ich im nächsten Jahr einem Heimkehrer den Hals um.

UNTERHOSEN

»Sag mir, welch Unterhos du trägst, und ich sag' dir, wes' Geistes Kind du bist«, behauptet ein deutsches Sprichwort. Ach, wie trügerisch ist doch der Volksglauben. So trug zum Beispiel Adolf Hitler blütenweiße Unterhosen. Darüber sollten wir alle einmal nachdenken.

Kassowarth von Sondermühlen

MELDUNGMACHEN AM FERNSPRECHENDGERÄT

Telefon

Den Schutz der Privatsphäre garantiert schon das Grundgesetz. In der Regel klingeln also seit 1949 keine Männer mit langen Mänteln mehr morgens um 5.45 Uhr an der Haustür. Unverständlicherweise ist in unserem Staate das *Abhören* privater Telefonanschlüsse unter Strafe gestellt, das *Anrufen* allerdings nicht. Im Gegenteil. Private Telefonnummern unterliegen sogar noch der Veröffentlichungspflicht, so daß alle Wahnsinnigen dieser Welt zu jeder Tages- und Nachtzeit in meiner Wohnung rumquasseln können. Die morgendliche Stuhlformung genau wie der abendliche Gattenritt gelten in unserer Gesellschaft der totalen Rufbereitschaft als fernmündlich unterbrechbar. Und wehe dem, der sein Fernsprechendgerät aus der Buchse zieht, um wenigstens ein paar Stunden des Tages die Geschwätzigkeit der Welt von sich fernzuhalten. Er ist ein Querulant, ein Verdächtiger, entzieht er sich doch der allgegenwärtigen Sozialkontrolle durch den quasselnden Mitmenschen. »Immer erreichbar sein«, eine Horrorvorstellung George Orwells ist zu etwas Erstrebenswertem geworden, für das auch noch viel Geld gezahlt wird. Die Trendsetter – was man getrost mit »unreflektierter Vollidiot« übersetzen kann, schleppen schon seit Jahren ihre Handies mit zum Kacken. Doch nicht, um angerufen zu werden, denn soviel haben sie immerhin schon gemerkt, es kackt sich schlechter, wenn die Gattin an der Funke nervt. Nein, diese Burschen wollen selber anrufen, andere Menschen mit ihrem Wortmüll zuschütten, ihre Macht dadurch zeigen, daß sie jeden aus seiner Arbeit reißen können, um ihn vor dem Telefon strammstehen zu lassen. Je mehr telefoniert wird, desto weniger wird gesagt. Schon heute sind 95 % aller Gespräche komplett unwichtig, längst hat sich die Kommunikation von den Inhalten emanzipiert. Es wird gequasselt und gesabbelt rund um die Uhr, die Arbeit bleibt liegen, und man erfährt nichts. Wer immer noch glaubt, es gäbe so etwas wie wichtige Telefongespräche, dem seien die Abschriften der fern-

Noch immer im Einsatz: Handy der 1. Generation

mündlichen Unterredungen zwischen Helmut Kohl und Erich Honecker zur Lektüre empfohlen. Auf höherer Ebene ist selten weniger gesagt worden. Doch warum melden so wenige Leute ihren Anschluß ab, warum ziehen so wenige ihren Stecker raus? Es muß die Angst sein, es könnte mal eine Anwesenheitskontrolle auf diesem Planeten via Telefon stattfinden, und wer nicht abnimmt, wird ausgelöscht. Diese Angst läßt stillende Mütter den Säugling vom Busen reißen und zum Hörer grapschen, duschende Männer tropfnaß über die Auslegeware hasten und womöglich längst Aufgegebene aus dem Koma hochschrecken, würde man ein Telefon neben das Krankenbett stellen. Immer mehr definiert sich jedoch in unserer Gesellschaft wirklicher Luxus in der Abwesenheit der Dinge. Was ist der Luxus, ein Handy zu besitzen, gegen den, es nicht besitzen zu müssen. Schon die Götter definierten sich einst dadurch, für den Menschen unerreichbar zu sein. Hatten sie die Schreckensherrschaft des Telefons schon vorhergesehen?

SELBSTSCHUSSANLAGEN DES KLEINEN MANNES

Bewegungsmelder

Juppheida, die Bekloppten haben ein neues Spielzeug entdeckt. Wir erinnern uns mit Grausen der Zeit, als uns aus wirklich jedem Jetta-Rückfenster zusätzliche Bremsleuchten anstarrten. Die Doofen haben sie mittlerweile wieder abgeschraubt und legen sich statt dessen gerne ein »Günther« oder »Karl-Heinz«-Emailleblech hinter die Windschutzscheibe, damit auch jeder sieht: Hallo, ich habe zwar keine zusätzlichen Bremsleuchten, bin aber trotzdem noch bescheuert. Zu Hause klemmen sich

BESOFFEN SEIN

Es gibt Menschen, die sich mit Alkohol betrinken, bis sie sich übergeben müssen oder ihre Frau vermöbeln. Viele von uns verstehen dieses Verhalten nicht und schütteln den Kopf. Doch muß etwas, das wir nicht verstehen, deshalb gleich schlecht sein?
Lassen wir diesen Gedanken doch ruhig einmal zu.

Kassowarth von Sondermühlen

diese Surfer auf den Megatrends spätestens im September die elektrische Lichterkette an die Krüppelkonifere, und in den Sommermonaten wird alles, was nicht niet- und nagelfest ist, mit dem Hochdruckreiniger zerstäubt. Des Bekloppten Lieblingsspielzeug Mitte der 90er Jahre ist aber der Bewegungsmelder. Vorbei die Zeit, wo noch Erichs Stolperdrähte am Ossigehege den Ballermann aktivierten. DDR-Steinzeit-Technik! Heute kann sich jeder eine eigene kleine Zone in den Vorgarten basteln. Westliche High-Tech-Produkte registrieren jede Bewegung zwischen den Stiefmütterchen. Und dann werden die Flutlichtmasten am Flieder geschaltet und tauchen die vier Quadratmeter Vorgarten in gleißende Helle. Selbst wenn nur Nachbars Katze mit den Barthaaren wackelt oder die Kastanie aus den Ästen purzelt, reißt der Bewegungsmelder den Stromkreis auf. So verfällt denn der Siedlungsmensch des Nachts in eine Bewegungsstarre, um ja nicht sein Todesstreifenimitat zwischen den Rabatten zu erregen. Zugrunde liegt dem Einsatz der nächtlichen Grundstücksillumination letztlich der fatale Irrtum, bei den nocturnen Bösewichten handele es sich um »lichtscheues Gesindel« – und schwuppdiwupp die Lampe an, verscheuche den finsteren Burschen, hahaha. Dem Einbrecher ist es jedoch völlig egal, bei wieviel Lumen er die Bude ausräumt. Das ahnt nun auch der Siedlungsmensch und überlegt, wen oder was man außer der Lichterflut noch durch den Bewegungsmelder aktivieren kann. Heissa, damit könnte man doch auch Senfgas aus dem Rasensprenger versprühen oder die Tellerminen unterm Waschbeton scharf machen, um die Hypothekenfestung gründlich zu verteidigen. Schon jetzt sind Drückerkolonnen und Zeugen Jehovas seelisch zerrüttet. Kein Grundstück läßt sich mehr betreten, ohne daß ein Überraschungspaket an elektrischen Ferkeleien zündet: Hier heult eine Alarmsirene, dort klappt eine Vertreterscheuche aus den Rabatten hoch. Mit dem Kauf eines Bewegungsmelders zum Obi-Tarif kann endlich jeder Bekloppte sein Reihenhausgrundstück in ein kleines Alcatraz verwandeln. Wie schön! Auf jeden Fall sitzen die Richtigen drin.

SCHÖNER SPORT MIT TOTEN DABEI

Gar lustig ist die Jägerei

Piff, paff! schallt es durch den Living-Room, und der angeflickte Eherochen liegt im eigenen Schweiß. Flugs wird er mit dem Gattenfänger aus der Decke geschlagen und ein Bund Petersilie durch den Äser gezogen. Halali, gar lustig ist die Jägerei. Und wer hätte nicht Lust, nach zermürbendem Ehegezänk dem fetten Geschwurbel in der Fernsehsasse mal eins auf die Schwarte zu brennen. Doch leider sieht der Staatsanwalt die Ausübung der Jagd in der eigenen Wohnung gar nicht gern. So verzieht sich denn der Tötungssportler übellaunig in die Feldmark und ballert dort die Tierchen tot. Nun, da wollen wir mal fünfe grade sein lassen und nicht vom Bambi mit den großen Augen schwadronieren. Wenn's denn Fun macht, warum nicht mal 'ne Schneise in die Schöpfung schlagen. Doch wendet sich unser Urteil, o welch Graus, wenn wir bedenken, wer denn da noch so alles erschossen wird. Es ist mitnichten irgendwelches herrenloses Wild, das da sowieso rumlebt. Von wegen! Die grünen Brüder päppeln eigens für den späteren Blattschuß Kitz und Frischling hoch und weiden sie auf fremder Aue, als ob Wald und Flur niemandem gehörten. Doch anderer Leute Eigentum kümmert den Weidgesellen wenig. Überall dort, wo nicht Wohn- oder Gewerbegebiet dransteht, darf die schießwütige Kanaille ihre Opfertiere mästen. Marodierende Schweinerotten durchpflügen die topgepflegte Monokultur und kacken an die Edelkarotte, die fürs Kinderfertigfutter ausersehen ist – nur damit der Tötungssodomit sein Späßken hat. Ich finde, es ist jedem Hobby-Umbringer zuzumuten, seine Opfer in der eigenen Wohnung vorzuhalten – so wie es ja auch der blutrünstige Familienvater tun muß. Aber nein, Bambikaltmachen geht nur draußen auf fremden Grundstücken. Jagdrecht nennt man das: ein Überbleibsel aus dem Feudalismus, als es dem Adel vorbehalten war, Hirsch und Sau zu zehnten. Heute streifen Chefarzt und Hyundai-Händler durchs Unterholz und suchen mit sündhaft teuren Restlichtverstärkern nach dem

Reh. Wie jedes astreine Männerhobby dient auch die Jägerei im wesentlichen der argumentierbaren Abwesenheit vom Eheknast. Zusätzlicher Vorteil hier: Auch die Nachtstunden sind davon betroffen. Und ob der Gemahl auf die Ricke ansitzt oder auf der Sekretärin – wer vermag's zu sagen? So

Ausgestopfte Österreicher

kaufen sich Chefärzte Geländewagen und teure Knarren, haben müffelnde Köter auf dem Rücksitz liegen, nur um zweimal im Monat die Arzthelferin zu poppen. Und wir dulden diesen Mummenschanz in der Flur aus sentimentaler Rückschau auf die letzte Zwischeneiszeit, als jeder von uns noch Tiere packen ging, um satt zu werden. Doch, so meine ich, nicht jede Ernährungsform der Menschheitsgeschichte läßt sich hobbymäßig bis in alle Ewigkeit archivieren. Der eine schießt gern im Wald herum wie vor Hunderten von Jahren. Warum darf da der andere nicht seine Oma im Garten grillen? Kulturerbe der Menschheit ist beides.

SOZIALER HERPES DER SESSHAFTWERDUNG

Gäste

Sie kommen – am liebsten unangekündigt oder nach neunmaliger telefonischer Rücksprache. Sie gehen – wenn überhaupt, nachdem alle anderen vor Langeweile ins Koma gefallen sind oder der Getränkevorrat bis zur Bilge gelenzt wurde. GÄSTE! Wenn sie am Horizont auftauchen wie eine der sieben biblischen Plagen, hilft es nur noch selten, mit eilig heruntergelassenen Jalousien längere Abwesenheit vorzutäuschen. Meist haben sie schon ihren Kombinationswagen quer hinter drei Nachbarautos geparkt, die eilig zum Flughafen oder zur Blutwäsche müssen. Als wäre ihre eigene Anwesenheit nicht Geißel genug, haben Gäste gerne einen irgendwie ekligen Familienangehörigen im Schlepptau: sei es die furunkulöse Oma oder eine läufige Fuchshundmeute – alles liebe Kerls. Vielen Dank. Sowieso dabei sind die mißratenen Fortpflanzungsversuche nebst einer LKW-Ladung rappelnden Plastikspielzeugs – ist ja soviel Platz in dem neuen Kombinationswagen. Hereinspaziert. Kaffee, Kuchen juppheida. Mit dem Kriegsruf »Kann ich irgendwas helfen?« wird die wohlverwahrte Einbauküche in ein Chaos verwandelt. Nachdem das Tortenfuder ordnungsgemäß verklappt ist, kommt die Hauptattraktion der Gästebetreuung: debil um einen Tisch herumsitzen, Chips fressen, Quarzen, bis der Ficus fault, und blöde Scheiße labern. Merke: Der Anteil des Dumpfsinns am gesprochenen Wort verhält sich direkt proportional zur Anzahl der Gesprächsteilnehmer. Ab sechs Leuten – so die Faustregel – regieren nur noch uralte Witze, schale Spontanscherze und reflexionsfreies Geblubber die Runde. Um so erstaunlicher, daß dieser Dünnschißmarathon gut und gerne seine zehn Stunden währen kann. Dieselben Leute, die lauthals nach mehr Freizeit blöken, verplempern diese fast täglich durch sogenannte Geselligkeit – da trifft sich, was nichts mit sich selbst anzufangen weiß, und züchtet Hämorrhoiden bei Bier und Fluppen. Irgendwann ist der Salzlettentrog leergefressen, und der Ruf nach Geselchtem und Gesottenem wird laut.

Der rechnende Gastgeber wirft dann den Pansengriller auf den Rost und zaubert aus der günstigen Eiernudel und der Aldi-Mayonnaise ein schmackhaftes Magenfundament. Auf diese Weise recht kostenneutral abgefüllt, hofft der Heimgesuchte auf einen baldigen Abschied der Geißelgeber. Doch nichts ist. Durch den fleißigen Genuß bunter Liköre haben die Bewirtungszecken schon am Nachmittag ihre Fahrerlaubnis blank geschmissen. Wär' doch blöd, jetzt nicht weiterzusaufen. So folgt der zweite Aufzug des bräsigen Scheißelaberns in nikotinverseuchter Stube. Freund Allohol, wie immer dabei, glättet die gröbsten Verwerfungen des abgesonderten Schwachsinns. Endlich: halb vier in der Nacht: Keiner weiß mehr was Witziges, drei Leute schnarchen, einer kotzt, zwei diskutieren über Bosnien. Da wird's Zeit für die vielköpfige Gästeschar, das Nachtlager zu richten: Sofas ausklappen, Betten beziehen, versaute Nachtlektüre bereitlegen und Kotzeeimer holen. Und während die komatösen Besucher sich ins beduselte Nirwana rasseln, räumt der Heimgesuchte seine Wohnung auf: dreißig Aschenbecher entleeren, ausgesoffene Flaschen nach Farben und Pfand sortieren, Kotzeflecken aus dem Perser rubbeln, lüften und nochmals lüften, dreckiges Besteck aus dem Bücherregal fingern, Spülmaschine einräumen, mit den Gästekötern noch mal Gassi gehen ... Verdammt, schon halb sechs. Schnell das Frühstück für den Besuch gezaubert, und nix wie weg zur Arbeit. Die können ja ausschlafen. Na – war doch wieder mal ein schöner Abend!

BUNDESVERKEHRSMINISTER

Manchmal sehe ich den Bundesverkehrsminister abgebildet in der Zeitung, und ich sage mir: Was für eine dumme Visage. Und sofort zucke ich zusammen. Wie konnte ich nur so ungerecht sein. Sicher gibt es irgendwo auch einen Menschen, der ihn liebt.
Ich will es zumindest hoffen, liebe Freunde.

Kassowarth von Sondermühlen

NEGER, NEGER, NEGER, KRÜPPEL, FRAU …

Political Correctness

Political Correctness. Dafür gibt's kein Wort im Deutschen, was ausnahmsweise mal *für* dieses Land spricht. Dennoch ist das angeschwult begriffliche Herumlavieren um harte Worte auch hier zu einem gesellschaftlichen Muß geworden. Der Neger und der Krüppel schieden zuerst dahin, aus Lehrling und Student wurden alsbald Azubi und Studierender. Der Idiot mauserte sich schließlich zum »geistig Andersbefähigten«. Gastarbeiter heißen ausländische Arbeitnehmer und Asylanten Asylbewerber. Als ob die sprachliche Tünke auch nur einen Deut die gesellschaftliche Realität verändern, geschweige denn verbessern würde. In Lübeck schon brannte das Asylbewerberheim sicherlich genauso gut, wie es das Asylantenheim getan hätte. Wenn die Menschen sich in die political correctness fliehen, dann, um zumindest in der Sprache eine heile Zuckerbäckerwelt zu erschaffen. Dieses heuchlerische Umrubeln der alten Wörter leugnet die Identität der Bezeichneten. Was soll man denn vom Farbigen halten, der gestern Neger hieß, heute Afrikaner und morgen womöglich »pigmentmäßig Andersgeformter«? Immer war es ein Zeichen der totalitären Staaten, sich die Sprache nach ihrem Gusto zu formen: aus dem fettwanstigen Deutschen wurde der Arier, aus dem Todesstreifen der antifaschistische Schutzwall. Heutiger Träger der totalitären Gewalt ist nicht mehr eine Partei oder eine Klasse, sondern der gesellschaftliche Konsens, dieses breiige Gefühl des irgendwie Zufriedenseins. Es ist das Gefühl nach einer McDonald's-Mahlzeit, das Gefühl nach dem RTL-TV-Roman oder dem Besuch eines Freizeitparks. Irgendwie war es nicht wirklich toll, aber auch nicht wirklich total scheiße, es war halt ok, wie man heute so sagt, wenn man sich gelangweilt hat, aber nicht weiß warum. Auf diesem Nährboden des schwiemeligen Gefühlsmorastes mußte ein Neusprech für die fadenscheinige Oberfläche entstehen, political correctness eben. Gebt dem irgendwie Gebeutelten die Illusion der Anerkennung, gebt ihm neue Wörter,

Polnische Schwarzarbeiterinnen, nicht nur fleißig und preiswert – auch noch lustig

und er wird eine Zeitlang seine Schnauze halten. Noch gar nicht lang ist's her, da wurden aus den Eskimos die Inuit. Was war schlecht am Eskimo, und wer weiß, ob Inuit in Eskimosprache nicht doch heimlich »Herrenrasse« heißt. Grad beim kulturell gemordeten Arktisbewohner jedoch wird deutlich, wie die neuen Wörter der finalen Entmündigung nur um den Wimpernschlag der Geschichte vorausgehen. Drum seid lustig und seid froh, ihr Hottentotten, Kaffern und Kanaken, und gebt Obacht, wenn sie euch die neuen schönen Namen geben, denn dann geht's euch ganz gewiß recht bald an den Kragen.

WENN DER FÜHRER PLÖTZLICH ZU DIR SPRICHT

Kante an den Sack

»Die Hölle, das ist der andere«, faßte schon Jean-Paul Sartre in den Fünfzigern seine Erfahrungen mit den öffentlichen Verkehrsmitteln zusammen. Nirgends rückt einem der widerliche Schöpfungskollege auch dermaßen auf die Pelle wie hier im Zwischendeck des Sozialstaates. Als ob Old Spice Intimspray und Ballonseidenfummel nicht genügten, hat Freund Blödian noch eine Wunderwaffe im Arsenal: das »Kante-an-den-Sack-Labern«. Darunter versteht man den »sinnentleerten Mitteilungsdrang hirnamputierter Volltrottel in ausweglosen öffentlichen Räumen«.

»Na, höhhö, auch mit'n Bus unterwegs?« beginnt zumeist der Angriff auf den harmlosen Mitreisenden. Was soll man darauf antworten? »Nein, du Arschloch, dies ist ein Raumschiff!« Es geht nicht, irgendwie geht es einfach nicht. Also nickt man nur mit dem Kopf und glotzt angestrengt aus dem Fenster. Das wertet die Gesprächszecke allerdings als Aufforderung, noch tiefer in das Thema einzusteigen, und sie legt einen weiteren Knaller nach: »Wir lagen damals mit 20 Mann bei Woronesch am Don, ... 44.«

Au Scheiße, einer von diesen Megafertigen, die der Iwan schon nach 2 Wochen aus der Gefangenschaft rausgeworfen hat, weil er das Gesülze nicht mehr ertragen konnte. Vorsichtig fingere ich nach dem Nothammer an der Fensterscheibe, um den Querausstieg aus der Buslinie 64 vorzubereiten. Doch zu spät, neben mir ist ein Platz frei geworden, und der »Kante-an-den-Sack-Laberer« geleitet mich zurück an den Don. Mit Resten des Originalatems aus dem Jahre 1944, in dem man noch den Widerhall der Reichsdosenfleischversorgung wittert, gibt unser Freund eine kurze Ausrottungsprognose für 200 Millionen Menschen ab.

»Hätten wir in der Manstein-Offensive die Lafetten mit der 8-cm-PAK rechtzeitig an die Front geschafft, wäre der Iwan heute von der Landkarte ausradiert, aber hundert Pro.« Schau an. Kleine Ursache, große Wirkung. Hätte *ich* die Lafette mit der 8-cm-PAK rechtzeitig gehabt, säh deine

Fresse jetzt auch anders aus, denke ich und sehne mich nach der nächsten Haltestelle wie ein Verdurstender nach Afri Cola.

»Und selbst? Auch gedient?«

Ich hatte es geahnt: Die Schulterschluß-Frage! Nach der Devise: Haha, wir alten Landser, im Felde ungeschlagen, uns macht keiner was vor. Doch da war auch noch etwas anderes in der Frage, etwas Degradierendes. Was konnte ich schon antworten: Ja, hihi, 15 Monate Wehrdienst bei der Luftwaffe. Darauf würde das großdeutsche Arschloch an meiner Seite unweigerlich sagen: »Luftwaffe, hä, hatten wir damals auch, waren alle schwul, die Schlipssoldaten.«

Nein, nix da, diesen späten Sieg der großdeutschen Artillerie nun doch nicht, und schon gar nicht von diesem ekelhaften Kante-an-den-Sack-Laberer. Das Bürschchen brauchte eine Abreibung, damit er seine Fascho-Kacke nicht in jedes öffentliche Nahverkehrsmittel entleerte. Was ich dann sagte, stimmte zwar nicht, verfehlte aber nicht seine Wirkung.

»Hör mal, du Arsch, was hast du da vorhin gesagt, du hast 44 nicht rechtzeitig die 8-cm-PAK an die Front nach Woronesch gebracht, hä? *Du* warst das, weißt du, wer da gefallen ist, hä, weil er nicht rechtzeitig die 8-cm-PAK gekriegt hat? Hä, weißt du das, du Arsch? Mein Opa, du Kameradenschwein!«

»Aber, abber die beschissene Versorgungslage ...«

Es folgten noch ein paar Ausflüchte über die beschissene Versorgungslage an der Ostfront, aber da hatte der Nothammer schon sein linkes Auge im Visier, warum auch nicht, auf dem rechten war er sowieso schon blind. Wie sich nachher rausstellte, ist er bis vor kurzem Staatsanwalt an einem Oberlandesgericht gewesen. Heitler, Land der Bekloppten und Bescheuerten!

DARESSALAM

»Daressalam«, was für ein schönes Wort.
Warum kann nicht Visselhövede so heißen?
Was auch immer dem Neger an wirtschaftlichem Vermögen gebricht,
Orte benennen, o ja, darauf versteht er sich, der braune Bruder.

Kassowarth von Sondermühlen

DIE HAUPTSTADT DES 21. JAHRHUNDERTS

Gewerbegebiet

Irgendwann, wenn es diese Zivilisation längst nicht mehr gibt – in etwa drei oder vier Jahren –, wird man die Epoche, in der wir jetzt leben, die Zeit der »Gewerbegebiet-Leute« nennen. Ähnlich wie es vor uns die Schnurbandkeramiker oder die Pfahlbauleute gab. Nichts prägt den Beginn der Neunziger so stark wie das alles überwuchernde Gewerbegebiet, diese Architekturkotze aus Reno-Märkten, Wohnmobil-Absattelplätzen und kalt hingeschissenen Pizzabuden. Längst ist nicht nur der armselige Proletarier in die kubische Wüste an der Autobahn verbannt, auch der White-Collar-Malocher bewohnt seinen Bürosilo zwischen OBI und PUPSI. Alle großen Hotelketten haben ihre Vertreterfallen an die Autobahnausfahrten gerückt und lauern mit Schnupperwochenenden auf den Zweit-Beschäler und seine Sozia aus dem Vorzimmer. Nachdem die Stadtverwaltungen durch rigide Lärm- und Parkverordnungen das Disco-Abzockergewerbe von der City in die Outskirts vertrieben haben, fehlten zur kompletten, integrierten Vergnügungseinheit eigentlich nur noch die Daddelhallen und die Kolleginnen von der horizontalen Front. Doch sie sind schon längst dort. Während man beim Reifen-Spezi den Pneu auswuchten läßt oder im Car-Hifi-Stadl der neue Brüllschrank in den Japaner montiert wird, kann Pappa eben auf dem Restehaufen des Teppichbodenparadieses die Professionelle bespringen. Danach 'ne Krakauer im Niedersachsengrill oder bei Möbel Unger im Café 'n Stück Schwarzwälder. Ist doch schön? Ist doch klasse. Du hast einfach alles im Gewerbegebiet, und kein Scheißdenkmalschützer regt sich auf, wenn morgen früh der Real-Kauf gesprengt wird, keine Anwohnerinitiative nörgelt an pseudokruppverseuchten Kleinkindern herum, bloß weil achtzigtausend Autos täglich durch die Stadt der Zukunft fahren. Denn das ist ihr Geheimnis, das macht Gewerbegebiet-City so attraktiv für alle: Hier wohnen keine Menschen, keine miesepetrigen Tempo-30-Lehrer, keine Kinder, keine Alten. Gewerbegebiet-City ist Future-Town:

nur noch Verkauf, sonst nix. Und wer nicht kauft, fliegt raus. Fast alle, die was zu verkaufen haben, sind schon hier: der Auspuff-Discounter, der Tapeten-Fritze, der Spielzeug-Verbrecher, die Lebensmittel-Vernichter, Mister Minit, Praktiker, Obi, Dubi Du. Nach ihnen kamen die Discos, die Kino-Center, die Fitneß-Hallen, die Buletten-Tempel, und bald kommen die Kirchen und die Drive-in-Krematorien, und in ein paar Jahren haben wir vergessen, was eine richtige Stadt war, denn überall ist Gewerbegebiet-City, wo du fressen, saufen und nageln kannst, deine Teppichfliesen und Intimsprays kaufst, deinen Gott nicht findest und erst recht nicht dein Auto, das du irgendwo zwischen dreitausend anderen geparkt hast. Und wenn du nichts mehr kaufen kannst oder willst, wenn du nicht mehr saufen und nicht mehr fressen kannst, weil du vorhin schon nach der Krakauer gekotzt hast, dann mußt du raus aus Gewerbegebiet-City, zurück in deinen Betonkäfig zwischen die anderen Käfige und im Fernsehen gucken, was du dir morgen holst in BIG Gewerbegebiet-City. Denn dort, wo man dich wohnen läßt, gibt es nichts mehr: kein Kino, kein Brötchen, keine Krakauer, keinen Gott. Nur einen verwarzten Köter und einen alten Mann, und einer von beiden pißt jeden Morgen in den Lift. Hasta la vista, Mädels.

Die Straßen tragen noch die Namen der Urbevölkerung

GEISTERBAHN MIT RAFFGIERIGEN

Sonnabends in der City

Trotz gegenteiliger Propaganda durch das täglich Fernsehprogramm *darf* man andere Menschen gar nicht mit der Axt zerteilen. Wie aber dann ist ein Vorwärtskommen in der Fußgängerzone an einem Sonnabend zu bewerkstelligen? An Schnäppchenführers Geburtstagen torkeln die Konsumspasten wie waidwund zerschossene Wildschweine durch die innerstädtischen Waschbetonreviere. Um möglichst viele andere Bekloppte und Bescheuerte anzurempeln, wird jedem fettleibigen Monster durch Taschen und Pakete eine Spurverbreiterung auf 2,50 Meter verpaßt. Aussichtslos, solche Einkaufskreuzer überholen zu wollen. In den jeweils äußeren Plastiksäcken transportieren sie scharfkantigen Messing-Nippes aus der Eduscho-Forschung; und sind sie kleiner als 1,60 Meter, haben sie garantiert einen Schirm aufgespannt, um mit dessen Zacken in Augenhöhe des Durchschnittseuropäers operieren zu können. Nach dem Zufallsprinzip bleiben sie immer wieder unverhofft stehen und verursachen lustige Aufgehunfälle. Die Widerwärtigsten von ihnen kaufen sich 5 m lange Vorhangschienen und fuchteln damit in den Gesichtern ihrer Mitidioten herum. Wehe dem, der tatsächlich etwas zu erledigen hat, hoffnungslos ist er den Konsumvielfraßen ausgeliefert, die nur an sich raffen, um möglichst viel Platz wegzunehmen. Mit scheinbar abwesendem Blick reiben sie in der Kassenschlange ihre Genitalien an den Einkaufstaschen des Vordermannes oder schubbern am hart umkämpften Grabbeltisch herum. Für sie ist die Einkaufshölle am Sonnabend der Darkroom ihrer perversen Seele. Mit geladenen Schwellkörpern suchen sie die Enge der Kaufhäuser, suhlen sich in den Körperdünsten der Park-and-Ride-Gefangenentransporte oder pupsen wollüstig mitten in den Öffi.

Es gibt Zeiten, da erlahmen in jedem die ansonsten allgegenwärtigen Ausrottungsphantasien, da will man nicht mehr unbedingt mit einer gezielten Atombombe die Warteschlange an der Supermarktkasse bevölkerungspolitisch bereinigen – nein, es kommt sogar eine gewisse Restsympathie für den Kollegen Mitmensch auf. Er will schließlich auch leben, warum sollte man ihn durchsägen. Damit daraus keine unkontrollierte Nächstenliebe wird und die Fundamente unserer kapitalistischen Werteordnung in Frage gestellt werden, schuf der Herr am sechsten Tag den Sonnabend – in wahrendem Gedenken an den Mitmenschen als Arschloch. Es ist der einzige Feiertag, der seinen Zweck erfüllt. Wer gedenkt schon der verblichenen Oma am Totensonntag, wer büßt am Buß- und Bettag. Doch an einem Sonnabend, da versammeln sie sich in den Tempelbezirken der Städte, rempeln und fressen, schubsen und saufen, bis sie einander nicht mehr ausstehen können. Und am Abend in ihrer Zelle wissen sie es wieder: Was bin ich doch für ein Wunderwerk der Schöpfung, und was sind die andern doch für widerwärtige Arschlöcher. Und die Botschaft, die diese Gesellschaft am Leben erhält, ist wieder in den Gehirnen, und auf den Kofferraumklappen kleben wieder die ausgestreckten Mittelfinger.

RAUHFASERTAPETE

Stundenlang schaue ich zu Hause oft
auf die Rauhfasertapete und versuche
eine Regelmäßigkeit, ein Muster zu entdecken.
Doch da ist nichts, das sich wiederholt,
jeder Zentimeter ist spannend und neu.
Manchmal denke ich, ach wäre doch das Leben
oder das Fernsehen ähnlich abwechslungsreich
wie die bescheidene Tapete an der Wand.

Kassowarth von Sondermühlen

IN JEDEM LOKAL LAUERN FEINDE

Kellner

Der kürzeste Weg zwischen Durst und dem schönsten Gefühl der Welt ist der direkte Marsch zur Bierkiste. Um aber das Leben nicht allzu vollkommen und paradiesisch zu gestalten, erschuf der Teufel die Kellner: böse und griesgrämige Kreaturen, die nur aus Rücken bestehen. Durch bloße Anwesenheit verwandeln sie jeden Gast in einen wild mit den Armen in der Luft herumfuchtelnden Vollidioten. Als würde man seine Bestellung vor einem Gehege geisteskranker Lamas formulieren, glotzen die depressiven Burschen langweilig paffend im Schankraum herum. Verzweifelt wünscht man sich das komplette bundesdeutsche Kneipenpersonal mit japanischen Infrarot-Empfangsteilen nachgerüstet, daß es ähnlich wie der devote Videorecorder seinen Dienst verrichten möge. Seitdem der Beruf des Kellners in Deutschland kaum noch von geschulten Kräften ausgeübt wird, sondern jeder Sozialpädagogikstudent damit seinen sinnentleerten Aufenthalt an der Alma mater verlängert, ist die Qualität ins Bodenlose gesunken. So wird

Olli und Ditze aus dem »Chez Lar's«

einem also der überschwappende, pißwarme Kaffee oder das 27-Minuten-Bier von einem Subjekt kredenzt, das dem Selbstwertgefühl nach den Arsch voller Pulitzer- und Nobelpreise hat. Nur »der Kohle wegen« läßt sich Kollege Einstein herab, in »Furzis Pizzapinte« den okzitanischen Rhabarbersaft »total cool« durch den Raum zu tragen. Könnte man wenigstens dem phlegmatischen Zausel ein saftiges Trinkgeld in die Hand drücken, damit er sich für die Dauer des eigenen Kneipenaufenthaltes in den Urinraum verpißte. Aber nein, gnadenlos starrt der Samson qualmende Steinzeitmensch auf mein Souflaki aus Bodenhaltung, während andere Gäste hilflos mit den Extremitäten in der Luft herumrudern, um sich in die Liste der Biersubskribenten einzutragen. Doch noch bevor der letzte Happen in den Schlund gewandert, wird der Teller weggerissen mit der ewig jungen Zynikerformel »Hat's geschmeckt?«, worauf man laut jahrhundertealtem Verhaltenskodex unerfindlicherweise mit »danke« zu antworten hat, statt eine detaillierte Liste der unmittelbaren Vergiftungserscheinungen runterzurasseln. Dem Kellner ist das eine so gleichgültig wie das andere. Um den Anstoß für den peristaltischen Rückwärtsgang zu geben, hat er während der Fragestellung den überfüllten Aschenbecher in die Essensreste gekippt. Wie praktisch. Kommt ja beides in den Müll, warum da zweimal laufen. Der Dialog aus Marlborokippen und Souflakiknorpel wird schließlich doch in den Kneipenorkus verschleppt, wo ein sozialpädagogischer Kochdarsteller einen heiteren Saucenfond aus den Resten kreiert. Unser Mann mit der Schürze ist mittlerweile wieder am Tisch erschienen, natürlich nicht, um sich nach einem weiteren Wunsch zu erkundigen, sondern um die Worte loszuwerden: »Ich muß jetzt kassieren.« *Wie denn, wo denn, was denn? Wir würden aber gerne noch …* Das sei ihm scheißegal, der Kollege, der eigentlich jeden Moment kommen müsse, übernehme dann Tisch 17. *Ob er vielleicht schon mal 3 Pils …* Nein, der Chef risse ihm ein Ei ab, käme ja alles durcheinander. Zusammen oder getrennt? *Getrennt!* Ach du Scheiße. Du da: 42,80 Mark. *Das kann aber nicht, ich habe doch nur 2 Bier und eine Pizza natur …* Dann eben 18 Mark! *20, stimmt so.* Und so fort. Überflüssig zu sagen, daß der anvisierte Kollege erst nach 1½ Stunden auftauchte und dann in Ruhe ein Kilo Samson wegpaffte, bevor er sich in Servierstimmung wähnte.

SO LAUTET DIE LETZTLICH EXISTENTIELLE FRAGE:

Was soll man eigentlich alles?

Vor Antritt der Fahrt Beleuchtung und Richtungsanzeiger überprüfen, vor dem Sommer unbedingt gegen Zecken impfen lassen, ab 35 Krebsvorsorge, Dachrinnen halten länger, wenn die Kehle mit Acryllack gestrichen wird, tasten Sie die Prostata ihres Hundes einmal wöchentlich auf Geschwulste ab. Hilfe!!! Was soll man eigentlich noch alles? Nach dem Höhöhö und vor dem Essen, Händewaschen nicht vergessen. Kaufen sie nicht *jeden* Abflußreiniger! Preisvergleich lohnt sich! Auch Schlüpfergummi läßt sich unter Umständen von der Steuer absetzen! Quittungen aufheben! Achten Sie auf den Beipackzettel Ihres Vollkornbrötchens, merken Sie sich ihre Schließfachnummer, der Bürgersteig ist bei Schnee vor 7 Uhr morgens vom Mieter der Erdgeschoßwohnung vorne links zu reinigen. – Nein! Der Mieter macht nämlich noch Bubu und scheißt was drauf, ob sich jemand auf die Schnauze legt. Irgendwie hatten wir uns das Erwachsenenleben alle doch etwas entspannter vorgestellt. Poppen, saufen, lange schlafen! So in der Art. Statt dessen treten wir wie die notgeilen Hamster das Laufrad nach vorn, wir füllen Formulare aus, fahren eine Tankstelle weiter, wenn der Sprit 'nen Pfennig zu teuer ist, lesen 80seitige Gebrauchsanweisungen, bevor wir die Glotze anstellen, wissen, welche unheilbare Krankheit jeweils aktuell von welchem Lebensmittel erzeugt wird. Irgendwie hatten wir uns das Erwachsenenleben etwas geiler vorgestellt. Auf'm Sofa rumliegen, ohne Nummernschild Motorrad fahren und nachts Spaghetti kochen, wenn man Bock drauf hat. So in der Art. Pustekuchen, angeschmiert! Bist du erst 30, kannst du das Erwachsenwerden kaum noch rauszögern. Selbst ätzende Berufsjugendliche wie Wolfgang Niedecken haben ein Girokonto und »machen irgendwas fürs Alter«. Man glaubt es nicht, aber du erwischst dich selbst dabei, wie du einen Überweisungsträger ordnungsgemäß ausfüllst, statt einmal »Ficken« quer drüber zu krakeln, wie es jeder normale Mensch tun würde. Als Erwachsener fühlst du dich wie eine Teppichfliese, die exakt zwischen die anderen Teppichfliesen paßt, damit alle drauf rumtrampeln können. Apropos Teppichfliesen! Wenn man sie täglich gegen den Strich mit Natronlauge bürstet und dreimal Simsalabim in Richtung des Herstellerwerkes murmelt, halten sie viel länger. Hätten Sie's gewußt? Was soll man um Himmels willen noch alles tun? Selbst der eigene Teppichboden, den man für einen anspruchslosen Partner hielt, schreit nach Liebe und Fürsorge. Pro Kind muß man am Tag mit durchschnittlich 2,43 Stunden Pflegeaufwand rechnen. Tut mir leid, keine Zeit. Wer soll sich dann um meine Schuhe kümmern. Morgens und abends bürsten, einfetten, polieren, Schuhspanner einsetzen und jeweils alternierend einen Tag Ruhe gönnen. Haha! Und die Hemden, wer bügelt die? Man selbst, zeitsparend während der Tagesschau, oder die Heißmangel, mittwochs zu, morgens 10 bis 12.30 Uhr, freitags geschlossen. Gott sei Dank hat der Tierarzt gegenüber auf, und ich wollte schon seit Jahren mit der Katze wegen der Hüfte, schade, ich hab' sie nicht dabei, vielleicht auch besser so, denn sie ist seit anderthalb Jahren tot. Was soll man eigentlich noch alles schaffen, bevor man endlich den Arsch zukneifen darf? Au Scheiße: vergessen, Sargpreise zu vergleichen!

GESCHLECHTSVERKEHR

»Geschlechtsverkehr«. Wer denkt da nicht an eine Vielzahl von Teilnehmern, und doch sind in der Regel nur zwei gemeint. Wären hier nicht Begriffe angebrachter, die allein vom Worte her schon das Teilnehmerfeld begrenzten? Pimmelschach z. B. oder Samentennis. Denken Sie mal drüber nach.

Kassowarth von Sondermühlen

ÖFFENTLICHE FERNSPRECHZELLEN IM DESIGN-RELAUNCH

Gelbe Telefonzellen

Alles fing damit an, daß ein weißhaariger Vorstadtdrachen, genannt Eiserne Lady, sich vornahm, Großbritannien zu ruinieren. Ein Programmpunkt war die Vernichtung der Königlichen Post durch Privatisierung des Telefondienstes, äußerlich erkennbar daran, daß die roten Telefonhäuschen zunehmend silbrigen Liliputaner-Bushaltestellen mit der Aufschrift »British Telecom« weichen mußten. Wunderbar, dachten sich die Bekloppten und Bescheuerten in Deutschland, das machen wir auch. Über vier Generationen haben sich die Menschen in diesem Lande an gelbe Telefonzellen gewöhnt, sie gehören zum Erscheinungsbild der Städte und Gemeinden wie die Kirche und das Rathaus. Plötzlich kommen ein paar durchgeknallte Werbefuzzis daher und meinen, ab jetzt stellen wir auch silbrige Rindertrockenhauben in die Fußgängerzonen, das ist doch viel witziger. Noch nicht genug: Die knallmausgrauen Lieferwagen mit der dezenten Aufschrift »Fernmeldedienst« werden ersetzt durch lustige weiße Kullerautos mit dem Schriftzug »Telekom-Service« in der appetitanregenden Farbe eines gut plazierten Lungendurchschusses. Widerlich. Wo sind die Denkmalpfleger, die diese Lumpen in Ketten legen, um zu verhindern, daß noch mehr Kultur vernichtet wird. Warum nicht gleich »Gottesdienst« umbenennen in »Sakro-Service« und alle Kirchen grün-lila anstreichen. Es reicht dem Pack anscheinend nicht, jede Hausecke und jedes unaufdringliche Trümmergrundstück mit riesigen Werbeflächen für Tiefkühlfraß und vergiftete Unterhosen zu versauen. Nein, überall schlägt das Verpackungsdesigner-Gesindel zu. Und wer könnte da besser drauf reinfallen als der schwerfällige Bundespostkoloß. Die Abschaffung der gelben Telefonzellen war der Anfang vom Ende. Als nächstes wurden Millionen aus dem Fenster geschmissen, um jeden Paketlaster mit mannshohen fünffingrigen Idiotenaufklebern zu verschandeln. Witzigkeit kennt auch hier keine Grenzen. Schon lange erkennen wir den Briefträger auf der Straße nicht mehr. Trug er früher eine auch nicht gerade vorteilhafte, leicht im Schnitt abgewandelte Reichswehruniform, so streunen heute die Zusteller durch die Straßen, als ob sie auf dem Flohmarkt alte NVA-Reste zusammengebettelt hätten. Es ist nur noch eine Frage der Zeit, wie lange sich die CI-

JOH. SEB. BACH

Johann Sebastian Bach, ein Genie, ein Ausnahmemensch. Ja, und doch nannte er, wenn er ein Werk vollendete, es bescheiden nur eine »Fuge«, nicht etwa eine Fliese oder gar 4 x 2.80 Auslegeware, nein, nur die Fuge sollte es sein. Ach, könnten auch heute die Menschen noch so bescheiden sein wie einst der große Komponist aus der ehemaligen DDR.

Kassowarth von Sondermühlen

Fuzzis den Wildwuchs angucken. Schon bald werden die gelben Engel der Postwurfsendung in lustige Kittel mit Werbeaufdruck gesteckt und haben ein extrem witziges Papierschiffchen auf dem Kopf mit der Aufschrift »Ich komme einmal täglich! Dein Posti«. Grauenhaft. Spätestens dann wird es Zeit, den in die Jahre gekommenen Dobermann zu reaktivieren und wie zufällig am Vormittag durch den Garten laufen zu lassen. Insgesamt bleibt uns jedoch nichts anderes übrig, als hilflos mit anzuschauen, wie ein Haufen Marketingbekloppter ein Stück unserer Identität raubt. Nach der Einführung des ekeligen neuen Fünfmarkstücks und der glibbergrünen Polizeiautos in den Siebzigern setzt das System in den Neunzigern zum zweiten entscheidenden Schlag gegen den guten Geschmack an: neue Papagallogeldscheine, die jeder fotokopieren kann, und Telefonzellen, die aussehen wie Einmannpinkelhäuschen für Exhibitionisten. Gute Nacht, Deutschland.

GRUNDRECHT MIT ÜBLEM NACHGESCHMACK

Freie Meinungsäußerung

Als die Väter des Grundgesetzes eines Morgens noch blau vom Abend davor in den Sitzungssaal kamen, beschlossen sie »Das Recht auf freie Meinungsäußerung«. Schade. Denn leider sind über 100% der freilebenden Bundesbürger keine Tucholskys und verlegen auch kein anarchisches Monatsblättchen. Aufgrund dieser fundamentalen Rechtseinräumung geben sie aber zu allem und jedem ihren Senf dazu.

Sonnabend nachmittag: Ich stehe an der Straße und versuche mit Ata die Taubenscheiße und Mückenkadaver von meinem Auto zu rubbeln. Da tritt ein wildfremder Mensch in mein Leben und plaziert seinen wohlgeformten Meinungsschiß: »*Würd' ich nich machen, da bleiben winzige Kratzer im Lack.*« – Möglicherweise, wäre mir aber sonst gar nicht aufgefallen, seither seh' ich aber jeden Morgen ein totalzerkratztes Auto und ärgere mich schwarz. – Die neue Wohnung, Gäste werden durch die Räume geführt. Man betritt stolzgeschwellt das exakt nach dem Katalogvorbild gestaltete Protzo-Bad. Prompt klatscht die erste Meinungsfäkalie auf die blütenweiße Kachel: »*Hätt' ich so nich gemacht, aber kann ja jeder machen, wie er will.*« – Die perfideste Form des Meinungsterrors: Das mal so eben dahingeschlenzte Todesurteil für die sündhaft teure Naßzelle kommt gänzlich ohne Argumente daher und sonnt sich auch noch in der Generosität der Toleranz gegenüber andersartigen – wenn auch nicht nachvollziehbaren – Badezimmerentwürfen. Aber so sind sie, die blöden Hunde, an jeder Ecke heben sie ihr Bein und strullen ihre Meinungspisse in der Gegend herum. – Es schellt an der Haustür, ich öffne und stehe einem Unbekannten gegenüber. Sein erster Satz: »*Ich hätte die Tür 5 cm weiter nach rechts gebaut.*« – Ach nee, ist ja interessant, und ich deinen Kopf über den Augenwülsten 5 cm höher. –

Was bringt die Bekloppten bloß zu der Vermutung, irgend jemand sei an ihrem Gehirndünnschiß interessiert. Sie äußern sich ja nicht nur zur Fassadengestaltung fremder Anwesen, sondern haben auch und gerade zu weltpolitischen Themen eine wohlüberlegte Meinung parat: *»Bosnien, oder wie dat da heißt – zehn deutsche Planierraupen, und das Problem wär' vom Tisch.«* – Tiefbau als humanitäre Hilfe, wie schön ... *»ununun dann Betong drübber.«* Sicherlich! – Warum gibt es keine Abfallcontainer für braune Meinung, grüne Meinung und was weiß ich welche noch: Hauptsache, die Behämmerten halten ihre Köpfe in die runden Löcher und labern ihren Mumpitz direkt in die schallisolierten Behälter. – Solange diese drängende Entsorgungsfrage noch nicht gelöst ist, muß jeder Unbescholtene, der sich in die Öffentlichkeit wagt, darauf gefaßt sein, Opfer der freien Meinungsäußerung zu werden.

Ein Mann steht auf einem Bein mit Krücken vor dem Kaufhaus und hält eine Blechdose vor den Bauch. Statt still und andächtig den Obolus zu entrichten, schreitet der Bekloppte wie immer zur gnadenlosen Meinungsablage: *»Ich an deiner Stelle hätte lieber zwei Beine – aber kann ja jeder halten, wie er will.«*

LOCH

Was ist ein Loch? Wenn irgendwo in der Tür an einer Stelle keine Tür ist, dann ist das ein Loch. Wenn jedoch in einer Wand überhaupt keine Tür ist, dann ist da kein Riesenloch, sondern nur Wand. Wie trügerisch ist doch die Sprache. Und wie wunderbar ist es doch zugleich, daß kaum jemand vor die Wand rennt.

Kassowarth von Sondermühlen

DIE HEIMLICHEN WILDEN

Leute vom Bau

Sie leben in Lieferwagen, kennen die schlechtesten Witze der Welt und treiben den Durchschnittsbierverbrauch der Deutschen um 100 Liter pro Person nach oben: die Leute vom Bau. Im Paläolithikum spaltete sich zum letzten Mal ein Zweig in der Geschichte der Menschwerdung ab. Während die einen zum Homo sapiens wurden, gingen die anderen zum Bau. Finstere Zementmorlocks, die noch heute mitten unter uns leben. Dreimal so oft wie wir müssen sie pro Tag ihren Darm entleeren, dazu schleppen sie blaue Kisten hinter sich her mit der Aufschrift Dixi oder Toitoi. Sind die Dinger voll, manscht der Homo speißiensis seinen Zauberschlamm daraus. Den klebt er zwischen die Backsteine, am liebsten aber ins Profil seiner

Schade, das Erdgeschoß haben sie vergessen

klobigen Treter, mit denen er frischverlegten Samtvelours entjungfert. Anders als der Homo sapiens kennen die Leute vom Bau weder die Schrift noch die Uhr. Und ihre Sprache ist ein feuchtes Gebrabbel mit Lehnswörtern aus dem Baumarktprospekt. Unvermittelt tauchen sie an Baustellen auf, sägen einen Balken halb durch und verschwinden für Stunden in den blauen Kisten. Spätestens um halb vier schlägt die innere Uhr der Hominiden Alarm. Unisono krabbeln sie mit eilig verschlossener Manchesterhose ans Licht und brummen zurück in ihre Verstecke, die noch nie jemand gesehen hat. Dort trinken sie hektoliterweise Bier, grillen ihren armen Vetter, das Schwein, und pflanzen sich auf die einfachste Weise fort. So, wie die Drachenboote der Wikinger bei ihrem Erscheinen einst die europäischen Küsten in Angst und Schrecken versetzten, erbleicht der Siedlungsmensch, wenn die Speiß- und Mörtelleute ihre blauen Köttelkisten auf seinem Grundstück abladen. Für die nächsten anderthalb Jahre werden nun täglich verkrustete Bullis bei ihm vorfahren, und geduckte Großsäuger werden mit zusammengefalteten Zeitungen zu den blauen Kisten schleichen. Geflockter Montageschaum wird die Rabatten verfilzen, Farb- und Kleberreste werden den Mutterboden kontaminieren und verlorene Spaxschrauben die Kinder vereitern.

Als gewiefter Bauherr empfiehlt es sich, eine Zeitrafferkamera zu besorgen, um den Arbeitsfortschritt zu bemerken. Fällt der Alkoholpegel der Wechselblüter allerdings unter 2 Promille, hilft auch der Zeitraffer nicht mehr. Dann muß hurtig Apfelkorn nachgefüllt werden, bis sich das Wesen wieder rührt. Ist kein Schnaps parat, verfällt das Baureptil in tagelange Nüchternstarre.

Sollte es einen Menschen nach den Leuten vom Bau verlangen – aus welchen schwer nachvollziehbaren Gründen auch immer –, reicht es aus, seinerseits eine blaue Köttelkiste in den Garten zu stellen. Schon nach ein, zwei Tagen werden die ersten Speißfliegen und Mörteltiere um den Kackomaten schleichen und wittern. Sollten dann noch zufällig ein Kubikmeter feiner Sand und ein paar Säcke Zement herumliegen, kann man sicher sein, daß sich eine Kolonie der dumpfen Säuger angesiedelt hat. Bloß – wie man sie wieder los wird, dafür gibt es kein Rezept.

GERÄTE, DIE SCHLAUER SIND ALS WIR

Der Fotokopierer

Spätsommer 1945. Japanische Kriegsgeneräle stehen auf dem Dach ihres Führerbunkers in den unzugänglichen Bergwäldern des Fudschijama und sehen zwei riesige Rauchpilze am Himmel. Sie blicken sich an und wissen: Der Krieg ist verloren. Noch in dieser Nacht fassen sie einen Entschluß: Sie und die Generation ihrer Söhne werden sich rächen an der westlichen Zivilisation, sie werden Millionen von Menschen zu willenlosen Sklaven ihrer Vergeltungswaffen machen.

Fast 50 Jahre später. Ich stehe an einem elektronischen Müllberg aus gelblich-weißem Plastik, der den Namen eines japanischen Berges trägt. Irgendeine außerirdische Stimme hatte vor Jahren allen Büromenschen eingeredet, daß jeder überflüssige Verlautbarungsfurz fotokopiert werden muß, bevor Original und Kopie zusammen in den Aktenvernichter wandern. So stehe ich also willenlos vor der japanischen V 2, um das alltägliche Ritual der Bekloppten und Bescheuerten der Büroetagen am Gerät zu vollziehen. Doch anstatt in geziemender Unterwürfigkeit die Kopie anzufertigen, grinst eine LCD-Hieroglyphe aus dem feisten Display des Japaners. Was will mir die rätselhafte Botschaft aus dem Land des Lächelns mitteilen? »Fick dich ins Knie, du europäisches Loser-Arschloch.« Ich habe keine Ahnung, denn im Umkreis von 100 km ist keine Dechiffriertabelle für Fotokopierhieroglyphen auffindbar. Wahrscheinlich wird die einzig vorhandene im Tresor des japanischen Kopierministeriums aufbewahrt oder hängt als flüchtig getuschtes Aquarell im Shintoschrein von Kyoto. Nun gut. Ich tue das, was jeder andere zivilisierte Europäer an meiner Stelle auch getan hätte: Ich trete mit dem rechten Fuß in die weiche Plastikflanke der widerborstigen Kanaille. Ergebnis: Natürlich keine Kopie, sondern das Erscheinen eines weiteren Blinkbefehls: Ein Dreieck mit einem winzigen Spermatropfen. Japaner. Du bist eine perverse Sau. Dennoch, was soll das Porno-Piktogramm an einem Fotokopiergerät. Glauben die Nipponkerle, deutsche Bürohengste onanieren sich das Hirn aus dem Schädel, wenn ein versautes Lämpchen blinkt? Ich will zum zweiten Mal zutreten. Aus einem Büro nebenan höre ich: »Das ist Fehler 107, das hat der öfter, da müssen Sie mit dem Fuß gegen den Papiereinzug treten.« Sieh an! Na, dann komm her, du mieser kleiner Papiereinzug, der Onkel verpaßt dir jetzt mal eine gehörige Abreibung. Krach Zabong. Zersplittertes Rauchplastik bohrt sich durch meine Arztsocke und wird Ausgangspunkt eines lustigen Eiterherdes, der mir in den kommenden Wochen noch viel Freude bereiten soll. Fehler 107 hingegen erfreut sich weiterhin bester Gesundheit. Die renitente Kopierer-Drecksau grinst mir aus mittlerweile fünf Blinklichtern entgegen. Nach der stilisierten Onaniervorlage für impotente Computerkids leuchten jetzt zusätzlich: B4, eine Art Kühlergrill und ein amputierter Violinschlüssel. Schluß jetzt. Wird eben nicht kopiert. Ich bücke mich, um das eiternde Schienbein notdürftig mit etwas DIN A 4 zu verarzten, und verlasse den fernöstlichen Kriegsschauplatz als gebrochener Mann. Später stellte sich heraus, daß der vereiterte Wundverband am Bein die beabsichtigte Fotokopie war, die das Miststück irgendwann heimlich ausgeschissen haben mußte, und daß ich das Original – einen funkelnagelneuen Tausendmarkschein – im Fotokopierer vergessen hatte. Ich fühlte mich wie ein Delphin in der Bucht von Tokio.

DAS LEBEN

Das Leben. Viele denken, es sei zu kurz. Aber hat schon jemals einer auf dem Sterbebett einfach nur laut geklatscht und »Zugabe« gerufen? Doch ehe man nicht wenigstens das unternommen hat, was man jedem mittelmäßigen Popkonzert zubilligt, sollte man sich nicht über das kurze Leben beklagen.

Kassowarth von Sondermühlen

ABARTIGE, DIE IN DER MEHRHEIT SIND

Heteros

Es ist nicht gut, daß der Mensch allein sei«, hieß vor Jahrmillionen die korrekte Analyse des Schöpfers. Doch in seinem Wahn schuf er zur Abhilfe nicht etwa Fußballmannschaft oder Skatrunde, sondern die Heterokiste, die schon beim ersten Mal gnadenlos versagte. Als es der Frau vor hunderttausend Jahren gelang, den faulen Terzel in die Brutpflege einzuspannen, war das Elend komplett. Seither leben wildfremde Menschen gemeinsam in engen Verschlägen und gaukeln der harmoniesüchtigen Welpenschar die heile Welt der Chappi-Werbung vor. Welch ein Preis dafür, seine zweifelhaften Gene in die nächste Generation zu befördern. Heteros suchen im anderen Geschlecht die Ergänzung ihrer eigenen Fehler zur Gesamtsumme der kompletten Unvollkommenheit, heiraten gezielt einen Idioten, den sie noch mehr verachten als sich selbst, um alltäglich den kleinkarierten Übermenschen raushängen zu lassen. In der Familienzelle berauben sie sich gegenseitig der Privatsphäre, um das Nachdenken zu verhindern. Abermillionen Geschundene fliehen jeden Morgen aus diesem Gulag, um in der Arbeitswelt ein paar Stunden Ruhe und Erlösung zu finden. Dort lästern sie über ihre dumpfen Partner und bereiten durch unvorsichtige Genitalkontakte das Feld für des Dramas zweiten Teil: Auflösung der heimatlichen Heterozelle. Da gibt es Sachwerte zu teilen, Bälger zu versorgen, Rentenansprüche aus Zugewinngemeinschaften auseinanderzudividieren und Anwälten die Rosette zu vergolden: insgesamt der wirtschaftliche Super-GAU am Ende eines Weges, der mit einer winzigen Hormonausschüttung im Zwischenhirn begann. Obwohl jede miese Vorabendserie komplexer und interessanter ist als das Leben der meisten Mitmenschen, stürzen sich die Gepeinigten sofort nach Beendigung der einen in die nächste Heterofalle, um dort die restlichen Jahre Triebstrafe abzusitzen. Zum zweiten Mal die ewiggleichen Storys des Gesponses an der abendlichen Knabberschale, die erneute Verdopplung des Verwandtenpacks, noch mal die nörgelnden Kommentare zur alltäglichen Lebensbewältigung. Wo der Single schweigend zum Wasserabschlagen in die Naßzelle schreitet, sieht sich der Hetero zum Begleittext genötigt: »Du, Schatz, ich geh' mal gerade Pipi machen.« Erfolgen diese Positionsmeldungen nicht in regelmäßiger Folge, verpetzt der Blockwart den Partner an die Po-

Darkroom für Heteros

lente. Kaum vorstellbar, daß ein Eheteilnehmer unangekündigt auch nur für einen Tag vom vorgeschriebenen Kurs abweicht, ohne daß die Fahndungsorgane des Staates davon in Kenntnis gesetzt werden. So verläuft denn das Heteroleben im immergleichen Trott, weil man dem Kontrollorgan am häuslichen Herd sprunghafte Ausbrüche von Lebensfreude nicht erklären kann. Nur einer lacht: der Staat. Steuerlich gefördert bringt er die Menschen dazu, sich in Zweierteams gegenseitig zu bewachen, damit keiner auf dumme Gedanken kommt. Wer nun aber glaubt, der Homo hat es besser, sieht sich getäuscht. Auch die Kollegen von der kontroversen Triebfixierung trachten danach, ihr Lebensglück in der kleinsten kriminellen Vereinigung, der Zweierkiste, zu finden. Auch dort ist man von der Utopie, daß Menschen in friedlichen Skatrunden zusammenleben, weit entfernt.

ABSCHIED VON EINER EHRLICHEN SPEISE

Fisch in Öl

Dem steten Drang nach Veredelung der schlichten Einfachspeise konnte sich auf Dauer auch der Hering nicht entziehen. »Fisch in Öl« hieß der eingedoste Fraß bis vor wenigen Jahren und diente dem geübten Säufer als solides Fundament seiner feuchten Saturnalien. Noch in der Retrospektive als teilverdautes Energiekonzentrat hatte er wenig von seiner stillen Würde eingebüßt. Heutzutage sucht man im Regal vergeblich nach dem öligen Fisch. An seiner Statt entdeckt das irritierte Verbraucherauge ein »Wikinger-Frühstück« oder den »Schwedenhappen«, dessen flüssiger Bruder schon im Dreißigjährigen Krieg bei uns einigen Schrecken verbreitet hat. Samt und sonders sind diese aufgemotzten Dosenfische nichts als betrügerisch gestreckte Ware skrupelloser Meeres-Dealer. Der Spanier seiner Zeit tunkte die Piri-Piri-Muschel noch in ehrliches Motoröl – auch nicht schön, aber immer noch schmackhafter als der Thunfisch mit der Erbse oder die Mexikanische Makrele mit Mais und Pferdebohnen. Durch Beimischung meeresfremder Sättigungsprodukte versucht die Fish Connection von den leergeräuberten Ozeanen abzulenken. Unmerklich wird die Erbsenmenge in den Thunfischbüchsen erhöht, bis nur noch fischig müffelnde Hülsenfrüchte unterm Weißblech lauern. Wie lange dauert es noch, bis der Schwede selbst in der nach ihm benannten Happendose liegt? Den »Heringssnack nach Balkan-Art« meidet der weltpolitisch Interessierte schon seit Jahren aus gutem Grund. Obacht geben heißt es auch immer dann, wenn die beliebte »Dillrahmsauce« den Fisch umhüllt. Eine winzige Zeile auf dem Etikett enthüllt das Geheimnis der fauligen Tunke: »Fischeinwaage: 5 g« steht da verschämt hingepinselt, will heißen, für die restlichen 195 g der »Helgoländer Hochzeitsnacht« muß der sämige weiße Glibber den Fischgeschmack besorgen. Selbst dem Eingeweihten enträtselt sich bei der lyrischen Kraft der Etiketten nicht mehr der Gehalt der flachen Dose. Was verbirgt sich im Innern des »Büsumer Hüttenschmauses«, welche maritime Existenz fand ein jähes Ende im Weißblechsarg der »Cuxhavener Gourmet-Bröckchen philippinische Art«. Keinen Aufschluß, soviel ist sicher, gibt der Zutatenhinweis auf der Rückseite. Neben der bekannten »Fischeinwaage« finden wir dort die »modifizierte Stärke«, »Apfelsäure«, »Würzmittel« und das wenig Vertrauen erweckende »Alginat«. Wie doch eine lateinische Endung sofort die profanste Zutat adelt. Zumindest kann man nun sicher sein, daß Freund Fischeinwaage sich im gewohnten submarinen Unterholz gleich heimisch fühlt. Bei aller Nüchternheit der Dosenkehrseite liefert doch das Deckblatt etwas Trost im »Serviervorschlag«. Meist räkelt sich dort auf einem Heringsmodel, wie es so im Innenraum der Dose sicher nicht vorkommt, ein geschminktes Radieschen nebst gerupfter Petersilienrispe. Wie ernüchternd ist dann nach aufgerissenem Deckel der Blick auf die Heringsleiche im Totenhemd aus Dillrahmsauce. Pfui Deibel!

GEBURTSTAGE

Jedes Jahr aufs neue feiern wir unseren sog. Geburtstag, doch in Wahrheit feiern wir unseren Tod. Denn nicht das Leben wird immer mehr, sondern wieder ist ein Jahr von uns beerdigt worden. Was sind wir doch alle für Knallköppe!

Kassowarth von Sondermühlen

DIE GESOCKSBREMSE AM RANDE DER SCHOLLE

Mein Freund, der Zaun

Wenn der deutsche Mensch sich fortpflanzt, dann *kriegt* er Kinder. Wenn er Stacheldraht um seine Hütte zieht, dann *friedet* er sein Grundstück ein. Soviel zur Völkerpsychologie! Viel lieber als die Gattin streichelt der Teutone sein Gatter, am liebsten mit dem Dachshaarpinsel, frisch in Xylamon getunkt. So hockt er sommertags auf wackligem Campingstuhl vor dem Jägerzaun und pinselt sich in einen preiswerten Rausch aus Holzschutzdämpfen. Denn sie bedarf der steten Pflege, die Grenze zum Feindesland. Dahinter lauert zumeist der Nachbar, dem die bleckenden Zähne des weißen Staketenelements entgegengrinsen. Ständig freizuhalten wie weiland die Zonengrenze ist auch der Grundstückszaun vor illegalem Bewuchs. Wohl um republikflüchtige Wanderratten vom Grenzübertritt fernzuhalten, wird das Gras unter, vor und hinter dem Zaun mit der chemischen Keule kurzgehalten. Fehlt nur, daß Gartenzwerge mit geschulterter Kalaschnikow am Ziergitter Streife laufen. Verheerend ist der

O Mist, ein Zeuge Jehovas!!!

Todesstreifen für die Kollegen aus dem Kerbtierbereich. Kein Insekt, keine Larve überlebt auf Dauer den Agent-Orange-Einsatz am Jägerzaun. Als böte selbst der Löwenzahn dem Vietcong Unterschlupf und Nachschubwege, rückt der Gartenmann mit der Giftspritze aus und sprüht die grüne Hölle braun. Viel Wesens wird um den Zaun erst gemacht, seitdem er zu einer lächerlichen Restexistenz geschrumpft ist. Wen im Ernst sollen denn noch 60cm hohe Maschendrahtverhaue abhalten? Rumänische Liliputanerbanden, die mit Tretautos die Villenvororte unsicher machen? Als die Zäune noch aus zwei Meter hohen Mauern bestanden, gekrönt von Glasscherben oder schmiedeeisernen Bajonetten, kümmerte sich keiner um sie. Wozu auch, denn sie hatten den Menschen zu beschützen, heute beschützt dieser den Zaun, paßt auf, daß niemand sein Fahrrad anlehnt und daß der Knöterich nicht die kesseldruckimprägnierte Latte erwürgt. Der Zaun ist ein Zitat geworden, eine Reminiszenz an das beschützte Leben des alten Bürgertums. Die albernen Meerschweinchengehege heutiger Vorgärten beschützen niemanden mehr, beanspruchen aber im Dekor noch immer die einstige Grandezza. Da ist der weiße Zwergpalisadenzaun im Stile einer texanischen Ranch, der bei einem 50-Quadratmeter-Gärtchen den Angriff der Mescalero-Teckel abwehrt. Da gibt es die graue Plastikquerlattung im klassischen Bauhausstil der Autobahnleitplanke. Dahinter hat der Fernfahrer sein bescheidenes Heim gezimmert. Ewig jung ist auch der Maschendraht, nüchterne Rottweilerbremse zum Gehweg hin. Doch wer's etwas gediegener haben will, der adelt durch den Zaun sein schäbiges Eigenheim. Warum nicht dem abgegriffenen Reihenhaus das Flair eines Toscana-Weingutes verschaffen? Fünf laufende Meter Grundstücksgrenze bieten da unendlich viel Gestaltungsspielraum. Locker noch ein paar Terrakotta-Pudel auf dem Rasen verstreut und gelenzte Lambruscopullen verkehrt herum in die Rabatte gerammt! Allerdings paßt zum Handtuch vor dem Reihenhaus eher die japanische Gartentradition. Da wird der Baumbewuchs mit der Motorsäge zum Bonsai geschnippelt und das Fuder Bauschutt in einen Steingarten uminterpretiert. Und alle diese putzigen kleinen Welten beschützt des Deutschen liebster Kumpan, sein Freund der Zaun. Wen wundert's da, daß der weltlängste einst durchs ganze Land verlief.

SO BEGANN DIE HERRSCHAFT DER GERÄTE

Ende der Ausschaltknöpfe

Die Macht des Menschen über die Geräte schwindet. Doch es ist nicht der heimtückische Roboter, der – sich selbst programmierend – über uns herfällt, sondern es sind die kleinen Hüdelkästen unserer Alltagswelt, die uns fertigmachen wollen: das Radio, der Toaster, die Glotze, der Vibrator. Diese vielen kleinen Mistviecher haben keinen An- oder Ausschaltknopf mehr und versuchen so auf hinterlistige Weise stets am Netz zu verharren. In seinem unerfindlichen Ratschluß hat der emsige Gilb vom fernöstlichen Videofelsen einst die Anschaltknöpfe vernichtet. Da steht nicht mehr wie früher »An/Aus«, sondern I/O oder Power, vielleicht auch VTR oder gar nix. Manchmal kündet auch ein illuminierter Fliegenschiß mit Blut im Stuhl von der erfolgreichen Inbetriebnahme des Gerätes. Da es immer noch Benutzer gab, die nach Jahren den Anschaltvorgang enträtselten, verstieg sich der enigmatische Japanoide in noch geheimnisvollere Welten der Stromunterbrechung. Vertrieben von der Stirnseite des Gerätes, wanderte der Powernippel unter eine wabblige Weichplastikkappe an der Unterseite. Dies ist der Grund für das in jedem Büro zu beobachtende Geräte-Petting verzweifelter Angestellter. Bevor der dämliche Drucker unterwürfigst seine niedere Tätigkeit aufnimmt, verlangt er danach, komplett abgefummelt zu werden, auf der Suche nach der winzigen Mäusetitte, mit der man ihn starten kann. Im Bereich des Home Entertainments erfreut sich auch die Geräteklappe großer Beliebtheit. Darunter verweigern kryptisch beschriftete Plastikpocken den direkten Zugriff aufs Gerät. Der jüngste Schritt in der Geschichte industrieller Desorientierung ist die Auslagerung des Anschaltknopfes auf Peripheriegeräte wie Fernbedienung oder Tastatur. Dort bedarf es dann einer nirgendwo nachschlagbaren Kombination mindestens dreier Knöpfe, um irgendein Plastikmonster zum Fiepen zu bewegen. – Warum tut der gelbe Mann uns das an? Warum überzieht er sämtliche elektrischen Hervorbringungen seiner perversen

Produktphantasie mit einer leprösen Benutzeroberfläche. Was sollen all die blinkenden Pickel und Schaltwarzen auf den blöden Kisten? – Sie sollen uns demütigen! Jeder zusätzliche rätselhafte Knubbel macht uns zum Analphabeten der Moderne. »Seht her«, sagt der Videorecorder, »der

ALTE KATZE

Vor mir auf dem Schreibtisch
liegt eine alte Katze.
Wem mag sie wohl gehört haben?
Konrad Adenauer?
Winston Churchill?
Oder gar Pontius Pilatus?
Stummer Zeuge der Geschichte,
behältst dein Geheimnis für ewig
bei dir. Und wir, die wir heute
ach so gescheit daherleben,
wissen in Wahrheit doch nichts.
Kassowarth von Sondermühlen

Doofe hier kann mich noch nicht mal anmachen.« Aus dem Toaster grinst das Error Display, wenn man drückt, was man für den Netzschalter hielt. Aber eines, ihr kleinen Arschlöcher, habt ihr vergessen. Solange es noch Schukodosen gibt auf dieser Welt, haben wir die Macht. Doch einst wird kommen der Tag, an dem man ein neuerstandenes Gerät am langen Kabel aus dem Geschäft hinter sich herzieht, damit man es nie wieder ausschalten kann. Prost Mahlzeit.

DIE GEFÄHRTIN DER EVOLUTION – AUCH KEIN HIT

Mythos Frau

Männer sind das allerletzte an Geschlecht: bekloppt, machtgeil und arrogant. Schade, aber wahr! Noch schader: Frauen sind leider auch völlig blöd. Das gehypte Geschlecht des scheidenden Jahrtausends besteht dummerweise auch nur aus einem Haufen schwächelnder Individuen. Alles, was man über sie in fröhlicher Herrenrunde erzählt, ist wahr: Sie können keine Karten lesen, nicht links und rechts voneinander unterscheiden, wissen nicht, was mit dem Wort »Pünktlichkeit« überhaupt gemeint ist, kurz: Sie finden sich in der modernen Zivilisation nur mit Mühe zurecht. Mann und Frau sind dermaßen unterschiedliche Wesen: Wie ist es nur möglich, daß sie gemeinsam fertile Nachkommen hervorbringen? Das weibliche Gehirn erscheint dem Manne wie eine zugemüllte Festplatte. Auf die Frage: »Möchtest du eine Tasse Kaffee?« würden die meisten Männer mit »Ja« oder »Nein« antworten, die meisten Frauen – besonders wenn sie sich das Zutrauen des Fragenden durch Ehe oder Partnerschaft erschlichen haben – antworten ausführlicher: »Denk mal etwas nach, bitte schön!! Dann weißt du selbst, ob ich noch Kaffee will.« Nur der ungeheuren Friedfertigkeit des Mannes ist das Überleben des Weibes in solchen Situationen zuzuschreiben.

Einer Frau ist der Gedanke fremd, daß man mit Sprache auch ganz einfache Dinge machen kann, z. B. danach fragen, ob man eine Tasse Kaffee möchte. Sie vermuten stets Hintergedanken, Intrigen, Versäumnisse und Angriffe. Männer sind dafür in der Regel viel zu faul. Männer hängen am liebsten in ihrer Fernsehsasse und starren blödig in das Gerät. Warum auch nicht. Doch leider nur zu oft wird die stille Andacht der Fickelfilmrezeption durchs emsige Geschlecht gestört. Die Glucken müssen immerfort hin und her trippeln und im Nest scharren. Dann wird hier ein Deckchen drapiert oder dort ein Halm zum Mülleimer getragen. Der zweite Hauptsatz der Thermodynamik ist für die Fräuleins nicht existent – sie glauben tatsächlich noch daran, daß sich Ordnung herstellen läßt, ohne dafür an anderer Stelle Chaos zu erzeugen. Wenn ein Mann ihnen erklärt, daß der Preis für die sauber geputzte Bude letztlich die wilde Müllkippe am Amazonas ist, so sperren sie ungläubig den Schnabel auf. Und hier wird der letzte Mythos Weib vom Sockel gestürzt: die Mär vom besseren Einfühlungsvermögen der Frau. Welche Doppel-X-Chromosomen-Trägerin hätte sich wohl je in einen Mann einfühlen können. Und ein Wesen, das nicht mal ahnt, wie 3 Milliarden Menschen denken, fühlen, sprechen – diesem Wesen wollen wir doch wohl keine besondere Sensibilität bescheinigen. Bleibt noch eine Frage offen: Wie lange läßt man mich noch mit tiefer Stimme sprechen.

Uschi: »Hauptsache Titten, sagt mein Freund.«

DESIGN-HÖLLE AN DER TOTEN FICHTE

Weihnachtsschmuck

O du fröhliche! Der Behämmerte hängt sich bunte Lichtelein ins Lokusfenster! Wie ein serbischer Meerschweinchenpuff erstrahlt bald jedes Mauerloch, wenn der Durchschnittsprügelverdiener im Obi-Markt Blinklichter kaufen war. Da glänzt die Krüppelkiefer, da blitzt der blaue Tann, wenn Papa seine Lichterkette in den Vorgarten hängt. Doch längst nicht nur das Außenrevier wird stimmungsgeladen, *überall* muß Weihnachtsglitzer her. Neben dem Blechschild namens »Walter« und dem Bisamratten-

SPD

Tote Kamelhaarmäntel liegen auf der Straße, Reihenhäuser fliegen durch die Luft, in den Städten herrscht die SPD. Sieht so das Weltenende aus? Wir wollen es nicht hoffen. Bleiben Sie gesund.

Kassowarth von Sondermühlen

schwanz »King of the Road« blinkert fröhlich ein buntes Tannenbäumchen den Brummifahrer in den Schlaf. Und drunten am Schniedelwutz lugt etwas Lametta aus dem Hosenschlitz. Hosianna, welch ein Jubilieren in der Weihnachtszeit, wenn noch der letzte Winkel christkindlmäßig aufgemotzt wird. Da ist die Fußgängerzone, diese schäbige Schnittstelle zwischen Müllerwartungskrempel und Endzeitverbraucher, eigens erdacht, um den Obdachlosen aufzunehmen. In der Adventszeit aber, schwuppdiwupp, verwandelt sie sich in ein mittelalterliches Zauberstädtchen, wo man vielerlei Spezereien und Tand erwerben kann, z. B. Glühwein und Glühwein oder ... Glühwein. Auch die Fußgängerzone ist geschmückt mit tausend Lampen, die alle angehen, wenn Väterchen Alkohol in den feisten Leibern schwappt. In den Geschäften, welch eine Freud, prangt so manches gülden Kügelein am Exponat: Beim Sanitärfachhändler blinzelt der Tannenzweig keck aus dem Tiefspüler hervor, beim Würstchenmann ist der Ketchup rot und die Wurst schon grün. Sogar der Aldi, dieser nüchterne Bursch, hat sein Ladenlokal festlich rausgeputzt. Wer möchte da als Privatperson hintanstehen, wo doch jeder sein Bestes gibt in dieser Zeit. Lichterketten lodern bald an jedem Zweig, Kerzen stehen hinter Glas und bedeuten dem, der draußen steht, hier drinnen, da ist's gar furzgemütlich. Doch wie lange noch wird das ausreichen? Vor Jahren schmückte jeder nur sein Bäumchen vor dem Heim, heute darf es schon das Fenster sein. Doch wenn's alle machen, ist der Witz vorbei. Morgen klebt der Bekloppte womöglich ab September Lebkuchen an sein Reihenhaus und spannt ein Dutzend Rentiere vor den Nissan, damit's schön weihnachtlich blitzt, das Wägelchen. Oma kriegt Kunstschnee ins Gebälk geblasen, daß sie schöner aussieht, wenn's am Fernsehn hockt, das gute Tier. Den Dackel ziert der Tannenzweig im Afterloch, die Rosette weit, der Himmel hoch! So dauert es nur noch wenige Jahre, bis das weihnachtliche Wettrüsten die Schwächsten ruiniert hat: Die Stromrechnung im Januar fegt den Lichterkettenfetischisten vom Plan, der brennende Opa zügelt den Wunderkerzenmann. Doch es sind ja nur die Schwachen, die sterben müssen. Die anderen aber gehen gestärkt aus dem Kampf hervor und pachten ganze Fichtenschonungen bereits im Mai, um ihre Lichterketten kilometerlang durch die Zweige zu flechten, LKWs brummen über die Autobahnen, deren Ladungen nur aus riesigen Akkus bestehen, mit denen sie ihre Lichterbäume am Volant beheizen. Und wir, was machen wir? Wir hauen uns mit dem Hammer auf den Finger, bis er rot wird, und strecken ihn in die Höhe – das muß auch mal reichen.

BEKLOPPTE GEBEN SICH DEN REST

Silvester

Nicht mehr lange, und er schlägt gnadenlos zu: der debile Salzletten-Frohsinn zur Jahreswende. Schon am frühen Morgen marodiert die verwahrloste Jugend mit Böllern durch die Verkaufszonen und verwandelt sie in ein heimeliges Sarajevo. Hier sprengt ein Kanonenschlag den Briefkasten, dort jagt ein Zieselmann dem stoischen Wachtturmverkäufer die himmlische Botschaft aus den verfrorenen Fingern. Unterdessen versuchen die Bekloppten und Bescheuerten noch teilverseuchtes Gekröse fürs abendliche Fondue zu ergattern. Hinterm umklappbaren Rücksitz des fernöstlichen Knuffi-Autos liegen schon acht Kisten »Schloß Frankenstein«, mit denen sich die Alkoholiker-Schicksalsgemeinschaft – genannt Ehe – des Abends vorm TV den Brägen durchpustet. Wenn die Beute aus der Fußgängerzone heimgetragen, gilt es für die längste Nacht des Jahres zu rüsten: der Fischli will anständig präsentiert sein, der Darmzottenspieß fürs Fondue gestaltet und natürlich die Königin des Neujahrskaters bereitet werden: die Silvesterbowle. Man nehme ein leidlich von Algen befreites Aquarium, zehn Liter Kellergeister, ca. fünf Kilo in Springer Urvater gereifte Dosenananas und würze mit einer Flasche Apfelkorn etwas nach. Nur anderthalb Gläser dieser Mörderbrühe verwandeln jeden harmlosen Partygast in ein verröchelndes Ausscheidungsorgan. Damit sich im mitternächtlich Erbrochenen auch noch einige feste Bestandteile finden, reicht der aufmerksame Gastgeber noch eine Platte zuckriger Fettkringel herum. Wer es jetzt immer noch nicht schafft, das neue Jahr als physisches Wrack zu beginnen, ist selber schuld. Gerne wird auf der Silvesterparty neben unkontrolliertem Alkoholkonsum auch noch einem anderen Vergnügen gefrönt: Aus dem Orkus des Plattenschranks werden die verkratzten Scheiben mit Hits à gogo von James Last hervorgekramt und zu längst vergessenem La Bostella und Letkiss die verfettete Nachbarin respektive deren schwammiger Gemahl angegrabbelt. Um zwölf liegt sich dann die ganze besoffene Blase draußen in den Armen – der Schlaue nutzt die Gelegenheit und kotzt in die Koniferen. Spätestens fünf nach zwölf wird sich jeder Gast des erbärmlichen Elends der Party bewußt und versucht die noch funktionierenden Reste seines vergifteten Körpers in das heimische Endlager zu transportieren. Doch allein, es will kein Taxi kommen, und selbst die dicke Gattin kann nicht mehr fahren, was den Ehemann zu dem Neujahrsgedanken hinreißt, weshalb er den verlebten Brocken überhaupt noch durchfüttert, wenn nicht einmal die Restfunktion des nächtlichen Fahrdienstes noch gewährleistet ist.

Eine Silvesterparty zerstört sich selbst durch mindestens drei fundamentale Irrtümer. Erstens: Der kalendarische Zufall sei ein Anlaß zum Feiern. Zweitens: Die Sollbruchstelle um zwölf heize die Stimmung an. Und drittens: Je mehr Leute zur gleichen Zeit betrunken sind, desto schweinelustiger sei die ganze Chose. Das Gegenteil ist der Fall: Wird eine dumpfe Sauferei doch erst dadurch zum Fest, daß andere von ihr ausgeschlossen sind. Wenn im Dezember 1999 die Mega-Silvesterparty droht und die ganze Weltbevölkerung in einen kollektiven Vollrausch verfällt, so wird derjenige das Jahrtausendgeschäft machen, der einwöchige Komaspritzen rezeptfrei am Kiosk verkauft. Ich bestell' jedenfalls schon mal eine.

GLAS WEIN

Manchmal trinke ich abends ein Gläschen Wein oder auch mal zwei und liege dann stundenlang breit auf dem Teppich herum. Meine Frau schimpft dann oft mit mir. Doch der Teppich und ich, wir lachen nur drüber. Ja, jeder braucht im Leben jemanden, der ihn so nimmt, wie er ist.

Kassowarth von Sondermühlen

TEIL 2

HERR SCHLUSCHE

INHALT

WIE HEISSEN DIESE RECHTECKIGEN DINGER NOCHMAL

Bücher

Wischmeyer hat ein Buch geschrieben. Na toll, na großartig. Jeder Blödmann schreibt heutzutage ein Buch und wedelt damit in den Talkshows herum. In ungeheurer Mißachtung des schreibenden Handwerks entweihen Hans und Franz weißes Papier. Hannelore Kohl plaudert aus der Schweineküche ihres Mastgatten, Hera Lind frickelt Trostlektüre für durchgenudelte Hausfrauen zusammen. Je weniger Ahnung einer vom Schreiben hat, desto eher faulen seine Gedanken im Hardcover-Sarg eines Bestsellers. Politiker, abgelegte Gattinnen, Kidnapper, bekennende Hamstersodomiten – sie alle überfallen uns turnusmäßig mit ihrer debilen Prosa. Wer liest den Müll? Niemand natürlich! Der stille Kompagnon des Schreibamateurs ist der Anlaß. Unter »Anlaß« versteht man im Deutschen eine Gelegenheit, bei der ein Geschenk überreicht werden muß: Geburtstage, Jubiläen oder nur so. Droht ein Anlaß im Kalender näherzurücken, schwärmt der Schenkungsverpflichtete in die örtliche Fußgängerzone und rudert mit stierem Blick durch die Kaufhäuser. Noch 'ne Vase? Ein elektrischer Nasenhaarentferner? Die Wurzelbürste fürs räudige Genital? So recht will nichts passen. Da erinnert sich der Verzweifelte an seine Zeit auf der Mittelschule. Da gab es doch immer diese schweren rechteckigen Dinger, wie hießen die doch noch gleich, richtig »Becher«, nein »Bücher«. Gedacht, getan schreitet der Erwerbssinnige in das dafür vorgesehene Ladengeschäft. Doch, o Graus, was springt ihm da in die Augen. Abertausende dieser rechteckigen Teile, eins unerforschlicher als das andere. Da kommt ihm der Zufall zur Hilfe: In perfider Kenntnis des eingeschränkten Horizontes seiner Kunden hat der Buchhändler in der Mitte seines Ladens ein Tischchen gedeckt. Darauf liegen all die Bücher, auf deren Titel die Fratze eines TV-Helden prangt. Ulrich Wickert verbreitet sich über seine Fettlebe als ARD-Frontschwein, Alfred Biolek köchelt Hammelklöten, diverse Politrentner denken wieder mal über Deutschland nach – leider öffentlich. Doch dem Erwerbswilligen ist gedient, erleichtert greift er zur Schwarte mit der bekannten Fresse und vollzieht den Kaufakt an der Kasse. Alsdann wandert das Buch via Anlaß ins Regal des Geschenknehmers, um dort unaufgeschlagen dem jüngsten Tag entgegenzumodern. Denn als einziges Relikt einer archaischen Ehrfurcht vor dem Gedruckten darf man Bücher nicht einfach in den Mülleimer werfen, nicht mal gelesene. So biegen sich die funierten Spanplatten im Wohnzimmer unter jahrzehntelanger Last ungeernteter Lesefrüchte: Heribert Faßbenders Schwarte über die Olympischen Spiele 1936 steht neben der Reparaturanleitung für den R4 und der ewig aktuellen Berufsentscheidungshilfe »Horst will Förster werden« aus dem Göttinger Jugendbuchverlag. Nichts wird weggeschmissen. Als sei es ein Voodoozauber, glaubt man, mit jedem weggeworfenen Buch stürbe der Autor ein Stück mit. – Ich aber erteile Ihnen Absolution, denn Sie haben mein Buch gekauft. Wenn Sie es gelesen haben, können Sie's meinetwegen sofort in den Müll schleudern.

Thomas Anders von Modern Talking. Werden ihn die weiblichen Fans nach der Imagekorrektur noch mögen?

GEJAULE AM JAHRTAUSENDENDE

Modern Talking

Gequirlte Scheiße heißt auf englisch Modern Talking. Um uns daran zu erinnern, haben die beiden Horrorbarden der 80er ihren alten Dreck noch mal durch den eigenen Mastdarm gejagt und uns die Ausscheidungsprodukte jetzt als, bruharhar, neue CD vorgelegt. Troubardix seinerzeit wurde noch gehörig vermöbelt für sein nerviges Gejaule, das blonde und das schwarze Arschgesicht hingegen stehen auf Platz Eins der Charts. Und alle schmierigen Huren der deutschen TV-Unterhaltung, Biolek, Gottschalk, Harald Schmidt und wie sie alle heißen, lecken ihnen die Rosette. Dieter Bohlen und Thomas Anders, die beiden genetischen Freilandexperimente der Musikindustrie, stehen für eine Form der akustischen Schleimabsonderung, die unseren Haß nicht verdient. Hier ist eher eine Art Volkstrauer angesagt, eine tief empfundene Trauer darüber, daß so was schon wieder möglich ist in unserem Land. Hatten wir nicht angefangen, schon wieder an das Gute zu glauben, als Modern Talking aus innerer Zerrissenheit vor Jahren den Schmalzbetrieb einstellten? Freuten wir uns nicht ein Loch in den Bauch, als wir in den Zeitungen lasen, Thomas Anders habe sich von seiner Nora getrennt und sei auch sonst finanziell und psychisch am Ende? Waren wir nicht glücklich wie die kleinen Kinder als Vagina Feldbusch Dieter Bohlen ausnahm wie eine Weihnachtsgans? Harharhar, dachten wir uns, das ist die gerechte Strafe für den Scheißdreck, den ihr zwei Schwachmaten auf CD gepreßt habt. Doch nun der Schock: Die

Achse Bohlen/Anders steht wieder und führt Krieg gegen alle Gerechten. Und die kleinen dummen Menschlein, die nicht wissen, daß die Erde keine Scheibe ist von Modern Talking, laufen in die Plattenläden und kaufen den klebrigen Firlefanz. Und die kleinen blöden Radiostationen, die jeden Respekt verloren haben vor allem, was uns einst heilig war, nudeln den Sequenzer-Dünnschiß rauf und runter. Wo soll das alles noch enden? Soviel ist klar: Es gibt keinen gerechten Gott mehr in dieser verkommenen Welt. – Oder vielleicht doch? Wenn man sich die neue CD des Schwiemel-Duos mal genau ansieht, fällt einem auf, wie angestrengt und verlogen sich die beiden Arschgeigen an jeder Seite angrinsen. Guckt man noch genauer hin, entdeckt man nirgends – nicht mal in einer winzigen Fußnote – den Namen »Thomas Anders«. Hihihi! Sollten sich die beiden Grinseköppe in Wahrheit womöglich hassen bis auf's Blut? Dann gibt es doch noch Hoffnung, und in nicht allzu ferner Zeit schneiden sie sich gegenseitig die Gurgel durch – jedenfalls so weit, bis keine Geräusche mehr rauskommen.

HERR SCHLUSCHE BESASS EINE KUGEL NAMENS ERNA. WENN ER SICH EINSAM FÜHLTE, BAND ER SIE SICH FÜR EINE HALBE STUNDE ANS FUSSGELENK.

HEIDEWITZKA IN WEISS

Skifahren

Wir alle müssen sterben – irgendwann. Eine Mordsschweinerei, wenn man's recht bedenkt. Den ein oder anderen trifft zudem weit vor der Zeit der Schlag, oder ein übles Virus bläst bei ihm die Lichter aus. Eine ärgerliche Sache. Doch dem Bekloppten reicht diese Todeschance nicht, nein, er reizt gerne Freund Hein bis auf's Blut: mit Badelatschen zum Pol, auf 'ner Luftmatratze nach Amerika, mit Schlittenhunden durch die Sahara. Damit nicht nur der exponierte Dia-Vortragskünstler sein bescheuertes Leben riskiert, hat der Herr das Skifahren erfunden – eine Art Volkssport zur Zerstörung der Bergregionen. Im Tausenderpack läßt sich das Gesindel mit dem Stahlseil auf den Gipfel ziehen, um droben den doofen Arsch mit Jagertee anzufluten. Somit »lustig drauf« geht's heidewitzka den Steilhang hinunter, am liebsten da, wo noch keiner vorher war. Im Tiefschnee orgelt das blöde Schwein zu Tal und tritt unterwegs die ein oder andere Lawine los. Auf diese Weise machen wir dann Bekanntschaft mit dem Pack: »Zwei Skifahrer von Lawine verschüttet« heißt es lapidar in den Nachrichten. Wunderbar denken wir: Der Berg weiß sich zu wehren und hat wenigstens zwei Idioten abserviert. Doch die Nachricht geht noch weiter: »Mit Hilfe von 35 Lawinenhunden und einem Rettungshubschrauber konnten beide nach 20 Stunden Suche lebend geborgen werden und befinden sich auf dem Weg der Besserung.« Ach, du Scheiße! Warum das denn? Wer ist denn auf diese Idee gekommen? Warum werden die Bekloppten aus dem kalten Grab ihrer selbst verschuldeten Unmündigkeit befreit – womöglich auch noch umsonst. Das ist doch 'ne Mordssauerei. Jedem unschuldig Erkrankten wird von den Erpresserkassen schon ein Obulus zur Behandlung abverlangt, aber Freund Brettlidiot darf Lawinen lostreten und wird auch noch umsonst gerettet. Schluß damit! Keiner sollte Skifahren dürfen, der nicht eine happige Versicherung abschließt für seine Unvernunft. Und wer nicht registriert ist, den läßt die Bergwacht bitteschön im Schnee stecken. Das menschliche Leben generell macht zwar einen wertvollen Eindruck, aber nicht jeder tote Doofmann kann auf unsere Anteilnahme rechnen. Wer weiß, vielleicht fällt es in den zukünftigen Zeiten der kompletten Organtransplantation den Bekloppten aus Daffke ein, vor Züge zu springen oder sich mit der Kettensäge die blöden Stelzen abzusäbeln. Ja, und wir dürfen die Fertigen dann wieder zusammenbauen. Nänänä, Freunde, Schluß mit lustig. Wer sein beknacktes Leben unbedingt an den Nagel hängen will, den soll man nicht aufhalten. Laßt die Doofen machen was sie wollen, aber wenn der Berg sie zu sich ruft, so soll der Mensch nicht scheiden, was ein Höherer beschlossen hat. Ski Heil – Ihr Kranken!

Fotomontage von Gelsenkirchen mit Kölner Dom.

NOCH WITZIGER ALS NOWOSIBIRSK

KÖLN

Man kann fast überall leben: In Düsseldorf, Cottbus, Braunschweig, sogar in München, aber in Köln, das geht gar nicht. Mann, ist es da scheiße. Die ganze Stadt ist eng und laut, es gibt entschieden zuviel häßliche Kirchen, und der Fluß sieht aus wie die Einfahrt zum Containerhafen Rotterdam. Mitten in die zugebaute Innenstadt drängelt sich ein Dom, arrangiert wie von unten durch 'ne Betonplatte geschossen – grauenhaft. Der Rest der Gegend ist City von der Stange: Schlecker, Grillrestaurant Athen, Karstadt, Joop und Aldimarkt. Nicht weiter schlimm, so sieht's halt überall aus im Land der Bekloppten und Bescheuerten. In Köln kommt aber erschwerend hinzu, daß der behämmerte Ureinwohner sein Debilenkaff tatsächlich für 'ne scharfe Metropole hält. Und genau das macht den Aufenthalt in der Mediendeponie am Rhein so unerträglich. Es ist nicht die 08/15 Stadt, es sind die blöden Leute. Ein unerträglich von sich selbst eingenommener Menschenschlag, vulgär, laut und zotig. Extra für diese Hominiden werden Primitivprodukte hergestellt, die es sonst – zum Glück – nirgends gibt: ein Bierersatz, der nach Pisse schmeckt, und eine Beklopptenmusik in Eingeborenensprache. BAP, De Höhner, Black Föös, Gabi Köster, Hella von Sinnen, RTL, Karneval und Kölsch: So stell' ich mir den Eingangsbereich der Hölle vor. Der Kölner hingegen nicht: Er hält das für normal. Was Wunder, er hat ja sein blödes Köln auch noch nie verlassen. Die höchste vorstellbare Form von Fremdheit und Exotik ist für ihn der Düsseldorfer.

Konrad Adenauer, immerhin eine Zeitlang Bundeskanzler, hielt Berlin schon für Rußland – mehr ging eben in die rheinische Runzelrübe nicht rein. Wie kein anderer Städter dieser Republik findet der Kölner nur gut, was aus Köln ist. Zugleich hält sich der Trampel aber für weltoffen und kontaktfreudig. Das sieht in etwa so aus, daß sich in einer Kölner Kaschemme wildfremde Blödiane zu dir an den Tisch setzen und mit ihrem vulgären Dialekt anspucken. Wenn du noch mehr Pech hast, kommt einer der vagabundierenden Urinkellner vorbei und stellt dir 'ne Stange schaler Jauche vor die Nase. Prost Mahlzeit. Diese Stadt überläßt man besser den Bekloppten, die's freiwillig dort aushalten. – Wenn man ihn allerdings ärgern will, den Kölner, dann erzählt man ihm, man finde alles Kölsche total klasse: die Doofenmucke von BAP, daß jeder schwul is', den Karneval – einfach alles, aber am besten fänd man das Altbier hier, das sei ja so was von schweinelecker und würde zu der Stadt passen wie Arsch auf Eimer. Spätestens dann darf man sich rühmen, einen Kölner als Feind zu haben.

„DU MUSST DICH ABER VERKLEIDEN", HATTEN DIE KOLLEGEN IHRER EINLADUNG ZUR KARNEVALSFEIER NOCH HINZUGEFÜGT. HERR SCHLUSCHE WAR SOLCHE ATTACKEN AUF SEINE IDENTITÄT GEWÖHNT UND PARIERTE SIE INZWISCHEN ROUTINEMÄSSIG.

FERNMÜNDLICHE GEISSEL DER FEIERABENDE

Lange Telefonate

Es gibt ein ungeschriebenes Gesetz im Land der Bekloppten und Bescheuerten: Absatz 1: Nach Feierabend darf kein Telefongespräch kürzer sein als eine halbe Stunde. Absatz 2: Ist der Anrufer eine sülzende Nervensäge und der Inhalt kompletter Mumpitz, gibt's noch 'ne halbe Stunde drauf. Absatz 3: Die Wahrscheinlichkeit fernmündlicher Belästigungen steigt im Vorfeld herausragender Fernsehereignisse. Typisches Szenario: ZDF 20.15 Uhr. In der 1000sten Derrick-Folge spielt der längst verstorbene Horst Tappert zum letzten Mal das Phantom des Fernsehkrimis. 19.55 Uhr klingeling, düdelüt macht das Fernsprechendgerät. Ein scheuer Blick auf den Chronometer: noch 20 Minuten, okay: geh ich noch mal ran. Frisch abgehoben und schon gereut: »Hei, hier is' der Michi, wollt nur mal hören, wie's dir so geht.« Das ist die Standarderöffnung eines langen Wegs der Leiden. Am Ende tigerst du mit klebriger Ohrmuschel durch die Wohnung, prügelst en passant auf unschuldige Möbel ein und hörst dir Michis spannende Erlebnisse vom Elternabend an: »Ach ja, noch was: unsere Sabrina kann schon alleine Häufi machen.« Es folgt eine detaillierte Beschreibung der frühkindlichen Stuhlformung während der verblichene Horst Tappert mittlerweile schon 10 Minuten durch die ZDF-Kulissen schleicht. Gierig versucht unser Auge die hündischen Sentenzen Fritz Weppers von dessen leiser gestellten Fernsehlippen abzulesen, während unser rechtes Ohr mit Sabrina-Kacke zugeschissen wird. »Ich meld' mich vielleicht später nochmal«, versuchen wir mit einer brutalen Hypothek auf die Zukunft wenigstens noch 20 Minuten Derrick zu retten. Aber Michi ist unerbittlich. Mit der geschickten Überleitung »Wo ich dich schon mal dran hab'« reißt er ein neues Thema an: staatliche Willkür beim Einzug der Fahrerlaubnis. Kurz gesagt, der jammernde Schwachmat hatte volltrunken einen Polizeihund überfahren und das vermeintliche Schwarzwild beim nächsten Revierförster abgeliefert. Vorhersehbare Folge: Lappen weg, tausend Punkte in Flensburg, Strafanzeige. »Das hat man davon, wenn man sich ordnungsgemäß verhält«, barmt der Bekloppte und giert nach tröstenden Worten. Aber zu mehr als einem halbherzigen »Ja, ja, diese Schweine« will es nach einstündigem Ferngespräch nicht mehr langen. Der wächserne Oberinspektor schleicht weiter durch Münchner Vorortvillen gefolgt vom hündischen Harry. Doch wie lange noch? Verbleiben doch lediglich magere drei Minuten Sendezeit, in denen dem deutschen Fernsehmythos die Lichter brechen können. Na ja, wenigstens läuft das Bild, während die Knallcharge an der Strippe unentwegt weitersülzt. Wer wird Derrick ermorden? Was für eine Beule ist das da unterm Trench vom hündischen Harry? »Du, kannste mal mit deinem Telefon 'nen Moment vor die Tür gehen«, schnappe ich einen Satzfetzen aus der Michisülze auf. Um nicht eingestehen zu müssen, daß ich während des Telefonats fernsehe, stürze ich zur Haustür eingedenk der verstreichenden Lebenszeit Stephan Derricks. »Hahahaha«, schallt es mir entgegen. Doch nicht aus der Hörermuschel, sondern aus der Wirklichkeit. In jener, genauer in deren Teil, der sich vor meiner Haustür befindet, hatte sich Michi die Gesprächszecke mit einem Handy am Ohr aufgebaut. Dachte, ich probier mal mein neues Spielzeug aus und komm mal auf 'ne Tasse Bier bei dir vorbei.« Derrick war unterdessen längst getötet. Wer war's? Der hündische Harry? Mir blieb nur die Vorfreude auf die 3Sat-Wiederholung in 20 Jahren. – Und die trostlose Aussicht auf eine Tasse Bier mit Michi. »Klingeling, düdelüt« macht das Fernsprechendgerät. Gott sei Dank, Rettung naht.

KEHRAUS IM KARNEVALLEY

Aschermittwoch

Sicherlich: der zweite Weltkrieg war kein Spaß, aber wären sechs Jahre Karneval lustiger gewesen? Am Aschermittwoch endlich kapituliert das Jeckenregime. Doch die Freude über den Sieg von Anstand und Vernunft währt nicht lange, denn insgeheim feilen die Bekloppten schon am nämlichen Abend an den schalen Scherzen des nächsten Jahres, pissen sich vor Lachen in den Schlüpfer, wenn sie nur daran denken, welch schweinelustigen Klopper sie im Jahr darauf zum Besten geben. Am Aschermittwoch aber wird erstmal Kehraus getrieben im Gröl- und Zotengürtel der Republik. Müllmänner fegen die toten Witze von den Straßen, zugekotzte Scherzfacharbeiter schleppen ihren Kadaver in die heimatliche Höhle. Warum ist es eigentlich noch nie jemandem eingefallen, während der tollen Tage das Rheinland zu überfallen und auszurauben. Kollege Saddam, die Mutter aller weltpolitischen Scherze, hätte da doch mal zupacken können, statt sich an den armen Kuwaitis zu vergreifen. Aber vielleicht wäre es auch mal an der Zeit, sich bei der UNO zu beschweren über den alljährlich praktizierten Aufmarsch der Großdeutschen Witzmacht an Rhein und Main. Seit Jahrzehnten bedrohen sie mit ihrem schlechten Geschmack und Benehmen das Abendland, und niemand schreitet ein. Das gründet natürlich im unentwirrbaren Filz aus Doofbacken-Humor und Politik. Wie wir alle wissen, befindet sich die derzeit noch real existierende Hauptstadtdarstellerin Bonn im Zentrum des kollektiven Wahns. Bleibt zu hoffen, daß beim

Umzug nach Berlin die Pappnase unterwegs verlorengeht und ewig Aschermittwoch ist an der Spree. Womöglich ist die komplette Unfähigkeit der Bonner Politik sogar ein direkter Abkömmling der dort vorherrschenden Durchgeknalltheit. Wer auch könnte schon im Irrenhaus eine vernünftige Steuerreform zusammenbasteln. Doch halt, es besteht ein Unterschied zwischen besagter Bematschtenherberge und dem Karnevalley Deutschlands. Wenn man im Irrenhaus besoffen auf den Tisch scheißt, gibt's 'ne Elektrode an die Rübe, in Köln oder Bonn heißt so was »lebenslustig«. Schön für euch, Hauptsache ich muß nicht eure Scheiße vom Tisch kratzen, aber dafür hat der Kölner ja am Aschermittwoch den Türken. Auch 'ne Art von Humor. Kölle Halali alle zusammen!

In wenigen Tagen wird auch dieses Heim in »Senioren-Residenz« umbenannt.

NORMOS IN SEMIPERMEABLEN SACHEN

Die Sympathex-Generation

Einmal pro Dekade wechselt der Normo sein komplettes Outfit. Dann zieht es ihn zu den Kleidungsstücken, die er vor wenigen Jahren am eigenen Sohn noch verteufelt hat. So geschehen bei den Blue Jeans und dem Bundeswehrparka. Erst da es sie als schäbige Repliken im Baumarkt zu kaufen gab, wurden sie gesellschaftsfähig. Da schlabberte die bollerige Kaufhausjeans am ausgemergelten Hängepöter, gerne ergänzt durch den allseits beliebten Edelparka, eine weicheiige Plastikversion der robusten Frontbekleidung. Die Krönung der Jeansperversionen am Normokörper war und ist aber die Bundfalten-Stretchjeans. Wer zum Beispiel jemals auf einer KFZ-Zulassungsstelle war, kann dieses ach so bequeme Anti-Erotikum an jedem zweiten Beamtenarsch bestaunen. Während sich die Jeans-Monstrositäten bis in unsere Tage hinübergerettet haben, ist der Pseudo-Parka zur Uniform des asozialen Mofafahrers verkommen. An seine Stelle trat die knallbunte Sympathex-Jacke mit der semipermeablen Regenschutzmembran. Vorreiter dieser aktuellen Geschmacksverirrung war vor Jahren schon der Lehrer, wie sollte es anders sein. Geschult an unzähligen Dia-Vorträgen über die Durchquerung des Amazonasbeckens auf einem Bein erwärmte er sich sehr schnell für die Überlebensplastikjacke – zumal sein Weg zur Lehranstalt nicht minderen Fährnissen ausgesetzt war. Die ersten User des Sympathex-Komplettkondoms waren allerdings ideologisch gestählte Radfahrer, die sich damit von der Masse der Freizeitradler abgrenzen wollten. Doch schon bald eroberte die einst als Schutz vor Wetterunbilden bei Extremwanderungen erdachte Joppe die Läden der Normoausstatter. Und der Verbraucher und seine Trulla griffen beherzt ins Regal. Besonders die grünlila Variante im Partnerlook fand begeisterte Käufer. Mittlerweile kommt schon jeder dritte Rentner daher, als stünde er kurz vor der Besteigung des Nanga Parbat: Er trägt Jacken, die an jeder Öffnung mit Schnüren und Riegeln auf Paßform gebracht werden können, die selbst da noch Taschen haben, wo eigentlich die ausufernden sekundären Geschlechtsmerkmale den ganzen Raum benötigten. Hält irgendwo ein Gerontenbus vor einem Kaffee-und-Kuchen-Depot, so entsteigt ihm garantiert eine Horde extrem regensicher eingewickelter Ableblinge. Selbst an überdachten Orten wird der bunte Knitterfummel ungern abgelegt, bergen die vielen Taschen und Schlaufen doch einen Großteil des Hausrats, den man nicht unbeobachtet lassen möchte. Die Sympathex-Generation geht ungebremst ihren Weg, die Lehrer, Rentner und ADAC-Mitglieder. Sie alle signalisieren mit der grellen Wetterjacke nicht zuletzt ihre politische Korrektheit. Irgendwo natürlich ganz tief im Inneren sind sie irgendwie mit dem Fahrrad da, weil das ja auch irgendwie vernünftiger ist als der Passat Variant, mit dem sie wirklich da sind und in den sie sich gleich reinsetzen mit ihrer regendichten Überlebensjacke.

NACHTS TRUG HERR SCHLUSCHE AM LIEBSTEN SEIN NACHTHEMD IM TRENCHCOAT-STIL. ER HATTE ES SICH ANFERTIGEN LASSEN, UM DEM FEMININEN IMAGE DES NACHTHEMDES EINE MÄNNLICHE NOTE ENTGEGENZUSETZEN.

PROTESTANTISCHER KARNEVAL

CeBIT

Den Ausklang des Winters ehedem feierte der mittelalterliche Mensch mit deftigen Saturnalien. Da wurde gezecht und gevöllt bis die Schwarte kracht und auch mal über die Ehegrenze hinweg an fremden Geschlechtsteilen geziept. Nun, warum nicht, die Kollegen damals hatten ja auch sonst nicht viel zu lachen: dauernd schmurgelte der Großinquisitor einem die liebsten Verwandten weg oder Freund Hein in Gestalt der Beulenpest klopfte ans Tor. Die bacchantische Ausnahme von der Mühsal des Alltags nannte man Karneval oder Fastnacht. Doch, o Graus, was ist daraus geworden? Nachdem schwarzer Tod und Scheiterhaufen ihren Schrecken verloren haben, gings auch mit dem lebensfrohen Gegenentwurf rapide bergab. Heutzutage wacht eine Witzewehrmacht am Rhein und seinen Nebenflüssen und veranstaltet alljährlich eines der absurdesten Doofbackengelage, das die Welt je gesehen hat. In einem gigantischen Tuntenball für Klemmspasten saufen sich ganze Landstriche das Großhirn aus dem Schädel. Über das volle Ausmaß des Schreckens möchte der Chronist an dieser Stelle jedoch das Mäntelchen des Schweigens breiten. Denn es gibt auch Positives zu berichten: In einer Stadt des Landes hat sich der Karneval etwas von seiner Ursprünglichkeit bewahrt. Jene Stadt, wie sollte es anders sein, ist Hannover. Hier ist alles noch so, wie es sein soll. Das dionysische Fest zum Ausklang des Winters heißt CeBIT und ist anders als das erbärmliche Provinzgehampel am Rhein eine Veranstaltung von internationalem Flair. Den gelben Mann geradeso wie Leute aus der Neuen Welt und Muselmanen zieht es alljährlich im März an die Leine, um dort mal ordentlich die Sau rauszulassen. Doch wie es sich für eine protestantische Metropole gehört, wird nicht einfach dumpf gezecht, sondern vorher muß noch für den Herrn Zebaoth der Umsatz gesteigert werden. Deshalb ist dem eigentlichen Gelage eine Computermesse vorgeschaltet. Solange die Sonne am Himmel steht, wird hier gehandelt und verkauft, daß der gute alte Adam Smith seine Freude gehabt hätte. Aber wehe, die Nacht bricht herein über die CeBIT, dann werden die versteckten Bierfässer aus dem Unterschlupf gerollt, und überall zwischen den Messeständen wird gejuchzt und gesoffen: Spontan entstandene Paare kopulieren kichernd hinter den Monitorwänden während alte CeBIT-Kämpen noch am Fries des Hostessenbusens nesteln. Die Leute von der gelben Insel zieht es dagegen in Scharen zur Münchner Halle, einer Kultstätte des primitiven und deswegen um so größeren Genusses. Dort schwelgen sie in Würsten und Eisbeinen, vernichten hektoliterweise Gerstensaft, und wenn die Stimmung ihre Klimax erreicht, die Blaskapelle zum dreißigsten Male »Alte Kameraden« intoniert, dann tobt der Gilb über die Tische. Heissa, was für ein Fest! Und wen's nach anderen fleischlichen Genüssen dürstet, für den hat der Veranstalter ein paar tausend Liebesdienerinnen einfliegen lassen. Leute, das ist Karneval wie er im Mittelalter nicht hätte deftiger sein können. Am anderen Morgen jedoch stehen alle Schwelger wieder am Messestand ihren Mann und verkaufen mit dickem Schädel Soft- und Hardware. In Gedanken sind sie aber halb noch bei der vergangenen Nacht und halb auch schon wieder bei der bevorstehenden. Nur diese Träumereien lassen sie den gnadenlosen Tag durchstehen. Aber wie es sich für einen protestantischen Karneval gehört gilt das Wort: Schnaps ist Schnaps und Dienst ist Dienst.

ABTRANSPORT MIT DER BEIGEN MINNA

Taxifahren

Wenn das dritte Bier mal wieder verlockender war als die Heimreise zur rechten Zeit – gut, dann kann man eigentlich auch noch 'n Dutzend draufsatteln, denn jetzt bringt uns das Taxi heim ins Reich der Träume. Taxen sind diese vanillepuddingfarbenen Dinger, die entweder dutzendweise rumstehen oder gar nicht. Warum, fragt sich der benebelte Gastrogänger, lungern 50 Stück vorm Bahnhof rum, aber dort, wo ich stehe, ist meilenweit keins zu sehen? Weil der Droschkenkutscher gern mit den Kollegen die ausgelesenen Fickelmagazine tauscht und deshalb deren Nähe sucht. Hat man endlich durch Glück und Unverfrorenheit einen Vanillebomber erhascht, überrascht einen beim Öffnen des Schlags zu allererst die mörderisch aufgedrehte Heizanlage. Bei 35 Grad Celsius und 99 % Luftfeuchtigkeit hockt der lenkende Hominide in seinem rollenden Regenwald. Des Ungemachs nicht genug, schleimt aus dem Blaupunkt Lüneburg der stadtübliche Dumpfbackensender seine Hitlerparade mit den Superhits der 30er und 40er Jahre. Und da wo die heiteren Operettenmelodeien uns mit der Gnade einer instrumentalen Schonzeit bedenken, quäkt die Taxizentrale mit 120 decibel durch die Fahrgastzelle. Nur für das Mietdroschkengewerbe werden immer noch Sprechfunkgeräte mit dem Knowhow von 1923 gefertigt. Aus der Kakophonie technischer Urlaute filtert der Schwurbel am Steuer traumwandlerisch die für ihn bestimmte Botschaft heraus: »Hier Wagen 23, bin Höhe Güterbahnhof, muß erst noch einen Besuffski in die Kaputtensiedlung bringen. Melde mich dann.« Betäubt von dem in schwüler Heizungsluft gereiften Deoroller des Taxifahrers, begreifen wir erst nach Minuten, daß *wir* grade gemeint waren. Aber immer noch besser im Auge des Chauffeurs seelenloses Ladegut zu sein, als an einen dieser Kameraden zu gelangen, die einen mit ihren neuesten Überlegungen zur Einführung der Todesstrafe vertraut machen. »Scheinasylanten und so welche, 'ne, an sich müßte man alle diese Brüder 'n Kopf kürzer machen.« Damit die Höhenkontrolle an der Grenze nicht so oft Alarm schlägt, oder warum? Aber Unsinn, Gelegenheit zur Widerrede hat man eh nicht. Die Droschkenlenker von der Laberfraktion blubbern wie unter Drogen tagein, tagaus den gleichen Sermon herunter, ob mit oder ohne Fahrgast. Spannend wird es noch einmal in dem Moment, da wir dem Meister am Volant unser genaues Fahrtziel in Erinnerung bringen: Birkhuhnweg 12. Der frisch eingeschleuste Iraner blättert dann während der Fahrt hoffnungsvoll im Falkplan herum, der alte teutonische Hase nickt allwissend und orgelt uns mit laufendem Taxameter zum anderen Ende der Stadt. Dort bremst er an einem gottverlassenen Droschkenplatz, kurbelt die Scheibe runter, brüllt zwei kackende Hunde und vier Kollegen an: »Samma, kennt von euch einer den Fickhuhnweg?« Acht iranische Samtaugen gucken ihn ungläubig an. Erst jetzt, nach 'ner halben Stunde Fahrt und 36 Piepen auf der Uhr, wendet sich der Kapitän der Umgehungsstraße erstmalig an seinen Fahrgast: »Fickhuhnweg, wo soll'n das sein? – Ach, Birkhuhnweg, hinten in der Kaputtensiedlung! Hab' ich mir doch gleich gedacht.« Sprach's, wendet auf der Einbahnstraße, zeigt uns noch ein wenig die Stadt bei Nacht, um das Taxamter auf 200 Piepen hochzujubeln, und entläßt den willenlosen Fahrgast gegen halb vier am Wachtelring. »Birkhuhnweg sind diese Bodenwellen, die hauen mir die Achse unterm Daimler weg, sind nur noch 'nen paar hundert Meter, macht 256,80.« »300 und 'ne Quittung«, kapituliert der ohnmächtige Gast vor soviel gelebtem Dienstleistungsstandort Deutschland.

Zukunftsweisende Industrien siedeln sich schon jetzt im Speckgürtel der Expo-Stadt Hannover an.

MAHNMAL DER FRÜHEN SIEBZIGER

Hannover

Jeder Mensch sehnt sich danach, dem Fremden stolzgeschwellt und ungefragt den Ort seiner Herkunft mitzuteilen. »I'm scottish« brüstet sich der Polarrandsiedler im karierten Tuntenrock, als ob damit schon ein persönlicher Verdienst verbunden sei. Selbst der Grieche, seit zweieinhalb Jahrtausenden vom Weltgeist getrennt lebend, bildet sich auf seine Nation etwas ein. Da hat's der Deutsche nach 1945 natürlich schwer, und abgesehen von einer Handvoll kahlrasierter Kleinhirne greift er lieber zur Ersatzherkunft. Da ist man voller Stolz ein Hamburger, Münchner, Berliner, ja sogar Kölner. Es bedarf selbstredend kaum einer Erwähnung, daß alle genannten Städte zu 95 % aus dem gleichen Mumpitz bestehen wie Braunschweig oder Bremerhaven und die 5 % Restfaszination dem Besucher eher bekannt sind als dem Eingeborenen. Dennoch macht das Herz einen kleinen Hüpfer, wenn der Insasse aus Wilhelmsburg auf Mallorca verkündet: »Ich bin Hamburger.« Dem Einwohner der Leine-Metropole geht ein entsprechender Satz weniger flüssig über die Lippen. Nur durch das vorgeschaltete »Ömm« mit anschließender Kunstpause kann er den ganzen Mut zusammenfassen und sich zu seiner Herkunft bekennen. Um anschließendes Hohngelächter gleich zu parieren, schiebt er gern noch eine entschuldigende Erklärung nach: »Das liegt 250 km nördlich von Frankfurt« oder »Kann sein, daß ich da aber bald wieder wegziehe … nach Berlin oder so.« Warum diese unterwürfige Bescheidenheit? Hat Hannover doch den Hanomag R 455 S hervorgebracht. Es gibt andere Städte, ja ganze Nationen, die der Welt keinen einzigen vorzeigbaren Ackerschlepper geschenkt haben. Und da soll man seine Heimat hinter einem kriecherischen »Ömm ...« verstecken? – Ja, man soll! Denn alle anderen, mühsamen Imagekorrekturen der Stadt sind im Sande verlaufen. Da wurden operettenhafte Schießereien in der City inszeniert, um in der Kriminalstatistik mit Hamburg und Frankfurt gleichzuziehen, da wird eine chaotische Weltausstellung geplant, riesige Messehallen werden täglich aus dem Boden gestampft und Kreuzungen unterhöhlt. Allein, es hilft alles nichts. Selbst wenn Hannover die Megametropole der Superlative wird und Hamburg ein aasiges Loch im Norden – selbst dann wird der Fertige von der Elbe noch immer stolz behaupten »Ich komme aus Hamburg« und der Hannoveraner kleinlaut mit »Ömm ...« beginnen. Warum bekennt sich diese Stadt nicht endlich zur Provinzialität als Markenzeichen? Sollen sie doch alle nach Berlin oder Köln ziehen: wieder 'n Parkplatz mehr, wieder 'ne Wohnung frei! Hannover ist mit Sicherheit auch keine Medienmetropole, aber wer wollte Adolf Molabesi und Vagina Feldbusch wirklich abends in der Kneipe treffen? Hannover ist keine Stadt der großen Werbeagenturen, aber orgeln nicht auch so schon viel zu viele Harleys durch die Stadt? Hannover ist – besonders auf der Bahnhofsnordseite – ausgesucht häßlich, aber kreuzen sich nicht gerade hier zwei ICE-Linien, auf denen man Hannover hurtig verlassen kann: ins Theater nach Frankfurt, zum Konzert nach Hamburg, Fußballgucken in Dortmund. Zeichnet sich nicht gerade Weltläufigkeit dadurch aus, daß man seinen piefigen Kiez nicht für den Nabel der Welt hält? Hannoveraner würden nie sagen, ihre Stadt sei die geilste Deutschlands. Von einem Kölner und Münchner hat man das groteskerweise allerdings schon mal vernommen. Arme Irre! Da lebt man hier doch näher an der Realität. Ich fordere deshalb endlich den längst überfälligen Autoaufkleber: »Ömm ... ich komme aus Hannover!«

EINES NACHTS SCHRECKTE HERR SCHLUSCHE AUS DEM SCHLAF AUF UND VERSUCHTE SICH VORZUSTELLEN, ES GÄBE IHN, SCHLUSCHE, GAR NICHT. „UNVORSTELLBAR", DACHTE ER UND SCHLIEF WIEDER EIN.

SCHWANZMESSEN FÜR FORTGESCHRITTENE

Frühlingskorso

Anders als beim Rothirsch, der im November nach seiner Alten grölt, weil ihm die Gurke juckt, treibt's den menschlichen Stenz im April ins Unterholz der Städte. Da wird am PS-Boliden rumonaniert, bis die Schwarte glänzt, und die Pferdchen unter der Haube werden gestreichelt, als sei die Zahl der Penislänge in Millimetern gleichzusetzen. Doch wie reimte einst der Volksmund sehr richtig: Je dicker der Wagen eines Mannes, desto dünner ist sein Johannes.

Die indirekte Schwanzparade findet alljährlich beim Frühlingskorso in den Citys statt. Wenn die ersten wärmenden Sonnenstrahlen die zumindest begattungsneutralen Hühner in die Außengastro der Szenekaschemmen locken, dann hält es auch den lendenfiebrigen Stenz nicht mehr zuhaus. Hauruck die Waschfrau werden die dicken Eier in den rosa Kübel oder Austin Healey gewuppt, und mit angestellter Begattungsstange orgeln die geilen Brüder an den Straßencafés vorbei. Wohl dem, der bei seiner Tussifalle den Überzieher entfernen kann, denn im Cabrio orgelts sich noch mal so gut. Der Frühlingscorso im Bermudadreieck hat eine eigene Sprache des Sex. Ganz oben stehen die Lenker sportlicher Oldtimer aus dem Bereich sechsstelliger Anschaffungspreise: je faltiger der Sack, desto glatter der Lack. Wer so einen Luxusboliden sein eigen nennen kann, ist naturgemäß schon in die Jahre gekommen. Da lockt vor dem eigentlichen Vollzug des GV schon mal ein kulinarisches Vorspiel beim Edelitaliener. Aprés darf's auch der

wirklich gute Rotwein sein. Insgesamt zeugt teures Gefährt von kultiviertem Begattungsritt mit 'ner Menge Streicheln dabei. Ganz anders dagegen spricht der Kradmelder zu den aufgereihten Chicks. Brutal und ungehemmt wie seine Intruder oder Harley ist auch sein Verhältnis zum Nageln im Lenz. Nix da mit teurem Rumgemache beim Edelkoch. Bestenfalls 'nen Curryriemen auf die Orgel geschmissen und ab dafür.
Nun, das mag nicht jede, doch ist das frühlingshaft gestimmte Normo-Huhn dem derben Manne nicht abgeneigt. Gerade der Typus »gestylter Betonfacharbeiter« ist eigentlich immer noch die sicherste Nummer, mit schmalem Portemonnaie etwas vor die Flinte zu bekommen. Zwischen diesen Extremen tummeln sich so allerlei halbgare Anmachgehilfen: die juvenile Jungstecherhorde mit klebrigen Haaren im Golfcabrio, lüstern schielende Strizzis in Mazda-Sportwagen und natürlich die unvermeidlichen Porschepiloten, die ihren Pullover immer so neckisch über den Schultern tragen. Sie alle treibt es beim ersten Blinzeln der Aprilsonne in ihre Eierschaukelei. Und alle phantasieren in ihren Tagträumen von den heißen Hühnern in den Straßencafés, die ihnen aufgegeilt nachblicken. Doch Pustekuchen! Die Hühner gucken weiter eiskalt in ihren Capuccino. Glotzen tun nur die Besitzer der bereits geparkten Gurken. Neidisch oder abschätzig stieren sie der Konkurrenz hinterdrein und erzählen sich gegenseitig uralte Witze über den Zusammenhang zwischen Penislänge und PS – genau wie ich weiter oben. Armer Irrer!

IM FRÜHJAHR KREISST DIE MAMA

Mütter sind wieder unterwegs

Da schieben sie wieder. Frauen undefinierbaren Alters, die stolz die Früchte ihrer winterlichen Gebärfreudigkeit dem Ozonloch präsentieren. In diesem nervenzerreißend quietschenden Karren mit der winzigen Hartgummibereifung hockt sabbernd der Balg und stopft sich die mühsam aufgesammelte Hundescheiße in den zahnlosen Rachen, während Mami die frühkindliche Eierfeile gnadenlos über die Rüttelstrecke orgelt. Mütter sind wieder unterwegs. Von außen erstens leicht zu erkennen am Kind oder noch leichter an der faserigen Umstandskleidung, die noch Jahrzehnte nach dem Abitur der abgenabelten Brut um die Hüften schlackert. Mütter sind wieder unterwegs. Sie lauern in den Straßen mit den Bodenwellen und den Blumenkübeln, sie wohnen in den Sackgassensiedlungen mit den Herzchen an der Straße: Hier spielen Kinder. Na und? Wahrscheinlich foltern die süßen Rangen gerade den Nachbarsjungen. Aber nein, unser kleiner Michel-Patrick doch nicht. Wenn die kleinen Teufel noch ganz winzig sind, dann klebt Mami *den* Aufkleber an das Heckfenster des Kombis: »Achtung, Baby an Bord.« Von allen oberflächlichen Idiotenaufklebern ist dieser der mit Abstand bekloppteste. Wieso »Achtung«? Welche Gefahr lauert denn auf der Rückbank des Vorausfahrenden? Wirft der frischentbundene Säugling lustige Reißnägel auf die Fahrbahn, werden gefüllte Papierwindeln während der Fahrt ausgeklinkt? Und wieso vor allem »an Bord«? Die mit Klaus-Hipp-Ausscheidungen verschmierte

Fahrgastzelle eines sogenannten Familienautos ist doch wohl kaum mit dem Promenadedeck eines Ozeanriesen zu vergleichen. Am schlimmsten ist jedoch der Geist, der hinter diesem überflüssigen Machwerk steht, sagt er doch nichts anderes als: »Hör mal, du unfruchtbare Sau, hier fährt eine gute deutsche Familie, die deine Rente zusammenkopuliert hat.« Na bravo! Mütter sind wieder unterwegs. Zu Hause erkennt man das stolze Mutterglück am Klingelschild neben der Eingangstür. Es ist aus eingetrockneter Knetmasse in schreibunten Plastikfarben und darauf steht: Hier wohnen Jens-Dennis, Petra-Jacqueline, Karl-Heinz und Gaby. Dabei handelt es sich nicht um die konspirative Wohnung einer verkifften Studentenkommune, die »dem Schweinesystem« nicht ihre Nachnamen verraten wollen, sondern um eine kreuzbrave Familie mit einem Kind. Das zweite wurde schon mal sicherheitshalber in Knete gemeißelt, wer weiß, wann die VHS wieder den entsprechenden Kurs anbietet. Ja, und der Name »Bickmann-Stepputat« paßte nicht mehr neben die Tür. Mütter sind wieder unterwegs. Das Frühjahr ist ihre Zeit. Alles kreißt und laicht. Weh dem, der unfortgepflanzt mit einem Buch durch den Stadtpark schleicht. Asoziales Schwein!

Machen sich sehr gut bei lauten und schmutzigen Arbeiten: blonde Frauen.

MENSCHEN AUS DER STEINZEIT

Maurer

Mitten unter uns lebt ein Stamm archaischer Menschen, die sich den Regeln der Zivilisation bisher erfolgreich widersetzt haben. Sie trotzen dem rechten Winkel, sind pünktlich wie die Eisenbahn im Kongo und forzen wie die wilden Schweine. Sie nennen sich »Maurer«, was in ihrer Sprache soviel wie »Witzbold« bedeutet. Bei gutem Wetter krabbeln sie in selbstgebauten Gerippen herum, die sie »Gerüst« nennen, bei schlechtem sitzen sie in blickdichten Einachsanhängern und forzen wie die Wildsäue. Auch wenn die Sonne scheint, kriechen sie alle zwei Stunden in den Furzwagen, schnippeln an riesigen Jagdwurstkartuschen herum und schlorzen Unmengen Bier in sich hinein. Was genau sie draußen auf dem »Gerüst« treiben, weiß niemand. Manchmal brüllen sie Sauereien runter oder pissen in große Plastikwannen. Nicht selten werden diese »Gerüste« in der Nähe von Rohbauten aufgestellt, was in der Regel dort aber keinerlei Veränderungen nach sich zieht. Am liebsten wühlen sie den ganzen Tag – natürlich nur, wenn nicht der Furzwagen lockt – in einer grauen Masse herum, die sie »Speis« oder »Mörtel« nennen. Den schmieren sie sich in ihre grobstolligen Schuhsohlen, klingeln bei wildfremden Leuten und verteilen ihn auf deren Perserteppichen. Noch immer gibt es Menschen in unserem Land, die sich einen Maurer ins Haus bestellen, um etwa eine Wand von ihm errichten zu lassen. Arme Irre! Warum fragen sie nicht ihren Hund, der kommt jedenfalls, wenn man ihn ruft, säuft kein Bier und kackt nicht in die Wohnung. Haben sich die grauen Räuber erst einmal Zugang zu einem Gebäude verschafft, nimmt das Unheil seinen Lauf: Ein rumpelndes Monster produziert draußen im Garten tonnenweise graue Masse, die sich wie ein nie versiegender Lavastrom über den frisch eingesäten Rasen ergießt. Ungerührt von der hemmungslosen Bodenversiegelung sitzen die Maurer seit Stunden im Furzwagen, dreschen Skat und lassen jede Menge reißen. Im Hause passiert nichts, wenn man mal von dem Wasserschaden absieht, der sich durch einen kleinen Schlenker mit der Hilti am Gesimse bildet. Überall fliegt zerfetzte Folie herum, und aus Wut zertrümmerte Kalksandsteine raspeln sich ins Parkett. Das ganze Happening nennt sich »Baustelle« und kostet mördermäßig viel Kohle. Einmal am Tag erscheint ein Mann mit Goldkettchen und Geländewagen und brüllt in den Furzwagen. Manchmal kommt dann jemand raus und verteilt graue Masse auf dem Happening-Gelände. Der Goldkettchenmann spricht auch zuweilen in ein mobiles Fernsprechendgerät und fuchtelt mit den Armen in der Luft herum. Tage später kippen dann große Muldenlaster verstrahlte Hochofenschlacke in die Hofeinfahrt. Das kann monatelang so weitergehen. Doch eines Tages sind sie plötzlich weg. Der Furzwagen ist abgeholt, das Rumpelmonster verstummt, in der verstopften Toilette schwimmen keine Kronkorken mehr. Sonst hat sich nichts geändert auf der »Baustelle«. Irgendwann später kommt noch einmal der Goldkettchenmann, gibt dir ein Werbefeuerzeug und will 250 000 Mark haben. Wofür sagt er nicht. Nur der Kleinliche kann da »Nein« sagen. Wer weiß, vielleicht sitzen die armen Maurer zu Hause und haben nicht einmal genug Bier und Apfelkorn für ihre Kinder.

URSPRÜNGLICH HATTE SICH HERR SCHLUSCHE DIE MASKE GEGEN DIE QUENGELNDEN FLIEGEN BEIM MITTAGSSCHLAF BESORGT – MITTLERWEILE GEFIEL IHM ABER DIE ROLLE DES ANONYMEN RÄCHERS WESENTLICH BESSER ALS DIE DES MITTAGSSCHLÄFERS.

BACCHANTISCHER WAHN AUF WASCHBETON

Stadtfeste

Der Volksmund, dieser nimmermüde Schlaumeier, wußte einst über den Mai zu berichten, daß sich hier die Lende wieder melde. Nun, das gilt auch noch heute, nur ist es nicht mehr die eigene im Schlüpfer, sondern die vom Schwein auf dem Feuer. Und damit die Grillpestilenz nicht bloß allabendlich durch die heimische Reihenhaussiedlung weht, haben sich die Stadtväter auch was Lustiges für die öffentlichen Freiflächen ausgedacht. Ab Mai läuft der Freß-, Gröl- und Saufmarathon durch's ganze Jahr. Unter wechselnden Bezeichnungen wie Frühlingsfest, Schützenfest, Brahmsfestspiele, Stadthallenfest, Weinmarkt, Altstadtfest, City-Rendezvous oder »Drei Tenöre auf dem MÖSA-Parkplatz« schleppt sich ein Lindwurm immergleicher Grillkrakauerbuden und Bierlafetten von einem Ort zum andern. Hinterdrein torkeln die zweibeinigen Endlagerstätten von Currywurst und Kleiner Feigling. In jeder Saison verwandeln sich ganz normale Menschen in einen Haufen Irrer, die in ihrer Freizeit nichts Besseres zu tun haben, als monströse Kartoffeln aus Alufolie zu fingern oder sogenannte Darbietungen am Wegesrand anzugaffen. Letztere sind das Salz in der Suppe kommunaler Fun-Events. Die Schalmaientruppe der Grundschule oder der Shantychor Schwüblingsen machen eine stumpfsinnige Völlerei zum »kulturellen Angebot«. Ruckzuck wandelt sich der Randgruppenexerzierplatz vor Karstadt in ein Centre Pompidou. Jedes Mistkaff wird ein kleines Paris. Wenn der Deutsche sich im Sommer außerhäusig einen auf die Glocke gießt, nennt man das »unbeschwerte südländische Lebensart«. Just diese möchten die Stadtväter ihren kalten Citys implantieren, wenn sie z. B. international renommierte »Marktschreierwettbewerbe« in ihre Mauern holen. Witziges Detail aller städtischen Vergnügungen ist die ständige Warnung vor der »Kommerzialisierung«. Bruharhar!!! Als ob je ein Fischfritze seinen öligen Panadebrocken für Gottes Lohn abgegeben hätte. Im Gegenteil: Nirgends ist das Preis-Leistungsverhältnis so mies wie in der Barackengastro der Sommerfeste. Nachdem man eine halbe Stunde im Regen angestanden hat, wird für ein schlecht gezapftes Schankbier im Plastebecher mindestens ein Heiermann einbehalten. Die wummernde Cassettenmusik im Hintergrund kann da die Laune auch nur wenig heben. Wer seinen Magen gänzlich blank schmeißen will, dem bleiben noch die Gourmet-Angebote in den riesigen Sudpfannen: Rumänischer Hirtentopf, Delfter Ferkelpfanne, Wiesenchampignons im Sägespanmantel – unerschöpflich ist die Phantasie der Fettsieder und Schmurgelköche. Die Königin der Outdoor-Verköstigung ist und bleibt aber das Nackensteak. Allein der Augenschmaus, blutige Fleischbrocken auf dem Feuer zucken zu sehen, entschädigt den Verlust an Lebenserwartung nach ihrem Genuß. Immergleiches Ritual am Ende eines der ungezählten Stadtfeste ist das Verblasen der Müllstrecke danach. Auweia, was waren wir wieder für kleine Ferkel. Fünfzig Tonnen Plastikbecher, Würstchenpappen und weggeworfene Losbudengewinne sind wieder mal zusammengekommen. Dabei ist gerade dieser vermeintliche Nebenaspekt die Hauptlust am Sauf- und Freß-Event. Endlich kann man sich mal wieder wie eine richtige Ökosau benehmen: Halben Liter Bierschlempe auf ex in den Kopp und kraxzerberst den Plastebecher auf dem Trottoir zertreten, harharhar! Mal wieder richtig die Gegend zumüllen wie früher, als sie noch nicht Umwelt hieß – das macht schon Spaß! Drum haben sie schon ihren Sinn, die städtischen Saturnalien des Sommers: Sie sind der kleine Wochenendurlaub vom Mülltrennen und Gesundleben. Ist doch auch schon was!

WEEKEND-REBELLEN ON WHEELS

Biker

Als das Motorrad noch Krad genannt wurde, verfluchten die durchnäßten Männer in den Sätteln mehrfach am Tage ihre Maschinen, die nicht ansprangen, auf denen man fror wie ein Schneider und wo man sich dauernd ölige Griffel holte. Was sich heute »Biker« nennt, muß nirgendwo mehr hin, sondern rast »nur so« wie eine gesengte Sau durch die Landschaft. Damit die Sinnlosigkeit der Ortsveränderung nicht sofort ins Auge springt, gibt's überall Motorradgottesdienste und Bikertreffen. Da stehen die Heinis 'ne Zeitlang rum wie eine Horde ausgebauter Ledersitze und dann orgeln sie wieder heimwärts. Gerne wird sich bei der Gelegenheit auch totgefahren, besonders von Bikern, die mehr PS zwischen den Beinen haben als IQ in der Birne. Gewagte Manöver in der Horde, mit 140 über den Rollsplit und Oma zu Hause darf sich schon mal den Arsch rasieren, damit der Onkel Doktor was zu transplantieren hat. Doch nicht alle Biker rasen sich den Brägen aus dem Helm, daneben gibt's auch noch die Cruiser. Das sind lächerliche Schwachmaten, die wie eine kackende Lesbe auf einer japanoiden Harley-Replika hocken und von Eisdiele zu Eisdiele bummeln. Man, sehen die scheiße dabei aus! Fast so scheiße wie die haarigen Daddies auf den verchromten Kirmeskisten, die immer eine Pestwolke Countrymusik hinter sich herziehen. Am scheißigsten sind aber die Bekloppten, die sich via Jackenstickbild für was Besonderes halten: »Harley-Owners-Group« oder »Women-on-wheels« heißt beides übersetzt: »Combo eingebildeter Schweine«. Denn 'ne doofe Harley kaufen kann sich jeder, der gerne 30 große Zettel verbrennt, und Frau zu sein haben immerhin auch die Hälfte aller Menschen ohne Probleme geschafft. Bei aller Markenrivalität der Motorrad-User untereinander überwiegt doch das einigende Gefühl ein Biker zu sein, quasi ein Outlaw und irgendwo auch ein Cowboy. Man ist schweinemäßig individuell und total nonkonformistisch. Logisch! Dabei rennen die ganzen Affen alle in dieselben Bikershops, und sobald Sonnenschein und Feiertag eine unheilige Allianz bilden, drücken alle wie auf Kommando auf den E-Starter ihrer Eierfeile. Und dann bügeln hundertausend Individualisten über dieselben Straßen zu denselben Naherholungszielen, labern 10 Minuten Bikerscheiße, fummeln vorm Pissen 20 Minuten an ihren Kombis rum und kämmen sich 'ne halbe Stunde die platten Haare wieder hoch. Zack, fertig und wieder nach Hause. Nur weiter als 20 Kilometer sollte es nicht sein, damit das Biken nicht in Anstrengung ausartet. Insgesamt ist die ganze Motorradfahrerei so eine Luschennummer geworden, daß man sich wundert, warum es noch nicht massenweise von Mümmelgreisen betrieben wird.

Nie mehr den eigenen Pillermann anfassen müssen. Männer sind erleichtert.

WENN DIE BLASE DEN HEIMWEG NICHT FINDET

Pinkeln außer Haus

Im hippen Designerbistro hat das fünfte Pils seinen unaufhaltsamen Weg in das Rückhaltebecken kurz über dem Geschröte gefunden, will meinen: Die Blase ist voll, und ein Gang zur Toilette scheint angebracht. Nun beginnt dieser in einer noch unbekannten Gaststätte stets mit dem schweifenden Blick auf der Suche nach dem verheißungsvollen Schild. Es hängt immer dort, wo die wenigsten es sehen können. Das zwingt den prall gefüllten Gast in einer Situation der körperlichen Schwäche nervös vor der Theke auf und ab zu trippeln, bis einer der Gläser spülenden Androiden seinen fragenden Blick aufschnappt. Wirte sind ja die einzigen Sadisten, die ihre Perversion zwanglos in den beruflichen Alltag integrieren können. Sie traktieren ihre Kundschaft nicht nur mit selbst entworfenem Nahrungsersatz und eigens zusammengestellter Doofkopp-Lala, sondern haben auch und gerade ihren Spaß daran, der drängenden Notdurft ihrer Gastrogefangenen einen Spießrutenlauf voranzusetzen. Es geht drei Treppen runter durch's Getränkedepot auf den Hinterhof. Im Nieselregen draußen belfern zwei asthmatische Doberleute ihren aasigen Brodem durch die Dunkelheit. Kein Licht, kein weiterführender Hinweis, nur Hundescheiße und rostige Drahtkörbe von der Frittenanlieferung. Behutsam tastet sich der Besitzer einer Blase mit sechs AtÜ Kesseldruck wimmernd an der Wand lang, vorbei an acht Türen mit der Aufschrift »Privat« und einem Basislager leerer Bierkästen. Endlich erscheinen zwei

Türen im fahlen Mondlicht, die zu einem umgebauten Ziegenstall zu gehören scheinen – dem Geruch zufolge jedenfalls. Erleichtert will der Blasenträger seine Hosenknöpfe zwecks schnellerer Entsorgung schon entriegeln, da dräut neues Ungemach. Die traditionell nach Geschlechtern spezifizierten Harnräume sind nicht durch eindeutige Symbolik identifizierbar. Da prangt kein »H« oder »D«, kein »Männer« oder »Frauen«. Statt dessen klebt an jeder Tür ein in bronzierte Plaste getriebenes Barockfigürchen, dem man auch bei vollem Büchsenlicht das Geschlecht nicht hätte ansehen können. Doch zum Zaudern lassen die mittlerweile acht AtÜ Kesseldruck keine Zeit. Mit geöffneter Hose wird die erstbeste Tür aufgerissen, und – Gott sei Dank, es ist die Herrentoilette. Noch während der mörderische Urinstrahl mit den giftgrünen Tabletten im Pißbecken sein neckisches Spiel treibt und man heilfroh ist angesichts der braungräulichen Schlieren, daß man durch die ausgereifte Anatomie des Mannes nicht zu den Kontaktharnern gehört, ja, noch während man sich zufrieden dem perlenden Strahl seines Blaseninhalts hingibt, wird die Tür aufgerissen und zwei Exemplare von der Geschlechteropposition treten ein. Keinen Augenblick daran zweifelnd, den richtigen Zellentrakt geöffnet zu haben – trotz wandseitig verschraubter Urinale –, fangen die weiblichen Kampfharner sofort an, von sexueller Belästigung zu zetern, und prügeln ihr Opfer mit halbentleerter Blase und offener Hose auf den düsteren Hof. Soviel ist gewiß: Sollte mich je eine geistige Umnachtung noch mal in dieses Lokal treiben, schiff ich eiskalt in den Getränkekeller.

AM MEISTEN STÖRTE HERRN SCHLUSCHE
AN DEM ABGEBROCHENEN ZAHN, DASS
DIE ZUNGE SEITDEM NICHT MEHR
SEINER BEFEHLSGEWALT UNTERSTAND.

ABSCHIED VON GUT UND BÖSE

Gerechte Kriege

Es gibt keine gerechten Kriege mehr. Als Kinder spielten wir Räuber und Gendarm oder Cowboy und Indianer. Die einen waren die Guten, die anderen ein Haufen stinkender Katzenscheiße. Auf diese Weise ideologisch gestählt ging's los mit dem Erwachsenwerden: Die Guten hatten einen blauen Pelikanfüller, die schwulen Mädchen schrieben mit Geha. Doch dann mußten wir erfahren, daß beide zu einer Firma gehörten – ein Weltbild wurde für immer zerstört! Es gab keine gerechten Kriege mehr. In den Freistunden der Oberstufe lehnten wir bei Eduscho an den Stehtischen und rauchten Haschisch, weil es so cool war – gegenüber bei Tchibo standen die Asozialen und soffen Kaffee, weil es so billig war. Heute haben die Asozialen die Kiffer aufgekauft – Eduscho gehört zu Tchibo. Die Pisser und Wichser liefen schon immer mit den drei Streifen am Turnschuh rum, die Guten trugen seit jeher die schnellen Treter mit dem Silberlöwen. Auch das ist vorbei, obwohl sich die Gebrüder Dassler in Herzogenaurach auch nach ihrem Tod noch spinnefeind sind. Die alte Dualität ist aber leider dahin, die Fun-Generation läuft auf Nike und Reebok, LA Gear und Weißdergeier. Mit 14 wurden einige von uns per Konfirmation in die evangelische Gemeinde aufgenommen. Geil, jetzt ging's an's Katholikenvermöbeln, hofften wir. Doch was unsere Großväter im Dreißigjährigen Krieg erfolgreich verteidigt hatten, wurde begraben in einem weicheiigen Ökumenegeschwurbel – Papist und Ketzer süppelten aus demselben Abendmahlskelch, der so gesehen dann auch im weiteren Leben an uns vorübergehen konnte. Endlich 18, wir freuten uns auf die Bundeswehr, Russkis verwämsen, au ja! Doch ähnlich hart wie seinerzeit beim Hitler-Stalin Pakt wurde durch Gorbi das Feindbild zerstört. Nicht mehr lange und die Russkis sind Nato-Mitglied. So lebten wir immer mehr in einer alles zusabbernden Harmonie, hatten uns nur noch wenige Reservate des Kampfes »Gut gegen Böse« bewahrt. Wir fuhren ein BMW-Motorrad und hielten die Fahrer japanischer Joghurtbecher für den letzten Dreck – solange bis BMW japanische Federbeine in die Gummikühe einbaute. Manche fuhren einen Golf GTI und bespuckten Manta-Fahrer vor der Eisdiele, alle freuten sich über den Autokrieg zwischen Opel und VW – bis Volkswagen sich verpflichtete, Opelteile in seine Kisten einzubauen. Was blieb noch übrig an gerechten Kriegen? Zu Hause stand ein Apple Macintosh, unsere Gegner hatten vorsintflutliche Müllrechner, auf denen eine Art nachgemachte DDR-Software namens MS-DOS zu laufen vorgab. Für den MacUser waren die Microsoft-IBM-Leute eine Art behämmerte Eingeborene, denen man halbjährlich neue Update-Glasperlen verhökern konnte – kurz: Vollidioten! Jetzt hat Bill Gates Apple übernommen. Das Reich des Bösen hat gesiegt. Wen kann man überhaupt noch anspucken? Was müssen wir uns noch gefallen lassen? Gibt es keine gerechten Kriege mehr? Die stolzen Jungens, die einst den Pelikan-Füller trugen wie eine Auszeichnung, schreiben heute ihre Briefe mit weibischer Windows-Software. Das Leben ist hart geworden.

SEELENRUHIG DIE EIER KRATZEN

Sichtschutzelemente

In der vergangenen Saison erfreute uns die Baumarktforschung mit dem Polen-Carport, einem fragilen Plastegebilde zur Überdachung polnischer Schwarzarbeiter; in diesem Jahr ist der saisonale Hit das Sichtschutzelement. Getreu dem Bewußtsein, daß einem nichts so sehr auf den Zünder geht wie der Anblick des Mitmenschen, kreierten die Sichtschutzdesigner eine lustige Folge dekorativer Bretterwände. Vor und hinter diesen kauert der Reihenhaus-Kapeike neben der Grillfolie und lauscht, was Frau Nachbarin so alles mit ihrem Dobermann anstellt. Die knallharten Verfechter der *splendid isolation* schwören dabei auf den Dichtzaun »Amalienborg«, Kiefern-Profilbretter auf 1,80 mal 1,80, verschraubt in mittelschwerem Betonanker, feuerverzinkt. Da linst kein dummes Schwein mehr durch. Neulinge im Sichtschutzbusiness greifen zur tuntigen Rankhilfe für Kletterpflanzen und hoffen, daß der geile Knöterich binnen eines Sommers dem Nachbarn das Rübergaffen verleidet. Allen Produkten der Grenzbefestigung gemein ist die durch Kesseldruckimprägnierung erzeugte Farbgebung: entweder Dünnschißbraun oder Gallegrün. Zu bequem, ständig nach dem Pinsel zu greifen, bevorzugt der Reihenhäusler die fäuleresistente Chemotherapie fürs schwabbelige Kiefernbrett. So erscheinen ganze Vorgartenfluchten wie die Palettensiedlungen brasilianischer Favelas. Hier noch 'ne Pergola, da 'ne Rankhilfe, vorne der Carport mit der Dornen-Arkade und zwischen Rosenbogen und Sichtschutzelementen liegt die

Holzfliesen-Terrasse – alles im Palettenlook, kesseldruckimprägniert und mit verzinkten Bodenhülsen in die Muttererde gerammt. Mit ein paar Klaftern Baumarktbrettern kann man den lüsternen Blick des Nachbarn endgültig von seinem Grundstück verbannen. Doch lauert wie so oft auch hier ein Pferdefuß. Solange man noch sieht, woher ein Geräusch seinen Ursprung nahm, läßt es sich problemlos ins Weltbild schieben: ein sonores Rasseln von nebenan, dazu ein sich zaghaft lüftendes Badelaken: Aha, Frau Nachbarin hat einen reißen lassen. Geschieht diese opto-akustische Flatulenz allerdings hinterm Sichtschutzelement, gerät sie leicht zum Mysterium. Was war das für ein Rasseln? Hat der Köter drüben sein Leben ausgehaucht, ist dem Anrainer die Frau zu frech geworden, und er hat ihr den Gartenschlauch in den After gerammt? Tausenderlei Mutmaßungen ranken sich plötzlich um die alltägliche Geräuschabsonderung. Schuld ist die Kiefernlamelle, die das, was von nebenan herüberweht, seiner optischen Zuordnung beraubt. So fläzt sich zwar der Eigenheiminsasse gutgelaunt hinters Sichtschutzelement und kratzt unbeobachtet die ganzen Eier einmal durch, doch ständig wird hinterm Brett gerasselt und geröchelt, ohne zu wissen, woher und von wem. So wird unser Freund über kurz oder lang einfach meschugge und kommt in eine dieser praktischen Anstalten, in denen die Sichtschutzelemente noch aus Stahlbeton sind. Selber schuld!

Frankfurt. Skyline der Bankenmetropole aus japanischer Sicht.

DEN HESSE SEI' DALLAS

Frankfurt

Schwer zu lieben, allein schon weil dort der Hesse wohnt, ist Frankfurt am Main, hesslich eben. An einer Überdosis amerikanischer Vorabendserien leidend, haben die Stadtväter das Krämernest am Taunus zu einem Dallas-Plagiat geklont: Banken, Chemiekonzerne und noch mal Banken: Alle haben ihre Glitzertürme an den Main geknallt. Und dazwischen west der Resthesse als Gaudium für Amis und Japaner. Bevorzugtes Folklore-Gesöff ist ein verwässerter Appelkorn, der einen Schädel bereitet wie kein zweites. Dieser verniedlicht als »Äbbelwoi« titulierte Darmzottensprenger wird in mehrlitrigen Kannen gereicht – sogenannten Bembeln. Die knetet der Hesse selbst aus frischem Beton, um sie danach noch mit irrer Graphik zu bepinseln. »Oi Bembel Äbbelwoi« haut einen dermaßen um, daß man auch schon anfängt, so bekloppt zu lallen wie der Frankfurter es die ganze Zeit nur tut. Irgendwie ist die Zunge zu lang, der Mund zu kurz oder sonstwie was danebengegangen in der Ontogenese des Hessen. Jedenfalls will ihm kein klarer Konsonant über die Lippen kommen, alles ist ein breiiges Gebabbel. Der größte Hesse aller Zeiten, Heinz Schenk, soll schon die fünfte Zunge haben: alle andern durchgebabbelt. Weils mit dem Sprechen nicht so klappt, redet der Frankfurter gerne auch rektal. »Handkäs mit Musik« heißt der entsprechende Schambezwinger, der die Rosette zum Klingen bringt. Stinkiger Gummikäse mit öligen Zwiebeln, ja da bleibt kein Schließmuskel auf Dauer verschlossen. Mit Frankfurt treten wir in *den* Bereich Deutschlands ein, der sich durch offen gelebte Analerotik auszeichnet. »Wenn's Arscherl brummt, ist's Herzl g'sund« formuliert wenige Kilometer südöstlich hinter der Landesgrenze schon der Bajuware sein Lebensmotto. Die merkwürdige Metropole am Main kennt allerdings nicht nur den Bembel und den Bänker. Dort wo das Kapital zu Hause ist siedelt auch der Linksalternative. Unter dem hiesigen Pflaster wurde einst der Strand vermutet, und jede pseudomarxistische Sektiererclique hat hier ihre behämmerten Pamphlete verteilt. In Frankfurt wurden Adorno die Möpse gezeigt, und auf der Startbahn West war die bekannteste grüne Protestkirmes im Lande. Heute glotzen Joschka Fischer und Daniel Cohn-Bendit rührselig in den Bembel und freuen sich, wenn in ihrem Alter nach Handkäs mit Musik die Rosette noch anständig rasselt. Da wo das heutige Frankfurt keine Hochhäuser hat, stehen nachgemachte Altstadtfassaden namens »Römer« oder eine »Alter Oper« mit Kern aus Stahlbeton. Mehr Historie braucht kein Japaner und kein Ami, und der Hesse ist froh, daß er sich schon wieder drei Tage hintereinander beim Sprechen nicht die Zunge abgebissen hat. Eigentlich lebt hier gar keiner mehr. Die, die sich's leisten können, wohnen im Taunus, die anderen nutzen die hervorragenden Verkehrsverbindungen, um dem miefigen Loch so oft es geht den Rücken zu kehren. Frankfurter Kreuz, Frankfurter Hauptbahnhof, Frankfurter Flughafen: Nirgends sonst kommt man besser weg. Felix Francoforte!

MANCHMAL FAND HERR SCHLUSCHE SEINE HEIMATSTADT SO HÄSSLICH, DASS ER UNTER KEINEN UMSTÄNDEN ALS EINHEIMISCHER ERKANNT WERDEN WOLLTE.

WIE MAN FREUNDE BEHÄLT

Ich verleih nix

Die sicherste Form einen alten Freund auf ewig zu verlieren ist noch immer, ihm in der Not ein hübsches Sümmchen auszuleihen. Spätestens wenn die erste Rückzahlungserinnerung – ob als bankenübliche Ermahnung oder nur als freundliches Wort formuliert – den Begünstigten ereilt, mutiert man in dessen Augen zum Schwein. Was im Geschäftsleben von jedem akzeptiert, im Freundeskreis gilt die Einforderung geliehenen Kapitals als moralisch verwerflich. Autoritätsgläubig und analfixiert wie das kleine Menschlein nun einmal ist, kuscht es vor jedem Zweigstellenleiter, meint aber durch die emotional bestimmte Freundesbeziehung leichthin einen Fluchtweg aus seiner desolaten Finanzwirtschaft trampeln zu können. Der Freund ist die Schwachstelle im sich zuschnürenden Cordon der Gläubiger, ihn zu versetzen scheint nicht halb so schlimm wie die anonymen Geldhaie. Drum rat ich Euch, wenn Euer bester Kumpel Euch bittet, ihm den fehlenden Tausi für 'ne gebrauchte Niere aus Indien zu leihen, sagt nein. Erstens ist es sowieso gelogen, zweitens findet er einen anderen Doofen und drittens: Sollte erstens und zweitens nicht stimmen: Lieber einen toten Freund als einen lebendigen Feind. Auf keine andere Weise kann man sich so schnell und gründlich die Sympathie für den Nächsten verhageln wie durch das unentgeltliche Zurverfügungstellen von Geld und Material. Du leihst jemandem, natürlich ohne auch nur den verfahrenen Sprit in Rechnung zu stellen, dein Auto. Wenn du es Stunden nach der vereinbarten Zeit zurückbekommst, sind Sitz und Rückspiegel verstellt, der Aschenbecher wurde zigmal verfehlt, zwei ausgeschlenzte Cola Light-Dosen poltern im Fond und alles liegt voller Ballisto-Papier. Du borgst jemandem deine Wohnung für ein Wochenende: Alkoholvorräte bis zur Bilge gelenzt, Kühltruheninhalt angefressen, Klo verstopft, Schlüssel verloren, Parkett verkratzt, über den Lenol wehen Staubflocken im Luftzug der offenstehenden Fenster, und an den unmöglichsten Stellen zeugen kristalline Spermareste vom heiteren Zweck der Wohnungsnot. Sei lieber gleich ein Schwein, und jag die Bande ins Hotel. Erstaunlicherweise gibt es immer noch Leute, die Bücher und Platten verleihen, zwei Dinge, die man nicht einmal beschädigt jemals wiedersieht. Am verblüffendsten aber sind die Bekloppten, die ihre Sexualpartner untereinander verleihen. In sogenannten Swingerclubs lümmeln trantütige Ehepaare nackig in der Bar herum, jagen sich 'n paar Asbach in die Blutbahn, und dann geht's – hauruck die Waschfrau – dem Leihpartner ans Feuchtgebiet. Wenn ich sehe, wie deutsche Menschen die wahre Geliebte eines anderen, sein Auto, nach dem Leihakt zurückgeben, möcht ich nicht wissen, wie der verliehene Partner im Swingerclub wieder auftaucht: Alles verstellt, und aus jeder Körperöffnung hängt Ballistopapier. Vielen Dank! Ich verleih nix!

CHARONS BRUDER MIT DER OUZO-PLATTE

Der Grieche

Was zum Beispiel macht eigentlich der Grieche den ganzen Tag? Seitdem vor gut 2000 Jahren der Weltgeist in Hellas die Biege machte, hinterließ er ein Land mit dem Charme einer Kiesgrube, dessen Bewohner dennoch lustig drauf sind. Mopsfidel springen Zorbas und seine Kumpel am Strand herum und hüpfen den Sirtaki. Der Grieche wäre mithin ein recht angenehmer Schöpfungskollege, hätten nicht die Verwegensten unter ihnen vor Jahrzehnten den Plan gefaßt, den Rest der Welt mit ihren Kochkünsten zu malträtieren. Was waren die Wikinger, was die Mongolen doch für harmlose Besuchergruppen gegen den Ansturm der Griechen auf unsere Zivilisation. In einem grandiosen Mißverständnis der türkischen Küche rühren Pannajotis und seine Schergen einen Schlangenfraß zusammen, der weltweit seinesgleichen sucht. Da wird junger Weißwein mit einer Art Holzschutzmittel verlängert, Gehacktes in Motoröl geschwenkt und jede Form von Schwein am offenen Feuer zu Brikettfetzen gekokelt. Als Zugeständnis an mitteleuropäische Gaumen gibt es zu jedem Magenbrecher eine Schaufel Industriefritten. Nun, was treibt den Kunden aber zu Charon und seinen Brüdern? Es ist die schiere Masse des Dargereichten und sein verheißungsvoller Name. So besteht die omnipräsente Ouzo-Platte nicht nur aus mehrerlei Sorten Kokelschwein nebst Frittenfuder, sondern – wie der Name schon verspricht – zusätzlich aus dem nachgeschobenen Absinth. Ein veritabler Marketingtrick! Hat man doch nach dem mörderischen Geschmack des seifigen Gesöffs schon wieder vergessen, welche Verheerungen die zuvor verabfolgte Schwartenkohle im Magen angerichtet hat. So stiefelt man gut gelaunt nach Hause ob des günstigen Preis-Leistungsverhältnisses griechischer Küche und merkt erst am nächsten Morgen, auf welche fatale Weise die eigene Lebenserwartung schon wieder geschmälert wurde. Erstaunlich auch am Griechen ist die Tatsache, wie sich ein ganzes Volk fanatisch auf die Tätigkeit stürzt, von der es am wenigsten versteht. In jeder deutschen Kleinstadt gibt es mindestens zehn Akroplis-, Olympia- oder Hades-Restaurants, und jede zweite Dorfkneipe hat Costa in ein griechisches Öl- und Fritten-Parthenon verwandelt. In anderen Branchen hält sich der Kollege von der Ägäis aber seltsam bedeckt. Nur die Familien Niarchos und Onassis versuchten einst als Tankerkönige ihr Glück, haben vermutlich mittlerweile aber auch längst wieder einen Gasthof »Zur Eiche bei Onassis« eröffnet. Wo auch sonst läßt sich dieses heimelige Ambiente aus Gipsfiguren und Touristikplakaten so überzeugend ausleben. Und wenn dann noch der jaulende Balkantechno aus den Lautsprechern quäkt, dann haben wir gelernt, daß »Stuhl« auf griechisch Bifteki heißt. Gutos Appetitos!

Deutsche Gaststätte – leider im Suff einen Buchstaben vergessen.

DAS PARADIES DER DEUTSCHEN

Mit Zapfanlage

Die Vorstellungen des deutschen Menschen vom Paradiese sind schlicht und ganz von dieser Welt: Scheißegal wo, Hauptsache mit Zapfanlage. Um diese höchstmögliche Form der Glückseligkeit schon hienieden antesten zu können, hämmert der Bekloppte reihenweise Bierhähne ins irdische Jammertal. Der ehemalige Heizungskeller, notdürftig mit Fichtenrauspund zur Haifischbar genagelt – die Zapfanlage macht ihn zum deutschen Himmel. Noch die müdeste Sofaparty mit Kleinerts von gegenüber wird zum Bacchanal, wenn das Partyfäßchen auf dem Servierwägelchen sintert. Gipfel des Zapfwahnes sind diese merkwürdigen Planwagen, die im Sommer durch die Naherholungsgebiete zuckeln. Unter schwitziger LKW-Plane hocken in sengender Mittagshitze die feisten Touris und lassen sich vom dampfenden Gnadenbrötler durch die Heide wackeln. Allein, es lohnt die Tortur. Denn was wohl haben wir da zusatzlich zum Cassettendeck mit Blu-Bo-Mucke auf dem Entertainment-Hänger? Richtig! Eine Zapfanlage! Fern vom angestammten Platz an der Theke wird das Wunder des Zapfhahnes erst richtig offenbar. Man stelle sich vor: Ein Hahn kommt aus der Wand oder einem Möbel und anstelle des erwarteten schnöden H_20 sprudelt erquickender Gerstensaft aus dem Absperrventil. Größtmöglichstes aller vorstellbaren Wunder! Die Germanen wären 1000 Jahre früher durchchristianisiert worden, hätte der Nazarener, statt Wasser in Wein zu verwandeln, einen Zapfhahn in den Sinai gehämmert und »O zapft is« gebrüllt.

Der Deutsche wird niemals müde, sich alltäglich dieses Wunders zu vergewissern: Ein Hahn wird geöffnet, und ohn' Unterlaß ergießt sich die blonde Labsal in die Welt – gezähmt nur vom noch größeren Durst des Biertrinkers. Drum ist der Zapfhahn *das* religiöse Symbol des deutschen Menschen. Und was in den Kellern geschieht, unter den schwitzenden Plastikplanen hinter dampfenden Rössern, in den sommerlichen Baumarktpavillons – das ist der deutsche Gottesdienst. Die Vierteldrehung am Messinghahn, das sich nachfolgend schäumend ins Glas ergießende Bräu – das ist gelebtes Heidentum, das sind archaische Saturnalien über Jahrhunderte weitergereicht an die nächste Generation. Andere Völker können das nicht verstehen. Wer das Bier nur aus der Flasche kennt, wird nie begreifen, daß im Zapfhahn das Versprechen der Ewigkeit verborgen ist. Hier wohnt der Traum vom nie versiegenden Quell. Und – sind wir mal ehrlich – es ist die schönste Religion, die sich je ein Mensch erdacht hat. Und wir Deutschen, wir fürchten nichts auf der Welt, außer daß vor ihrem Ende das Bier alle ist – das wäre dann der übelste Zapfenstreich, den man uns gespielt hätte.

DURCH SEINE LAUBSÄGE
HATTE HERR SCHLUSCHE
EINEN NEUEN FREUND
GEWONNEN.

FREUDLOSE SÄRGE ZUM RUMFAHREN

Mittelklasselimousinen

Was sind das eigentlich für Bekloppte, die sich eine »Mittelklasselimousine« kaufen? Diese albernen Autos mit dem Kofferraumarsch, in den nichts reinpaßt, und der Komplettveloursausstattung. Wie macht man das überhaupt? Geht man in ein Fahrzeuggeschäft und sagt: »Guten Tag, ich hätte gern eine Mittelklasselimousine.« Wie kommt man sich dabei vor? Schwerlich wie ein Siegertyp. Der ideale Käufer so einer Durchschnittsgurke besuchte die Mittelschule bis zur Mittleren Reife, schlug dann die Mittlere Laufbahn in einer miefigen Behörde ein und wohnt mit seiner mittelblonden Tussi in einem Mittelzentrum. Den mittelgroßen Hund hab ich noch vergessen. Der erworbene VW Passat, Opel Omega, Ford Mondeo, oder wie immer diese traumatischen Kisten sich nennen, ist vorzugsweise in Marmeladenrot oder irgend so'm Blau lackiert. Am liebsten zuckelt der Eigner in seinem Loserbrummer mit 40 km/h durch die Stadt, um seine über alles geliebte Waschanlage zu erreichen. Hier kann man sich für sensationelle 1 Mark einen blasen lassen, zwar nur mit dem Staubrüssel über die Fußmatte, aber es freut einen dennoch. Wie kein anderes Auto wird die Mittelklasselimousine mit den Produkten der Lackpflege gehätschelt: Autopudding, Felgenfinish, Dachshampoo oder Cockpitspray – die ganze Kosmetikserie pustet Mittel-Man am Samstag über den Seat Bodega. Und am Sonntag geht's zusammen mit der frisch gewaschenen Mittel-Woman ins Ausflugsziel. Da wird dann richtig einer draufgemacht: Zwei Kännchen Kaffee und zweimal Quarksahne: 240 km hin und zurück. Eine wirklich runde Sache ist es, wenn ein Stück Autobahn zum Anfahrtsweg gehört. Da kann man die Mittelgurke mal auf 100 km/h hochjagen und sein verbrieftes Recht auf Benutzung der Überholspur gegen ausländische Laster verteidigen. Mit dem wohligen Gefühl, die weite Welt gesehen zu haben, kehren Mittel-Man und Mittel-Woman am frühen Abend ins Mittelreihenhaus zurück. Doch bevor man sich den baccantischen Freuden des günstigen Supermarktbieres hingeben darf, muß erst das treue Pferd versorgt werden. In der geheizten Garage wird der schwitzende Bolide mit dem Fensterleder abgerubbelt, um dem Rostfraß durch Kondensnässe ein Schnippchen zu schlagen. Unterdessen hat Mitteltussi schon eine knallechte Steinofenpizza aufgetaut und mit Wurstresten veredelt. Gut gelaunt lümmelt man sich dann in den braunen Edelveloursdreisitzer und stöbert in der AUTO-BILD. Das Zentralorgan des Mittelklasselimousinenbesitzers bringt wochentlich Gruselstories, in denen die Lieblinge bei Crash-Tests verheizt werden. Gern bestaunt man auch die grobporigen Bilder sogenannter Erlkönige, womit die nächste Generation der doofen Kisten angekündigt wird, um bei Mittel-Man schon mal das Portemonnaie wässrig zu machen. Erstaunlich an diesen Kreationen ist, wie es die Designer schaffen, an sich schon völlig inakzeptable Pissautos immer noch einen Hauch scheißiger aussehen zu lassen. Aber das stört Mittel-Man nicht die Bohne. Er kauft sich exakt dann einen neuen Wagen, wenn der Mittelwert des entgegenkommenden Verkehrs mehr als einen Monat jünger ist als seine Gurke. Dann heißt's Abschied nehmen vom Toyota Camry oder Skoda Oktavian. Ab mit euch nach Albanien!

MADIGE WAMPEN IN PRALLER SONNE

Deutscher Urlaub

Die schönste Form des deutschen Urlaubs ist das Einmarschieren: kein Schreibkram an der Grenze, keine Frauen und schicke Offroad-Fahrzeuge, um die Gegend zu erkunden. Heute ist der teutonische Besucher lieber *außen* braun und lümmelt als surfender Tagedieb mit Dekoblondine am Atlantikwall herum. Statt in der Dunkelheit das treue MG 41 auseinanderzunehmen wie sein brauner Ahn, fummelt der Wellenfuzzi lieber an der eigens mitgeführten Blondine herum. Das erotische Urlaubstreiben des deutschen Mannes in mittleren Jahren dagegen ist extrem reduziert: Neben einer blassen Kegelrobbe im Sand liegen und verdrängen, daß das gutmütige Tier die eigene Frau ist. Da der feiste Säuger selbst im Urlaub nicht besprungen werden will, bleibt als Sublimierung nur das Einnorden der einheimischen Domestikenschar: »Hömma Mustafa, Filterkaffee zack zack oder is schon wieder Ramadan!« Beliebter Austragungsort des Kanakenappells ist das Frühstücksbuffet. Hier können dem Levantiner mal gehörig die Leviten gelesen werden. Wenn die faule Bande besser gedrillt wäre, könnte man in 5 Minuten mit dem Frühstück durch sein, so verplempert der Urlaubsuffz ganze 6 1/2 auf die erste Mahlzeit des Tages und ist entsprechend geladen, wenn er an den Strand wackelt. Dort sind schon vor Sonnenaufgang mittels aufgelegtem Badelaken zwei Bräunungssassen requiriert worden, um die madigen Wampen der prallen Mittagssonne zu präsentieren. Doch schon nach einer halben Stunde UV-Bestrahlung schreien die geölten Körper nach frischem Pils, und aus jeder Sandburg sieht man die Broiler zur Strandbar schlurfen. Da trifft sich am späten Vormittag die Crème de la Crème deutscher Pauschalerholung: Mittvierziger, die sich mit irgendeinem Bandscheibenvorwand aus dem Erwerbsleben verpißt haben, und vor allem Unisex-Rentner-Ehepaare, die aussehen wie zwei alte Lesben – wobei der Mann eindeutig die Frau ist. So schleicht der Tag am Strand dahin im steten Wechsel zwischen Anbraten und Ablöschen. Selbst die Tagediebe mit den Bügelbrettern haben den Spaß am Gesurfe verloren und kaufen den Strandnegern gelangweilt falsche Calvin-Klein-T-Shirts ab. Alle warten nur auf den Höhepunkt der Halbpensionsbuchung: das große Fressen in der Dämmerung. Gewohnt, seine Portion stets zugeteilt serviert zu bekommen, scheitert der Deutsche am Überfluß der dargereichten Speisen. Alles will probiert sein, und das, was am teuersten erscheint, muß mengenmäßig überproportional vertilgt werden. So vergehen die letzten Stunden des Urlaubstages mit Magengrimmen und Blähungen, hochgewürgten Röhrenknochen und teilverdauter Retrospeise. Was Wunder, daß der scheue Freund Erotik auch an diesem Abend nicht zum Zuge kommt.

Berlin, historischer Stadtkern. Wurde Anfang der 90er Jahre leider vollständig vernichtet.

ZWISCHEN BOSPORUS UND BAIKALSEE

Berlin

Dort wo sich der mitteleuropäische Kulturkreis allmählich in den Weiten der ostzonalen Taiga verliert, lag das einstige Bollwerk der freien Welt: Westberlin. Gepeppelt von allerlei Schmankerln aus dem Bundeshaushalt hatte sich hier über vier Jahrzehnte eine faulige Mischpoche aus westdeutschen Wehrdienstschwänzern, schwäbischen Oberschülerinnen und steuerflüchtigem Kapital eingefunden. Dazwischen siedelten anatolische Schmurgelbuden und eine Art schmerbäuchiger Kampfhund, auch als Ur-Berliner bekannt. Jahrelang wars ganz schön lustig in Lummerland, da wurde Politik verfilzt, Heroin verköstigt und das Trottoir zugeschissen, daß es nur so eine Art war. Plötzlich 1989 ging der Vorhang hoch, und Sense war's mit dem Lotterleben. Unterm Brandenburger Tor stand nicht der Russki mit der Wumme, sondern schlimmer: das Verwandtenpack aus der Zone. Mit dem über 40 Jahre lang auswendig gelernten Spruch »Wir sind das Volk« schafften sich die DDR-Gefangenen Zutritt zu Aldi und zur Rentenkasse. Seither ist Berlin die Hauptstadt von Absurdistan. Im Schlagschatten der Currywurst reift hier ein protziges Regierungsviertel heran, mit dem die Deutschen noch einmal alles geben, bevor Europa die Staatsmächte zu Provinzheinis degradiert. Weltkonzerne rammen ihre potemkinschen Konzernzentralen durch die verstreuten GröFaZ-Gebeine am Potsdamer Platz, während in Tegel der letzte Direktflug in die USA gestrichen wird. Berlin will es noch mal wissen, träumt den Traum von der

Weltstadt, will wieder sein wie London und Paris. Dabei ist die Streusiedlung an der Spree eher auf dem Wege so zu werden wie Mexiko-City oder Sao Paulo. An der ersten Dönerbude in der freien Welt wird so mancher Schnauzevollhabender aus der Müllgrube des aufgelassenen Sozialismus für immer Halt machen. Nachdem die Apartheid in Europa abgeschafft wurde, ist Berlin schon heute zum größten Durchwanderer-lager des Kontinents geworden; für Leute, die 'ne billige Stereoanlage suchen das Paradies. Der Nischenberliner aus der Vorwendezeit ist eher abgetörnt. Ihm gefiel sein Spree-Athen als größte Kleinstadt der Welt. Wenn heute eine halbe Million versäumter Abtreiblinge hinter brüllenden Tiefladern her-wackelt, dann wird ihm schon die Molle sauer. Sein Berlin war der Ku'damm, piefigster Boulevard der Welt, das peinliche Europacenter und die scheißkaputte Kirche dazwischen.
Das war Weltniveau im Westentaschenformat. Aber direkt hin-term Zaun war eben die Hauptstadt der Tätärä, und im Ver-gleich zu dieser nordkoreanisch überarbeiteten Trümmerland-schaft sah der Wessihorchposten noch ganz passabel aus.
Mit der Zonenmetropole starb auch der Hochmut der Inselaffen. Heute überholt der Osten die Restberliner aus den westlichen Vororten am Ku'damm und macht aus dem ganzen Moloch eine moderne Stadt mit allen Problemen und Faszinationen einer wirklichen Metropole. Damit hat Berlin etwas, von dem so lächerliche Siedlungserscheinungen wie Köln oder München nicht mal träumen dürfen.

HERR SCHLUSCHE TRUG SEINE BRILLE NUR SEHR SELTEN. SAH ER MIT IHR INTELLIGENTER ODER DÜMMER AUS? WIE MUSSTE MAN DEN EINFLUSS DER BRILLE AUF DAS GESICHT DURCH DIE MIMIK KORRIGIEREN? FRAGEN ÜBER FRAGEN. EIGENTLICH TRUG HERR SCHLUSCHE SEINE BRILLE NIE, DA DAS ZUCKEN IM GESICHT IHN VÖLLIG KURZSICHTIG MACHTE.

TÄGLICHER KOTAU VOR DER MODERNE

Automatische Türen

Früher konntest du zwei Kilometer geradeaus gehen oder an die Straße pinkeln. Heute steht da 'n Fliesencenter oder 'ne Kindertagesstätte. Freiheit gibt es immer mehr nur noch als technisches Surrogat: Heute kannst du virtuell ins Internet strullen oder zwischen 80 Telefongesellschaften wählen. Na toll! Die eine war mir an sich schon lästig genug. Warum soll ich meine kümmerliche Restfreizeit damit verschlammen, die Anbieterprospekte von drei Dutzend Marketingärschen zu enträtseln, bloß um mit meiner Oma zu telefonieren? Freiheit heute meint: Such dir die Scheiße aus, in die du trittst. Primitivleistungen einer technischen Zivilisation wie das Telefonieren haben den Zenit ihrer höchstmöglichen Effektivität gerade überschritten. Willkommen in der Postmoderne. Neuestes Opfer des technischen Overkills ist das mechanische Schloß. Seit Jahrtausenden bewährt, verrichtete es an jeder Tür seinen bescheidenen Dienst, funktionierte immer und kostete nicht die Welt. Da aber gefiel es den Bekloppten, den treuen Schließkumpan gegen ein elektrisches Kästchen auszutauschen, in das man statt Schlüssel eine Plastikkarte einführen muß. Und schwuppdiwupp wurde aus einem simplen Schloß ein weiterer Nagel zu unserem Sarg. Vornehmlich in Hotelfluren zu besichtigen sind die verzweifelten Zeitgenossen, die nächtens vergeblich mit der Plaste in der Tür rumstochern, ohne daß die Drecksau den Weg freigibt. Mal liegt das Teil verkehrtrum, mal ist der Magnetstreifen durch aggressiven Handschweiß kontaminiert, meistens aber funktioniert die Blödmannskarte einfach nur nicht – ohne daß selbst die herbeigerufene Hotelkrampe ahnt warum. Drinnen lockt die Minibar mit ihren sündigen Vorräten, doch der Gast muß auf dem Flure darben. Was bewegt Hotelplaner dazu, aus entspannten Gästen wütende Furien zu machen? Die Lust an der Demütigung? Der unterschwellige Haß auf das Pack der Handtuchklauer oder einfach der allerorten grassierende Automatisierungswahn. Letzteres ist zu vermuten, denn auch eine andere archaische Eigenschaft der Tür geht zusehends verloren: die schlichte Eigenschaft, sie mit einem Handgriff zu öffnen. Was bei einem Linienbus noch sinnvoll erscheinen mag, erobert immer mehr auch die immobilen Eingänge: automatische Türen. Nichts mehr mit Klinke runter und ab durch die Mitte. Heute läuft man auf eine Tür zu und wartet, bis die arrogante Automatik sich herabläßt, das Loch aufzureißen. Es ist diese oft nur halbe Sekunde des Innehaltens, der Bewegungsunterbrechung, die ausreicht, einem das Gefühl der Abhängigkeit und Hilflosigkeit zu vermitteln. Der Mensch ist nicht mehr Herr der Tür, sondern ihm wird gnädig Einlaß gewährt. Nie, aber auch nie registriert das Lichtschrankenarschloch oder die Bewegungsmelderpottsau so rechtzeitig den Herannahenden, daß fließend weitermarschiert werden kann. Immer ist da der kurze Moment der Demütigung, der Kotau vor der Moderne. Warum kümmert sich der Vandalismus nicht mal um diese Dinge, statt immer nur Bushaltestellen kaputtzutreten. Unreflektierte Bande.

SAUFEN JA, ABER GEPFLEGT MUSS ES SEIN

Brunchen

Als das Saufen noch eine ehrbare Tätigkeit war, da ging man sonntags zum Frühschoppen und knallte sich die Hutze voll. Heute trifft man sich zum Brunchen, was nichts anderes heißt als Saufen mit Müsli. Jetzt ist nicht mehr nur der Papa hackebreit am siebten Tag, sondern Mama und die Gören haben auch zu tief ins Glas geguckt. Wunderschön als Familien-Event getarnt, gibt sich der Brunch als harmlose Festivität im Off-Shore-Bereich der Theke. Man flegelt sich nicht breitärschig ans Brett und pfeift die Kümmerlinge rein, sondern sitzt sauber aufgereiht am – bruharhar – Frühstückstisch und süppelt Schampus oder Kir Royal. Saufen ja, aber gepflegt muß es sein. Das Buffet mit Schleuderei und Hunderogen ist drum in erster Linie vortrefflicher Vorwand, den Pegel anzuheben. Damit die Puffbrause aber nicht im leeren Magen schwappt, wird gefressen bis der Hugo qualmt. »Brunch« kommt aus dem Idiom des Angelsachsen und bezeichnet den nahtlosen Übergang vom Frühstück zum Mittagessen, das heißt auf Deutsch: dem Müsli und dem Marmeladenbrötchen wird ohne Verdauungszäsur die Kohlroulade aufgesattelt. Mehr zur Zierde liegen noch allerlei exotische Früchte am Rande der Freßbank. Das Hauptinteresse der Bruncher gilt jedoch dem absurden Kompositum der aufgebahrten Fressalien: Rollmops mit Spiegelei, Bircherpampe an Spargelröllchen. Der sportliche Aspekt der ganzen Chose ist das frühzeitige Abräumen besonders teuer erscheinender Völlereikomponenten.

Gezielt fahndet der Gierschlund nach Wachteleiern und öligem Geshrimpe, nur um die Beute hernach am Luderplatz marmeladenverschmiert auf dem Teller zurückzulassen. Der Brunch ist eine Lebensmittelvernichtungsmaschinerie. Das liegt am Bezahlmodus der sonntäglichen Völlerei: für den einmal entrichteten Obulus dürfen unentwegt Attacken geritten werden auf's gefledderte Buffet. Völlig klar, daß beim mündigen Bescheuerten dann das Zählwerk rattert in der hohlen Birne: »Wieviel muß ich noch fressen, damit ich über 40 Mark komme?« Wenn dann bei 30 Öcken schon die Peristaltik nach dem Rückwärtsgang sucht, kann man bloß noch Beutestücke auf den Teller häufeln und am Tisch zu Mansche zerquetschen. Merkwürdigerweise gilt dabei immer noch der Lachs als Edelspeise, die zu ergattern sich besonders lohnt. Dabei wird das Unterwasserhähnchen seit Jahren schon mit Baggern aus den Fjorden geholt. Dennoch regiert ab 15 Uhr, wenn der Brunch zu Ende geht, der angenagte Lachslappen das zerzauste Buffet.
Jetzt heißt es auch für die abgefüllte Corona, den Heimweg anzutreten, um den Sonntagsrest mit Kacken und Furzen zu krönen. Schade, daß es noch kein Brinner gibt, den nahtlosen Übergang von Frühstück und Abendbrot, dann könnte man vollgefressen gleich ins Bett.

Stefan genießt die letzten warmen Sonnenstrahlen des Jahres.

FLACHER TROST NACH SOMMERREGEN

Der Oktober hat manchmal noch schöne Tage

Während El Niño dem Ami die Eier brät, beschert uns das Knäblein in fast jedem Jahr ein Feuchtbiotop, das den Namen »Sommer« nicht verdient. In den Sandaletten schießen eitel die Pilze aus den Zehenzwischenräumen, und auf den Cabrioverdecken siedelt das Moos. Sensible Mitbürger sehen schon Fische in der Luft, wenn sie das Haus verlassen, Volkshochschulen bieten Umschulungskurse für Kiemenatmung an. Der Sommer, diese heitere Zäsur in der lebensfeindlichen Umwelt Mitteleuropas, hat uns verraten. Millionen fliehen vor der Flut in die sengende Hitze Südeuropas oder gleich in die Deutsche Dominikanische Republik. Was aber ist mit jenen, die ausharren, wenn klar ist, daß nichts mehr kommt? Sie finden Trost in der ewiggültigen Doofenfloskel: »Auch der Oktober hat manchmal noch schöne Tage.« Sicherlich! Auch im Dritten Reich ist nicht alles schlecht gewesen und im Rentenalter soll es noch Sexualität geben. Im An-sich-Scheißigen den Lichtblick entdecken, das macht uns Deutschen so leicht keiner nach. Aber was schert mich der sonnige Herbst, wenn im August die Grillkohle ersäuft. Vertikales Schwimmen ist kein Ersatz fürs Freibadvergnügen, und den virtuellen Biergarten im Internet können sich die Netzbetreiber in die Haare schmieren. Sagen wir es, wie es ist, ohne zu beschönigen: Sommer, du bist eine dumme Sau! Die Sackgasse des allein vernunftgesteuerten Verhaltens verbietet dem modernen Menschen leider archaische Wutausbrüche, wie sie angebracht wären, um das seelische

Gleichgewicht wieder zu erlangen. Statt sich in den lauen Oktober zu vertrösten, sollten auf öffentlichen Plätzen Badeanzüge verbrannt werden. Spontane Weihnachtsmärkte mit Glühwein und Lumumba zeigten der arroganten Witterung, daß wir auf herbstliche Gnadensonne keinen Wert legen. Da hauen wir uns doch lieber in der Eisdiele 'ne Erbsensuppe rein und erleben die winterliche Erotik der Bama-Roßhaarsocke. El Niño, du Dreck, uns ersäufst du nicht. Und wenn die Sonne noch einmal hinter der Wolkendecke hervorkriechen sollte, pah, dann gehen wir rein und lassen die Jalousien runter, schmeißen die TUI-Karibik-Cassette in den Player und zischen eine Dosen-Caipiriña von Aldi. Trostsonne, du kannst uns mal! Entweder der Sommer läuft im nächsten Jahr ordnungsgemäß ab, oder wir gehen gar nicht mehr aus'm Haus. Ätsch, blöde Natur. Dann werden wir nämlich den ganzen Gammel hier in einen Centerpark verwandeln, Laster Sand rein, fertig ist die Chose. Dann basteln wir uns den nächsten Sommer eben selbst. Die Atomkraftwerke angeheizt, und schwuppdiwupp ist die Bude warm, und zwar vorhersagesicher. Überhaupt die Schweine vom Wetterbericht! Früher wurden die Überbringer schlechter Botschaften getötet. Gut, dahin will keiner zurück, aber für die Verbreiter falscher guter Nachrichten (»ab Mittwoch wird es endgültig warm«) würde man sich eine drastische Vorgehensweise schon wünschen. Vielleicht gibt es ja doch den Wettergott, der durch die eitle Vorhersagearroganz des Menschen erzürnt ist und nun beschwichtigt werden muß, damit's im nächsten Jahr wieder warm wird. – Okay, wir opfern Kachelmann, dann wird der nächste Sommer wieder so wie ein Sommer sein soll. Und auf die, bruharhar, »schönen Tage im Oktober«, da pfeifen wir doch! Ätsch!

HERR SCHLUSCHE BESASS ZWAR EIN TOUPET, TRUG ES ABER NUR SEHR SELTEN, WEIL ER FAND, DASS ES NICHT ZU SEINEM ANDEREN HAAR PASSTE.

DAS SOLL DANN SOWAS SEIN

Hamburg

Hamburg gehört zu den fünf Städten in Deutschland, bei denen die Einbildung der Bewohner der real existierenden Attraktivität um ein vielfaches voraus ist. Was findet er denn eigentlich so spitzenmäßig an seiner Gemeinde, der Hamburger? Zuerst einmal: St. Pauli! Na toll! Haben wir gelacht. Unter einer hauchdünnen Schicht verblichener Hans-Albers-Romantik blicken wir in ein Kriminellen- und Asozialenviertel voller häßlicher Gebäude und überhöhter Bierpreise. Stände der ganze Scheiß in Unna würden alle sagen: »Typisch Provinz!« Dann gibt's noch den Hamburger Michel, auch nix Dolles, im Grunde nur irgendeine von diesen leeren Kirchen, wie sie überall wertvollen Parkraum in den Innenstädten verbauen. Der Hamburger Dom hingegen ist überhaupt keine Kirche, sondern eine prollige Kirmesveranstaltung. Verkehrte Welt des Elbanrainers. Ach ja, beinahe vergessen: Den Hamburger Hafen gibt's ja auch noch, warum auch nicht. Aber muß man deshalb ein feuchtes Gewerbegebiet romantisch verklären! Feiert Uelzen etwa jedes Jahr den Geburtstag seiner Zuckerrübenfabrik? Der Hamburger aber ist ein unverbesserlicher Sehnsuchtsheini, jeder Piss wird zur maritimen Folklore hochgeschwiemelt. Irgendwie blickt jeder der zwei Millionen Fischköppe im Geiste immer auf's Meer hinaus. Witzig, denn diese Stadt da oben liegt eigentlich nicht für zwei Pfennig am Meer, bei näherer Betrachtung genausoweit im Binnenland wie z. B. Neubrandenburg. Das hindert den Hamburger aber nicht daran, das ganze

Arsenal maritimer Horrorfolklore abzufeuern: Shantychöre, ausgestopfte Fische, alberne Halstücher, doofe Mützen, rostiges Eisen und alles voller Netze: ewig singt die Haifischbar!
Auf Segelschiffen faulige Zwiebäcke fressen oder unter Deck stinkende Heringe ausnehmen, das ist touristisch schon hundertprozentig durchgeschwiemelt. Jetzt können die Elbkasper sich daran machen, die Containerschiffahrt folkloremäßig aufzubereiten. Bald singt der Shantychor vom armen philippinischen Kuddel, dem ein 40-Fuß-Container auf die nicht versicherten Stelzen gefallen ist, de Masten so scheep es den Schipper sien Bein, to my hoday, to my hoday! Der Hamburger identifiziert sich jedoch nicht nur mit der ideellen Gesamt-Fischfrikadelle, sondern ist auch noch »Hanseat«. Was soll'n der Scheiß nun schon wieder? Die Hanse war ein mittelalterlicher Krämerverein, der mit gerade mal schwimmtauglichen Äppelkähnen im wesentlichen auf der Ostsee herumkajohlte. Wenn ein Hamburger heute »hanseatisch« sagt, meint er damit aber was anderes: unterkühltes Understatement! Logisch, hitzige Lebensfreude ist in dem Regenloch an der Unterelbe auch schwerlich zu entwickeln. Der Mann trägt gerne Nadelstreifen, und die Frauen sehen alle so aus, als ob in der Popeline-Abteilung von Jil Sander Ramschverkauf gewesen ist. Zu den gerne verbreiteten Märchen über Hamburger Deerns gehört, unter dem adretten Vorzimmer-Outfit schlummere irgendwas – glutheiße Leidenschaft zum Beispiel. Sagen wir so, ich will's mal hoffen für die Hamburger. Wenn nicht, können sie ja immer noch in die Herbertstraße gehen oder sich beim ewig überschätzten FC St. Pauli das Hanseatische aus den Rippen schwitzen.

U-BEKLOPPTE UND U-BESCHEUERTE AUF FEINDFAHRT

Tauchen

Wo sind Tante Ilse und Onkel Alfons denn dies' Jahr im Urlaub?« – »Tauchen in Sharm-el-Sheik!« Kaum eine deutsche Hämorrhoide, die noch nicht an einem Korallenriff geschlitzt wurde. Papa und Mama orgeln wie die besoffenen Seekühe durch die Weltmeere, um sich das Nachtprogramm des ORB im Original anzuglotzen. Was treibt den schlichten Normo dazu, aus seiner natürlichen Urlaubsumgebung Bad Lauterberg auszubrechen und wie weiland der lederne Jacques Cousteau in tropischen Gewässern zu gründeln? Niemandem scheint es mehr einzuleuchten, daß für ihn der Schöpfer nichts weiter im Lebensplan vorgesehen hat als den Job der Außendienstwanze im Oberbergischen. »Das kann doch nicht alles gewesen sein, Mutti. Schau mal dort im magischen TV-Gerät: die tausendjährige Runzelqueen Adolphine Riefenstahl, sogar die geht noch Tiefseetauchen. Los Mama, wir buchen vierzehn Tage Dominikanische und gucken uns mal die bunten Fische an.« Und so hängt zu Tausenden das teutonische Senkblei zwanzig Faden tief in der karibischen See. Im Gefolge der alles wieder richtenden Apparatemedizin ist keine Extremsportart mehr davor gefeit, vom durchschnittlichen Kartoffelchipsfresser überrannt zu werden. Die feisten Klöße purzeln aus Flugzeugen, kraxeln durch die tibetische Klamm oder lassen sich von Negern durch die Wüste tragen. Alles ist für jeden da auf dieser schönen Welt. Warum nicht auch die submarine Pracht. Zumal der Deutsche seit Admiral Dönitz Tagen ohnehin

geprägt ist auf alles Unterseeische. Wo einst die stolze U-Bootwaffe der Schrecken aller Meere war, da blubbern jetzt Tante Ilse und Onkel Alfons an fremder Länder Gestade. Und wenn ein Rudel deutscher Seewölfe einen Geleitzug Papageienfische sprengt, dann ist es wieder fast so romantisch wie damals.
Die Marinekameradschaft U-216 heißt heute neudeutsch Scuba-Diving-Club Sennestadt, ist mehr oder weniger harmlos, aber genauso auf allen Weltmeeren zu Hause. Jedes Jahr wird ein neues Fähnchen aufgepflanzt, alles abgegrast, wo's irgendwie nach bunten Fischen riecht: Malediven, Seychellen, Komoren, Great Barrier Reef und was es sonst noch so an zertrampelbarer Meeresfauna gibt. Dabei geht's nur dem Neuling um die bunten Fischelein. Der Scuba-Profi schlenzt am Nylontampen in die Tiefe und ermittelt bei 50 Metern unter der Meeresoberfläche die genaue Ortszeit in Singapur. Im Themopren-Saitling eingezwängt glotzt das Taucherrudel wie gebannt auf die wasserdichten Casios. Wie in allen hippen Freizeitbeschäftigungen dreht sich sowieso alles nur um die Ausrüstung. Welche Brille, welche Flossen, welche Flaschen? Scheiß was auf die Fische. »Und wo waren Sie im letzten Jahr? St. Lucia! Ach du Scheiße, ist doch alles schon kaputt. Boa Boa müssense hinfahn, das hält noch zwei Jahre. Onkel Alfons und Tante Ilse waren vor fünf Jahren da, da war natürlich alles noch unberührter.«

Erlkönige auf der B6 erwischt. Was hat Ferdinand Piëch schon wieder vor?

QUADRATUR DES SCHEISSES

Ökoautos

Früher war das Gute schlicht das Gegenteil vom Bösen, heute ist es Das-nicht -ganz-so-Schlimme. In der Welt der Bekloppten und Bescheuerten wurde so der Müll über Nacht zum wertvollen Rohstoff, ein Haufen leergesoffener Bierdosen ratzfatz per Werbeindoktrination zum Erzlager hochgeadelt. Noch vor Jahren züngelte die Ökobewegung geifernd gegen jede Form des motorisierten Individualverkehrs, heute bastelt sie selber am Ökoauto rum. Nur für die Verwendung des Wortes wäre man in den Achtzigern bei Greenpeace noch auf der Rainbow Warrior Kiel geholt worden, heute schreit der Zausel nach der Dreiliter-Knuddel-Kiste. Wenn es überhaupt ein Öko-Auto gibt, dann die S-Klasse von Mercedes. Die Kisten sind so schweineteuer und fressen so viel Sprit, daß der Nutzerkreis schon dadurch eine natürliche Begrenzung erfährt – die Ökogesamtbilanz mithin nicht schlecht aussieht. Worin aber liegt der Sinn, ein Auto zu fordern, daß das Autofahren qua reduziertem Verbrauch billiger werden läßt? Es werden mehr Autos verkauft, und die Leute bügeln noch mehr und öfter sinnlos in der Gegend rum. Na großartig! Wenn dann auch noch alle alten Kisten, die mehr als fünf Liter fressen, verboten werden, wandern 15 Millionen Energieträger auf den Müll oder hauchen hinter der Oder ihr verrostetes Restleben aus. Gesamtbilanz des Öko-Schwachsinns: Autoabsatz gesteigert, Benzinverbrauch landesweit angestiegen, Straßen noch verstopfter, noch mehr Menschen noch toter. Juppheidi, sagt sich da der Autohersteller und macht 'ne Spende locker für Greenpeace und Konsorten – besser geht's ja gar nicht. Letztlich ist es der Wahn vom 1A-Ökoleben, der die Tofutucken in die selbstverschuldete Unmündigkeit treibt. Denn: Wie man's auch dreht und wendet, Autofahren ist 'ne Sauerei, da wird der Siff in die Bäumchen gehustet, und ab und zu sintert auch das Getriebeöl ins Bächlein. Keine schöne Sache, und die Gelbbauchunke könnt' das Kotzen kriegen. Der Mensch ist nun aber mal 'ne alte Drecksau, der die Natur über kurz oder lang rasieren wird. Aber mir ist es allemal lieber, die letzten Ölreserven dieser Welt wandern in den unersättlichen Blechbauch eines Strich Acht oder in die löchrigen Gedärme eines Granada V6 als wenn tausend kleine Knuddelautos damit doofe Kinder zum Squashtraining bringen. Autos sind nunmal böse, und die wirklich scharfen Kisten lassen sich nicht zum Hahnrei katalysieren. Ich ziehe meine Meinung nur zurück, wenn ich den ersten tiefergelegten Öko-Twingo mit versauten Aufklebern sehe. Das würde mir den Glauben an das Schlimme wiedergeben.

ALS KIND HATTE HERR SCHLUSCHE EINMAL MONATELANG EINE AUGENBINDE TRAGEN MÜSSEN, UM DIE ENTWICKLUNG DES ANDEREN AUGES ZU FÖRDERN. ERST NACH WOCHEN WAR ES IHM DAMALS GELUNGEN, DIESEN UMSTAND NICHT ALS MAKEL ZU EMPFINDEN. GESTERN, ALS ER DIE BINDE WIEDERGEFUNDEN HATTE, WAR HERR SCHLUSCHE DAGEGEN IN SEKUNDEN ZUM EINSAMEN KORSAREN GEWORDEN.

ALLGEGENWART DER FASELFUNKE

Handy

Irgendwann kommt der Tag, da hast du einfach Bock drauf, vor einem Restaurant wie ein nierenkranker Puma hin- und herzulaufen und immer zu murmeln: »Moment, das muß ich erst noch mit New York besprechen.« Okay, aber wenn du das machst, kommen ruckzuck die weißen Männer und schmeißen dich hinten in ihren Kombi rein. Was tust du also? Du kaufst dir ein Handy, damit kannst du so ziemlich jeden Scheiß für normal verkaufen. Z. B. kannst du auch während eines stinklangweiligen Meetings dein Handy in die Hose stecken und dich alle Viertelstunde von deiner Sekretärin anrufen lassen, aber nicht drangehen. Es gibt ja jetzt diese Geräte, die nicht klingeln, sondern bloß noch vibrieren – alles klar!? Und dann wow, wow, wow, bist du mit einem Handy überall und immer erreichbar. Wenn der Pupsimarkt bei dir an der Ecke das Pfund Grillrippe für 1.98 DM auf'n Markt schmeißt – super, legt er dir das Angebot eben auf dein Handyfax. Arm dran sind die, die noch keine Faselfunke haben und plötzlich die protzige Hilfsbereitschaft eines Handyheinis reingewürgt kriegen. Du fragst jemanden harmlos nach dem Weg. Schon zückt er die Handquatsche und legt los: »Einen Moment, ich hol mir über meinen Server die GPS-Daten von dieser Straßenecke hier, der vergleicht das mit der NASA-Netzkarte von Mitteleuropa, inner guten Stunde ruft mich meine Mailbox an, und wir wissen Bescheid, harhar, bin ich ein cooler Stecher.« Dabei wolltest du bloß wissen, wo hier ein öffentliches Scheißhaus ist, und da ist natürlich eine Stunde

Rechenzeit kampfentscheidend, würd ich mal sagen. – Die normale Weltsicht des Handyman ist allerdings nicht auf Hilfsbereitschaft gepolt. Da gibt es erstmal ihn und sein blödes Handy, und dann existieren da noch ca. fünf Milliarden Schwachmaten auf der Welt. Die sitzen irgendwo doof herum, haben nix zu tun und warten auf seinen Anruf. Diese etwas egozentrische Annahme verführt den Behämmerten dazu, wegen wirklich jedem Scheiß bei anderen Leuten anzurufen: »Du Schatz, ich sitze hier gerade im ICE auf der Toilette und wollte dir nur sagen, daß du kein Papier einkaufen mußt – ich versuch was ausm Zug zu klauen.« Noch schöner, einen der Fredis inflagranti zu ertappen, wie er seine mordswichtigen Anweisungen um den Globus schickt. Oper. 1. Akt. 2. Reihe. Dritter Blödmann von rechts: »Hallo, Herr Pannowak, hier Dr. Blödmann, ordern Sie bitte dreißig rosa Flachheizkörper Modell Brigitte mit gekröpftem Auslaßventil Hugo 2.« Vor Ehrfurcht zuckt der unfreiwillige Ohrenzeuge im Theatersessel zusammen: Bibber! Das also ist der Herrscher über das Auslaßventil Hugo 2. Meine Fresse, muß der was zu melden haben. Flachheizkörper Brigitte olala. – Nun ist aber Handybesitzer nicht gleich Handybesitzer. Da gibts das analoge C-Netz, riecht 'n bißchen nach Ostblock-Technik, ist aber quasi der alte Adel der Wireless Society. D 1 und D 2 tun sich nix. Komisch ist nur die schlüpfergrüne Fernquatsche von E-plus. Die Versager-Funke schlechthin – wird nur benutzt von Studenten, Arbeitslosen, Frauen und SPD-Mitgliedern, also vom Gesocks. Das Teil kannst du gerade noch auf'm Sozialamt bringen, auf'm Arbeitsamt reicht das schon, daß du nie wieder einen Job kriegst. Das Ding ist so weit hinten, das wird dir schon vom vietnamesischen Zigarettenhändler vorm Bahnhof angeboten.

POPULÄRE ABDECKUNG DES KLEINHIRNS

Doofenkappe

Viele Arten gibt es, den anderen zu zeigen »Guck mal, ich bin doof« – die sicherste ist und bleibt das Tragen von Kopfbedeckungen. Einst ersonnen, um den Einfluß der Witterung auf die Gestaltung des Haupthaares zu zügeln oder Keulenhiebe des Nächsten abzufedern, dienen sie heute vornehmlich als Kennzeichnungshilfe des Bekloppten. Ganz sicher, einen solchen vor sich zu haben, kann man sein, wenn er auf seiner Baseballmütze »N« und »Y« übereinandergestickt trägt. Natürlich war dieser Hampelmann weder in New York noch weiß er überhaupt, daß diese Stadt mit dem Kürzel gemeint ist. Bei dem Signet »San Francisco Fistfuckers« mag er zumindest noch gutgläubig an eine dort ansässige Baseballmannschaft denken und stülpt die Kappe über die Rübe. Das merkwürdige Ding insgesamt ist zur Standardmütze aller Blödiane geworden, weil sie den abschüssigen Hinterkopf so schön betont und der überdimensionierte Schirm an die Augenwülste unserer Vorfahren erinnert. Dem Träger nimmt man gerade noch den homo erectus ab, den sapiens schon nicht mehr. Der trendige Jugendliche mitsamt alternder Szenegefolgschaft war sich dieses Makels wohl bewußt und trägt die Doofenkappe seither verkehrt herum – wohl auch um sich von der normalen Dumpfbacke zu unterschieden. Doch ha! Er tappt in die nämliche anatomische Falle der Hominidenmütze: Auch andersherum getragen betont das schlichte Kleidungsstück die Verwandtschaft mit den Kollegen aus der Oldoway-Schlucht:

diesmal fliehende Stirn und speckiger Nacken. Ganze Popmusikerhorden outen sich hier mit einfachsten Mitteln als Primitivlinge. Verkehrtherum getragen hat das Idiotenteil zusätzlich den peinlichen Nebeneffekt, daß die Plastikschnalle auf der Stirn eine krebsrote Vertiefung hinterläßt, die noch Tage nach Ablegen der Mütze den gelegentlichen Träger kenntlich macht. Mit diesem Kainsmal auf der Stirn enttarnt sich der brave Angestellte noch im Bürojob als Feierabendjugendlicher. Es ist kein Zufall, daß ausgerechnet diese Kopfbedeckung in Amerika entstand. Ständig darauf bedacht, kulturell in Richtung Halbaffe zu regredieren, hat der Durchschnittsami schon früh die Baseballkappe auch im Alltag für sich entdeckt. Die Herrschenden zogen nach, Präsidenten, Generäle: sie alle machten sich zum Gespött der Welt. Jahrelang konnte ich nicht glauben, daß General Eisenhower zu den Siegermächten des Zweiten Weltkriegs zählte. Ich war fest davon überzeugt, daß es sich um einen besonders fiesen deutschen Militär handeln müsse, dem die Alliierten zur Strafe die Eselsmütze aufgesetzt hatten. Letztlich bleibt uns die Kultur des Amerikaners ewig fremd und will nur behutsam importiert werden. Nur – mit der gleichen Arroganz, mit der die Amis auch außer Landes ihren Heimatkopfschmuck herumtragen, könnten sich auch mal deutsche Repräsentanten bei ihren USA-Visiten zeigen. Warum trägt Hannelore Kohl nicht mal beim Dinner im Weißen Haus wie selbstverständlich einen Stahlhelm? Das wär doch mal was.

Endlich fertig! Die letzten Handwerker haben mit einem launigen Scherz soeben das Haus verlassen.

KAMPF GEGEN AUSSERIRDISCHE

Wir bauen uns ein Haus

Wir bauen uns ein Haus. Ei, wie macht man das denn bloß? Man geht zu all den netten Maurern, Klempnern und Zimmerleuten und bittet sie, ihre wohlfeile Kunst auszuüben. Von wegen! Man geht als erstes zum Arbeitsamt und sucht einen tollwütigen Frührentner – gerne DVU-Mitglied, ehemaliger Fremdenlegionär mit eigenem Pitbullterrier. Diesem netten Zeitgenossen richtet man auf seinem Grundstück eine Wachstube ein. In einem anderen Winkel des zukünftigen Gartens werden Handwerkerpuppen aufgeknüpft. Jeden Tag während der Frühstückspause beginnt der Frührentner mit seinem Voodoozauber und drischt mit einer schründigen Dachlatte auf die Puppen ein. Nach Feierabend werden von ihm anspornende Parolen auf die ungeputzten Wände gesprüht. Zum Beispiel: »Wer nicht kommt zur rechten Zeit, dem haue ich den Schädel breit« oder »Montageschaumbenutzer haben einen kurzen Pimmel«. Dazwischen hängen Schaubilder mit den häufigsten Kettensägeunfällen. Jede Woche wird der lahmarschigste und unzuverlässigste Handwerker bestimmt und mit Bild und Adresse außen am Bauzaun ausgehängt, Maurer, die auf 5 cm genau arbeiten, nehmen an der Verlosung eines Kleinwagens teil. Jeder Zimmermann, der neben dem achtzölligen Nagel noch andere Befestigungstechniken kennt, muß mit »Großer Meister« angeredet werden. Sobald alle Handwerker im Laufe des Vormittags eingetroffen sind, wird der Pitbullterrier auf dem Baugrundstück freigelassen und mit

Wurststullen auf die Anwesenden geprägt. Damit kein Schlendrian aufkommt, wirft der tollwütige Bauwart immer wieder mal mit einer Brechgasgranate in den Rohbau. Täglich bei Schichtende ist Abnahmeappell. Keiner verläßt den Bau ohne Stempel. Bei schlampig ausgeführten Gewerken wird nachgesessen oder in schlimmen Fällen ein Wochenendausgangsverbot angeordnet. Tadellos verrichtete Aufträge werden an Ort und Stelle mit Tausendmarkscheinen belohnt. Das klingt nach viel, ist aber ein Nichts gegen den langfristigen Schaden verdeckter Schlampereien. Sollten einige Auftragnehmer die unangenehme Eigenart haben, des öfteren gar nicht erst auf der Baustelle zu erscheinen, empfiehlt es sich, eine kleine Feldjägertruppe aufzustellen. Dazu eignet sich am besten das übelste Gelichter, dessen man habhaft werden kann: komplett tätowiert, auffällige Narben im Gesicht und Autos mit plump gefälschten Kennzeichen. Aufgrund der engen Grenzen, die das Strafgesetzbuch für Privatarmeen vorsieht, reicht es oft schon, wenn diese Jungs vor den Privathäusern säumiger Klempner und Tischler auf und ab fahren. Hilfreich ist es auch, sich rechtzeitig ein paar Schweinereien – Steuerhinterziehung, Ehebruch o. ä. – aus dem Privatleben der Handwerker zu besorgen. So kann man sie leichter erpressen, wenn sie nicht spuren. Beachtet man all diese Regeln, ist das Häuslebauen selbst in heutigen Zeiten noch möglich. Steht das Eigenheim, wird man von mindestens 50 Leuten bis zu seinem Lebensende gehaßt. Sei's drum, sie hätten einen sowieso gehaßt, weil man ihnen einen Auftrag erteilt hat.

ALS KLEINER JUNGE HATTE SICH HERR SCHLUSCHE IMMER GEWÜNSCHT, ERWACHSEN ZU SEIN. AUCH ALS ERWACHSENER HATTE ER VON SEINER HOFFNUNG IN DIE ZUKUNFT NICHTS VERLOREN. JETZT WÜNSCHTE ER SICH, TOT ZU SEIN.

PENNYMARKT MIT GLEISANSCHLUSS

Wegbereiter der Moderne: die Bahn

Langsam, unpünktlich, häßlich! Na, wer fällt einem da ein? Richtig! Die Bahn. Wer nicht gerade im ICE auf einer Neubaustrecke unterwegs ist, zuckelt wie weiland der Kaiser durch's Reich. Von der mitteleuropäischen Zeitmessung hat man sich auch weitgehend emanzipiert. Bester Witz: Bis zu fünf Minuten Verspätung gelten bahnbetrieblich noch als pünktlich. Nun überlegt man, an allen Bahnhofsuhren die großen Zeiger abzuschaffen, um den Kunden nicht weiter zu irritieren. Statt sich um die eigentliche Aufgabe zu sorgen – nämlich Menschen zuverlässig von A nach B zu verfrachten –, widmet sich der kranke Mann auf dem Gleisbett lieber der ästhetischen Irritation seiner Kundschaft. Unvergessen sind die dünnschißfarbenen Polstergruppen in der ersten Intercity-Generation. Geradezu ein Klassiker widerwärtiger Inneneinrichtung wurde das Bistro im Interregio. Stilsicher ist die Kontaktzone einer thailändischen Striptease-Bar nachgebildet. Niemanden würde es wundern, träte die Zugbegleiterin im Stringtanga ins Coupé und schubberte ihren Venushügel an einer der vielen Messingstangen im Raum. Weitere Kennzeichen dieser zeitlosen Ästhetik des gewollt Modischen sind die witzigen Tischlein überall, an denen man sich je nach Montagehöhe die Rippen oder das Gemächte stauchen kann. Das gesamte polygone Mobiliar inklusive gold bedampfter Spiegelscherben ist so zusammengeschraubt, daß es einem Höchstmaß an Vibrationen ausgesetzt ist. Das Bistro-Design der Bahn AG wurde oft kopiert – jedes zweite Hotelzimmer im Lande sieht mittlerweile so aus –, echt ist es aber nur, wenn alles vor sich hinrappelt. Auch nicht von schlechten Eltern ist die Außenhaut des rollenden Materials. Zwei Prinzipien scheinen den Colorgestalter der Züge zu regieren. Erstens: Jede Farbe muß in sich schon richtig scheiße aussehen: Schlüpferblau, Lungendurchschußrot oder Schimmelgrün sind da die Favoriten. Und zweitens: Das Farbkonzept muß so oft geändert werden, daß kein Wagen zum andern paßt geschweige denn zur knallroten Spielzeuglok. Endziel ist der komplette Zug als unaufgeräumter Tuschkasten. Das ist fast erreicht, also kann man sich dem Bahnsteig zuwenden. Wo früher der Fahrplan in der schlichten Glasvitrine seine knallharten Infos rüberbrachte, steht nun ein überlebensgroßer Alleinerziehender aus Eisen mit Zettel im Bauch. Hahaha, ist ja auch viel lustiger, hat sozusagen mehr Fun. Warum da nicht gleich einen Plastiksaurier auf den Perron gestellt. Und wenn man wissen will, wann der Zug fährt, glotzt man dem Iguanodon ins Arschloch rein. Das ist doch noch lustiger und eventmäßiger, oder nicht, liebe Bahn AG? Als Krönung der ganzen Retusche werden schlußendlich die Bahnhöfe selbst ins Ballaballa-Design überführt. Aus den Kathedralen der Technik sollen Zug um Zug so eine Art Pennymärkte mit Gleisanschluß werden. Ist das erst erreicht, kommt die Bahn noch unpünktlicher, um die Verweildauer im Shoppingcenter zu erhöhen. Und irgendwann fährt gar kein Zug mehr ab vom Bahnhof und niemandem fällt es auf.

SZENESPASS FÜR POPCORNFRESSER

Kino, Kino

Wer zu Hause hockt und den Abend vor dem Scheinwerfer verbringt, ist ein langweiliger doofer Sack. Niemals liest man in einer Kontaktanzeige etwa: »Ich sehe gerne fern.«
Der Gang ins Kino hingegen gilt lifestylemäßig als erotisch und kulturell wertvoll, wenn nicht gar als Event. Dabei gibt's da gar keine lehrreichen Tierfilme und Wirtschaftsmagazine, sondern in der Regel blödes Entertainment vom Großen Bruder. Warum empfindet der moderne Freizeitmensch es schon als Erlebnis, in Popcorngestank und Geschubse kalkulierte Emotionen nachzuerleben? Gut: Das eigene Leben ist da sicher keine Alternative, aber im Fernsehen gibt's doch schöne Sachen: Chinesische Spielfilme aus der Zeit der Kulturrevolution oder MDR-Riverboat – welch seltsamer Blick in die Abgründe der menschlichen Seele. Wie gähnend langweilig ist dagegen der neueste Ballerschinken mit Bruce Willis. Das hält den hippen Citystromer aber nicht von der Rezeption fern. Denn die wahre Passion des Kinobesuchers ist ja gar nicht der Anblick des Celluloids und der damit verbundene stille Genuß, sondern die anschließende Nacherzählung des Films an Unschuldigen.
Ich weiß, die Duldungsstarre beim Zuhören des normalen Mitmenschgesabbels hält schon eine Menge Sühnepotential für begangene Straftaten bereit. Der nacherzählte Kinofilm jedoch gehört in die Hall of Fame ödester Erzählprosa aller Zeiten. Selbst die Prahlhans-Anekdötchen säugender Jungmütter sind noch prickelnder als wenn dir der Kumpel sein Kionoerlebnis

vom Vorabend hochwürgt. »Bruce Willis spielt da sonen Typen, der da irgendwie in Schwierigkeiten is, eine Szene weiß ich noch: typische Gegend in LA, Demi Moore hat den andern verlassen, also nich Demi Moore, sondern die eine, die sie da spielt, da kommen die Typen, wo die mit verfeindet sind und erst im Bus und dann alle Mann in ihre Wohnung, bis Bruce Willis die Faxen dicke hat.« Keine militärische Verschlüsselungstechnik kann eine Information dermaßen perfekt unkenntlich machen wie das Beklopptengebrabbel einen Kinofilm. Der inhaltistische Berichterstatter ist dabei noch die erträglichere Variante. Daneben gibt's auch noch den Cineasten: »Bruce Willis, Halbtotale. Cut: die Typen im Gegenlicht, Babababababbb, Slomo Demi Moore, die Typen, Cut, Bruce Willis, Cut, Bababababababb, Close Up Pump Gun, Bruce Willis, SteadyCam hinter Demi Moore, die Typen, bababababbb …« So muß der erste Bote König Atahualpa von der Ankunft der Spanier in Mexiko berichtet haben. Damals gab's ruckzuck die Rübe ab, wenn dummes Zeug gelabert wurde, heute denkt man voll Sehnsucht an seine spannende Steuererklärung und wartet bis sich die Lippen beim Erzähler für einen Moment nicht mehr bewegen. Dann fischt man nach einem Strohhalm, um sich aus der schlammigen Prosa zu befreien: »Du, toller Film, aber ich muß noch meinen Sarg tapezieren, weißte ich geh kaputt. Bis demnächst, wir telefonieren.« Nichts wie weg! Welchen Eindruck muß ein Blinder haben, der Kinofilme nur aus den Erzählungen seiner Bekannten kennt? Augenlicht macht blöd!

Deutsche Einsatzkräfte in Zivil. Schicke Freizeitkleidung läßt sie in der Bevölkerung untertauchen wie Fische im Wasser.

GRÜNE MÄNNCHEN LEBEN MITTEN UNTER UNS

Polizisten

Der Polizist, der hat's nicht leicht. Er verdient wenig Geld und muß sich mit lauter Antipathieträgern rumschlagen. Erschwerend hinzu kommt die äußerst unkleidsame Tracht. Wie Insassen anderer schäbiger Uniformen auch – die Lohnsklaven von Mac Donalds oder UPS etwa – guckt die Ordnungsmacht immer leicht belämmert aus der Wäsche. Wer könnte es ihr verdenken. Seit der damalige Innenminister Segelohr Genscher der Polizei bundeseinheitlich die Östergard-Fummel verpaßte, bleibt den Wachtmeistern wenig Nettes in ihrer Umgebung. Seine ganze ästhetische Brutalität entwickelt der Zwirn jedoch erst an der Bullette. Unkleidsamer hätte auch ein Traktoristinnenkombinat in der Zone seine weiblichen Werktätigen nicht gewanden können. Die grün-bräunlichen Klamotten sitzen vorne und hinten nicht und auf dem Kopfe wackelt ein Hubschrauberlandeplatz, der schon dem gröberen Männerschädel nicht zur Zier gereicht. In dieser Kirmesuniform schreitet der Polizist nun zu seinem Dienstfahrzeug. Da kommt der zweite Hammer: ein weiß und quietschegrün angepinselter Mittelklassewagen aus dem Regal der Massenhersteller. Würg! Darin möchte man nun wirklich nicht gesehen werden. Wenig besser stehen die Motorradpolizisten da: auf greller Gummikuh in Laubfroschpelle an der Kreuzung rumstehen ist auch nicht das, wovon der Biker träumt. Ja, das Los der Beamten wäre ein tristes, gäbe es nicht die Reiterstaffel. Ein Klepper macht 'ne Menge mehr her als ein Opel Vectra und hat zudem den Vorteil, daß man ihm die Kruppe nicht hellgrün und weiß lackieren kann. Auch zwingt der Einsatz im Sattel zu einigen Retuschen an der Standarduniform: Reithose und Stiefel sehen schon besser aus als der normale Schinkenbeutel mit den Deichmann-Tretern. Kommt bei Regen noch der lange Reitmantel hinzu, könnte man schon fast durch die Marlboro-Reklame hoppeln. Das Begleittier unterm Ordnungshüter stimmt auch den Passanten gelassen und heiter beim Anblick der Exekutive. Da nun nicht alle häßlichen Dienstfahrzeuge durch ansehnliche Gäule ersetzt werden können, um die Welt ein wenig fröhlicher zu gestalten, könnte sich der Polizeipräsident ja was anderes überlegen. Wie wär's mit weißen Mäusen, die den Beamten auf der Schulter hocken, oder lustigen Kaninchen auf dem Beifahrersitz? Denn ein Tier am rechten Ort mildert allemal das rigorose Auftreten der Staatsmacht. Und dort wo der Kleppergard' allein aufgrund der Größe der Einsatz verwehrt ist – bei der Hausdurchsuchung etwa – könnte der gescheckte Kanin dank seiner extremen Putzigkeit die Schärfe aus der Situation nehmen. »Hoppla, wer kommt denn da?« tönt es aus des Delinquenten Mund, und das Eis ist gebrochen. Lustig stöbert der Inspektor mit dem Nager ein wenig in der Wohnung rum, und kleine Scherze über das Recht auf Unversehrtheit der Wohnung machen die Runde. Das nenne ich dann mal funktionierende Deeskalationspolitik.

WENN HERR SCHLUSCHE MIT DER STRASSENBAHN FUHR, BLICKTE ER GERN IN DIE ERSCHROCKENEN GESICHTER DER FAHRGÄSTE, DIE KEINE KARTE HATTEN.

MISTHAUFEN MIT MCM-LOGO

München

Als Heinrich die Ziege, seines Zeichens Welfenkönig von Peine-Salzgitter, mal 'ne richtige Stadt sehen wollte, gründete er München. Der sonst dort vegetierende Bajuware war anscheinend zum Münchengründen bisher zu blöd gewesen. Noch heute besteht die »Weltstadt mit Herz« aus zwei Bewohnergruppen: einerseits den zugereisten Kolonialherren, kurz Schickeria genannt, und aus dem bayrischen Bodensatz. Letztere nagen schon zum Frühstück an bleichen jungen Ratten herum, die sie »Weißwürschtl« nennen, und vertilgen dazu Unmengen einer bierhaltigen Schlempe aus großen Einmachgläsern. Menschen der nächsthöheren Evolutionsstufe werden von ihnen »Saupreißn« genannt, und sogar die Inkontinenzwindeln im Altersheim tragen noch das blauweiße Rautenmuster. Kurz gesagt: Es ist eine verflucht eingebildete Bande. Gott sei Dank sprechen sie kein Deutsch. Die Münchner Oberschicht ist nicht weniger blasiert. Die Hälfte von ihnen arbeitet als Promidarsteller, die andere Hälfte als dessen Friseur. Ich weiß nicht wirklich, was das Wort »angeschwult« bedeutet, es fällt mir aber als erstes ein, wenn ich an die Münchner Schickeria denke. Braungebratene Tagediebe und verlebte Blondinen schlürfen Schampus beim Friseur, so sieht der Alltag der Bussibären aus. Und wenn man ganz viel Glück hat, darf man in der 1300. Folge von Derrick hinten durch's Bild schleichen. Schickeria und Trachtenseppl leben in der Stadt nebeneinander her, nur einmal im Jahr trifft man sich

auf der »Wiesn«, einem mehrtägigen Saufgelage, das weltweit seinesgleichen sucht. Nirgends sonst wird der Mensch so auf seine Grundbedürfnisse Saufen, Fressen, Kotzen und Grölen reduziert – und das zu überhöhten Preisen. Selbst bis ins ferne Nippon reicht die Kunde vom Münchner Oktoberfest und beschert der Stadt alljährlich einen Zustrom gelber Hobbyalkoholiker. Überhaupt gilt die Bayernmetropole dem Ausländer als Inbegriff deutscher Folklore. Was Wunder, hat doch hier schon der braune Atze mit den Hitlerchören das Horst-Wessel-Lied geschmettert und ein halbes Jahrhundert früher ein durchgeknallter König die Staatsfinanzen ruiniert – deutscher geht's nicht mehr. Der Münchner selbst versteht sich eher als Italiener im Lodengewand. Städtische Imagefuzzis versuchen seit Jahrzehnten, aus der »Stadt der Bewegung« einen Ort mediterraner Beschaulichkeit zu formen. Keine leichte Aufgabe in einem Provinznest, das um 22 Uhr die Biergärten verriegelt. Drum lebt der Schickeriamensch sowieso am Gardasee, und die blauweißen Dumpfbacken hauen sich am Vormittag schon das Dünnbier rein, um vor Ladenschluß noch breit zu werden. Über all dieser voralpinen Schwiemeligkeit regieren zwei mächtige Verbände, die CSU und Bayern München. Einer von beiden läßt zwei Dutzend Ausländer für sich Fußball spielen, der andere versucht die durchgeknallten Ideen des Papstes in Tagespolitik umzusetzen.
Bei allen Vorbehalten gegen dieses München muß man doch zugeben, daß es eine sehr schöne Stadt ist für Menschen, die auf die eine oder andere Weise mit dem Leben abgeschlossen haben.

FLÄCHENBRAND DER MAGENSCHLEIMHAUT

Weihnachtsmarkt

Die schönste Form Giftmüll und fauligen Abfall kostengünstig zu entsorgen ist und bleibt der Weihnachtsmarkt. Die zweibeinigen Endlagerstätten entrichten sogar noch einen strammen Obulus dafür, kontaminiert zu werden. Ein Heiermann wird fällig für den Nullzweier Humpen Pinselreiniger mit Schuß, unverschämt Glühwein geheißen. Ein rücksichtsloser Menschenschlag köchelt zur Weihnachtszeit in allen Innenstädten eine ekelerregende Pestilenzbrühe zusammen, um die Wehrkraft des mittleren Angestellten zu unterhöhlen. In ganzen Heerscharen treibt sich diese Spezies zur besten Bürozeit auf den Giftmärkten herum, um sich – solange es noch geht – ins Lohnfortzahlungs-Nirwana zu saufen. Wessen Gedärm nach Lumumba und Jagertee immer noch nicht Feurio schreit, der kann beizeiten 'ne Pappschale Festbrennstoffe hinterherwerfen. Sehr beliebt und recht typisch für die traditionelle deutsche Weihnacht ist die Chinapfanne: Rübenblatt und Schredderschwein angedickt mit Flüssigküken. Und noch 'nen Glühwein drauf, 98 Oktan in die Bahn. Da der weihnachtliche Mensch aber nicht nur frißt und säuft, gibt es auf den scharlachroten Schlachtfeldern auch noch was für's Herz. Der dolbyfreie Cassettenkoreaner verbreitet an jeder Schmurgelbude blödige Lametta-Beschallung, und an der Ecke hockt ein tapferes Männlein, das die Zimbel reibt oder sich mit Jingle Bells den Arsch zugeigt. Richtig rührend wird's aber erst, wenn der Gute Zweck den Zeigefinger hebt. Einmal Ponyreiten für Obdachlose, einmal was Nettes aus Wäscheklammern von unseren Freunden aus der Strafanstalt. Dazwischen stinkende, schreibunte Kerzen, die nur aus der Kreativschmiede eines Wahnsinnigen stammen können. Aber jetzt erstmal 'n Glühwein. Mit Schuß? Oder nehmen wir mal 'n Schneegestöber? Was'n das? Heißer Korn mit ausgeflocktem Hüttenkäse. Jedes Jahr was Neues, um die Widerstandskraft der Mägen zu brechen. Schon sind drei Viertel der Bevölkerung vollkommen immun gegen Glühwein – eine beängstigende Entwicklung. Wovon wollen diese Menschen fürderhin über die Blautanne reihern? Wäre da nicht die Phantasie der weihnachtlichen Mirakulixe, deutsche Menschen müßten sich unbekotzt von den Weihnachtsmärkten schleichen. Gott sei Dank: Noch ist es nicht soweit, noch werden in den Glühwein-Labors immer neue Rezepturen entwickelt, die aus einem an sich schon billigen Heißfusel einen noch billigeren Sickersaft für die Adventsdeponie erschaffen. Keiner würde seinem Auto je als Kraftstoff vorzusetzen wagen, was er ohne Bedenken seiner eigenen Maschine antut. Doch merke: Solange es in Deutschland noch Menschen gibt, die Glühwein trinken und davon nicht auf der Stelle tot umfallen, müssen wir vor Aids und BSE keine Angst haben.

Jesuswettbewerb in Niedersachsen. Bernd aus Wechold steht seit 28 Tagen auf dem Dach und hofft auf den Eintrag ins Guinness-Buch der Rekorde.

WIR MACHEN DIES' JAHR NIX

Heiligabend

Wir machen dies' Jahr nichts«, lautet der verlogenste Satz der Vorweihnachtszeit. Gemeint ist damit die gegenseitige Verzichtserklärung auf Überreichung von Müllerwartungskrempel am Heiligabend. Wie in Folge aller Abrüstungsgespräche wird aber heimlich doch weitergerüstet. In froher Erwartung leerer Hände bei den anderen Familieninsassen kauft die dumme Sau »nur 'ne Kleinigkeit« für jeden, um ihn zu demütigen. Die weihnachtliche Vendetta unter Blutsverwandten ist besonders beim schrillen Geschlecht sehr beliebt. »Ich weiß, wir haben gesagt, wir machen nix«, beginnt ganz harmlos die Ehrabschneidung unterm Tannenbaum, »aber so ohne alles, das war mir dann doch zu blöd«. Und schon zückt das Weib ein halbes Dutzend bunter Päckchen aus dem Sack. Der Mann, gewohnt sich an Absprachen zu halten, steht da wie ein knickriges Arschloch. »Nur 'ne Kleinigkeit« entpuppt sich beim Enthäuten der wertigen Weihnachtshülle als perlmuttbeschlagenes Peniküre-Set für untenrum und seidiges Schlüpferensemble von Calvin Klein. Sofort schrumpft dem Geschenkopfer das Skrotum vor Scham. »Sieh mal, du Dreck«, wollen ihm die intimen Pretiosen sagen, »ich bin so mördergroßzügig, daß ich dir trotz andersartiger Absprache einfach was schenken mußte. – So doll lieb ich dich. Und wenn du nicht so ein tumber Klotz wärst, dann hätten wir womöglich nächtens noch gepoppt, doch nun ist die Stimmung zum Deubel.« Im Anschluß der moralischen Vorteilnahme durch absprachewidrige

Geschenke wird gern auch noch mal nachgetreten: »Is nich so schlimm, daß du nichts für mich hast, es hätte mich eben nur gefreut.« Viele Methoden gibt es, das Weihnachtsfest zum sozialen Krisenherd auszubauen: Einladung debilen Schwieger- und Schwagergerümpels, Zubereitung oberschlesischer Heimatspeisen oder die Inaugenscheinnahme plärrender Pubertätshorden im Fernsehgerät. Die klassische Festgestaltung ist mithin: Bei Breslauer Teckelwurst mit Wampakitt sitzt die Familie nebst Schwiegernazi am Ferni und beobachtet, wie eine Bad Tölzer Boygroup das geschlüpfte Balg in Bethlehem bejault. Um das Grauen noch zu toppen, bietet sich danach der Überraschungsangriff mit dem Calvin-Klein-Schlüpfer an. Noch ehe sich der Ehebulle in die geistigen Glühweinabsentien verabschieden kann, wird ihm das Päckchen vor den Latz geknallt. Die beabsichtigte Schmach wurde weiter oben bereits beschrieben. Doch wehe dem Weib, das einen ausgeschlafenen Gatten sein eigen nennt. Statt in Scham und Reue im Boden zu versinken bei Entgegennahme des Designer-Eierbeutels, holt der gewiefte Kenner weibischer Unzuverlässigkeit das Vergeltungsgeschenk aus dem Versteck: Zwei Meter Weißgoldkette mit herausgeflextem Eduscho-Zeichen. Hahahaha. Es welkt der Triumph des Weibs in Sekundenschnelle. Sieger beim Wettlauf der überreichten Demütigungen bleibt der Gatte. Und die Frau ist's auch zufrieden, wähnt sie sich doch im Besitz massiven Goldes. Und wenn die mit Edelmetall geköderte Libido nicht noch im Verlauf der Stunden im Glühwein ersäuft, ja, vielleicht wird dann am Heiligabend noch gepoppt.

AN KALTEN TAGEN TRUG HERR SCHLUSCHE IN SEINER WOHNUNG DIE UNIFORM SEINER KINDERTAGE: BRAUNER ELCH AUF WEISSEM GRUND.

UNGEZIEFER DES VERSANDHANDELS

Styroporflocken

Würde Pandora heute ihre Büchse ausschütten, kämen keine Geschwüre und Ekzeme, sondern Styroporflocken heraus. Diese neue Geißel der Menschheit treibt mittlerweile auf dem entlegensten Seitenarm des Amazonas und entspringt jeder zweiten Paketsendung, die uns der wortkarge braune Mann von UPS ins Haus bringt. Und sogar als Nahrungsersatz mit Hühnerfutteraroma aufgemotzt, hat die Verpackungsflocke die Foyers der Lichtspieltheater erobert. Kein Ort dieser Welt ist mehr sicher vor der omnipräsenten Blähchemikalie. Wann endlich werden auch unsere abgenippelten Altvorderen zugeflockt im Eichensarge ruhen? Doch schon als Lebender traut man sich kaum noch per Versandhaus seine Konsumgelüste zu befriedigen, weiß man doch, daß nicht nur der gewünschte Massagestab geliefert wird, sondern obendrein und unbestellt ein Doppelzentner Styroporflocken. Kaum ist der Karton geöffnet, verteilt sich der leichtfüßige Sondermüll in alle Ecken der Wohnung. Nur eines kleinen Windzugs bedarf es, und die Flocke hat instinktsicher *die* Ecken der Behausung ausgemacht, die nur alle Jubeljahre den Kehrbesen sehen. Wird nach etlichen Mietergenerationen endlich mal die grindige Schlingenware entsorgt, auch dann werden die Nachfahren einsame Styroporflocken aus dem warzigen Teppichboden puhlen. Man traut sich schon gar nicht mehr, per Versand noch den harmlosesten Artikel zu ordern. Eher noch liefert man sich den Capos der Ladengeschäfte aus, als einen weiteren Angriff der Killerflocken zu gegenwärtigen. Die letzten flockenfreien Bestellartikel sind nur noch Pizza und Prostituierte. Obwohl es einen auch schon nicht mehr wunderte, wenn das Höschen der Bringdienstdirne etwas ausflockt beim Abstreifen. Was hat den kleinen Bruder des Montageschaums zu diesem ungeheuren Siegeszug verholfen? Es ist die Ideologie der Standardisierung um jeden Preis. Zum Verschicken gibt's nur noch zwei Paketgrößen: Buch oder Waschmaschine. Überzählige Rauminhalte werden notfalls mittels Flocke ausgesteift. Doch wo die eigenwilligen Styroporzecken hernach ihren Aufenthaltsort finden, ist der Versenderkrampe piepegal. So trudeln sie durch unsere Wohnungen, verfusseln sich beim sonntäglichen Gattenritt in der frischgefönten Schambehaarung, um schließlich als unser Geschenk an die Welt mit den Flüssen auf die Meere hinauszutreiben. Und wenn Onkel Willi dereinst seine Mastwampe an den Gestaden von Bora Bora grillt, blickt er plötzlich amüsiert in die schwappende Südsee: »Guck ma, Mamma, die eine Styroporflocke da, die aussieht wie mein linkes Ei, war die nich in dem Paket vom Tina-Versand im letzten Jahr?« Ist nicht unwahrscheinlich!

AUSGELAGERTES SEKUNDÄRBEDÜRFNIS

Nächstenliebe

Als der Nazarener das Theorem von der Nächstenliebe ersann, dachte er sicher nicht daran, die Nachbarin zu poppen. Dennoch lohnt es sich, einen Moment bei diesem verlockenden Gedanken zu verweilen. All das, was den landestypischen Beziehungsalltag in eine erotische Ödnis verwandelt, entfällt beim GV über die Wohnungsgrenze hinaus: Qua definitionem unterhält man mit Frau Nachbar keinen gemeinsamen Haushalt, diesen ewigen Quell kleinkarierter Sticheleien, man teilt sich nicht die Aufzucht einer undankbaren Brut und muß auch nicht die Abende mit ihr vor der Braunschen Röhre verplempern. Kurz und gut: all das, was die gelebte Erotik des Beziehungsdaseins in einen zwar handwerklich sauber ausgeführten, aber dennoch unbefriedigenden Event auspimpeln läßt, all das kommt nicht zum Tragen. Sollte es sich bei dem Gatten besagter Sexanrainerin auch noch um einen jähzornigen Baggerführer handeln, na prima, da hätten wir dann auch noch 'ne Prise brutaler Gewalt im Programm. Im Zuge drohenden Auftauchens des Tiefbaugorillas verbietet sich die langwierige Anwendung von Rotwein- und Bolerogeschwiemel nur zu selbstverständlich. Da heißt es zur Sache kommen, bevor der zementverkrustete Polyphem die Szene betritt. Dieses Gratisprickeln läßt auch über den leicht angegriffenen Phänotyp der Sexgehilfin hinwegsehen. Logischerweise kommt beim wohnungsübergreifenden Verkehr die zugemüffelte Ehesasse nicht in Frage. Dieses Mahnmal nichtgelebter Erotik würde noch den aufgegeiltesten Pavianhäuptling das Skrotum veröden. Da Eile geboten, stellen sich den GV-Leistungswilligen allerhand Möbelstücke zum Vollzuge dar. Das Beistelltischchen von Tante Irmgard – längst überfällig – kann en passant sperrmüllbereit genagelt werden, die labile Wandgarderobe »Trollhättan« fällt dem wüsten Anlehnsex zum Opfer, der beknackte Duschvorhang mit den Segelohrelefanten, den die blöden Kinder so lustig fanden – zappzerapp in Fetzen gepoppt! So dient der außerhäusige Geschlechtsverkehr nicht nur dem drüsischen Wohlbefinden, sondern bereinigt auch noch die zugemüllte Wohnungseinrichtung. Ist dann orgasmusmäßig Ende im Gelände kann der geordnete Rückzuck angetreten werden. Sollte unvermutet der Zementmorlock auf den Plan treten, entfällt sogar die verlogende Abschiedsfloskel »Wir telefonieren, hähä«. Doch auch ohne Auftauchen der gewaltbereiten Unterschicht kann der Rückzug kommentarlos angetreten werden. Kein theoretisches Nachbereiten der abgelieferten Leistungen, kein sinnentleertes Après-Gekuschel. Tür zu, auf Wiedersehen. Andere Tür auf, Glotze an: Dirty Harry mit Clint Eastwood. Und während man noch im bläulichen Schein des Machokrimis die vergangene Viertelstunde geistig nachbereitet, ist die eigene Frau eine Tür weiter beim Dachdeckermeister unter Beschlag. So witzig kann Ehe sein, wenn eine Prise Nächstenliebe dabei ist.

Außentoilette im englischen Landhausstil, wc-design Hamburg 13 500 DM (Bezugsquellenhinweis auf Seite 132).

KATHEDRALE DES URINS

Herrentoilette im Hauptbahnhof Hannover

Wenn der Reisende aus Seelze oder Peine kommend zum ersten Mal mit dem Hauptbahnhof hannoverschen Boden betritt, umweht ihn sofort der verruchte Brodem der Metropole. »Hier«, denkt er, »hat Fritze Haarmann sein Mittagessen angesprochen.« HAM HAM dräut aus der finstersten Ecke des Gebäudes eine Reklametafel und gemahnt an den berühmten Anthropophagen von der Leine. Durchmißt der Reisende die große Wandelhalle unter den Gleisen, stößt er immer wieder auf Schächte, die den Blick freigeben in die Unterwelt des Bahnhofs. Drunten in der Passarelle wimmeln die lichtscheuen Morlocks hin und her, verkaufen Käseecken oder Heroin – je nach Tageszeit. Eine Etage höher atmet der riesige Schlund Menschen ein und aus: Pendler aus dem Deister stolpern schlaftrunken ihren 610-Mark-Jobs entgegen, Fahrschüler schubsen sich zum Ausgang. Dazwischen immer wieder Braunschweiger, Kalmücken, finster dreinblickende Leute aus der Börde und bepackte Mütterchen aus den südlichen Mittelgebirgen. Der Hauptbahnhof Hannover verwirbelt sie alle zu einem bunten Völkergemisch. Hier, so erscheint es dem staunenden Reisenden, ist der westliche Endpunkt der Transsibirischen Eisenbahn. Bestärkt wird er in dieser Auffassung, wenn er männlich ist und ihn eine volle Blase peinigt. Vergeblich sucht der Blick nach den mittlerweile DB-üblichen »Reisefrischcentern« und bleibt schließlich haften an der guten alten Vignette, die den Mann mit den gespreizten Beinen zeigt.

Hier in Hannover arbeitet eine der letzten großen Herrentoiletten dieser Republik. Da gibt es keine Schranke, die den Notdürftigen mit der fiebrigen Suche nach einem 50-Pfennig Stück belästigt, da steht – wie es sich gehört – ein Porzellanteller auf einem wackligen Stuhl. Das Herzstück der Anlage ist eine Krypta, die allein dem Urin geweiht ist. Er bestimmt die Kopfnote des Geruchs, unterfüttert lediglich von einer olfaktorischen Basis hellgrüner Chemiedüfte. Schreitet der Urineur dann zum Eigentlichen, erwartet ihn eine Wand weißer Porzellanmenhire, die in nüchterner Strenge von einer längst versunkenen Kultur dort aufgestellt wurden. Da behindert keine verschämte Sichtblende den Blick auf's schründige Genital des Nachbarn. Wer hier blankzieht, kann nichts verbergen. Da wird auch nicht in stetem Drang nach fortschreitender Individualisierung unserer Gesellschaft in solipsistische Becken gepinkelt, nix da: alle strullen in dieselbe Rinne. Hier gilt der König nicht mehr als der Bettler. Und alle, die da ihr Wasser abschlagen, tun dies in dem Gefühl, an einem gemeinsamen Projekt beteiligt zu sein. Facharbeiter oder Bankier, Arbeitsloser oder Punk, ihrer aller Harn vereinigt sich am Boden zum großen gelben Fluß, zum Jangtse Kiang, der die weiße Halle im Norden durchströmt. Für rückwärtige Bedürfnisse stehen im selben Raum zahllose Einzelkabinen bereit. Hier kann der müde Wanderer einen Moment von der Hast der Metropole ausspannen. Den Zugang zu den Séparées regelt auch hier keine kalte Automatik, sondern auf Anfrage schließt der Wärter eine der Zellen auf. Gegen ein geringes Entgelt erhält man von ihm auch Handtuch und Seife und wird in den Gebrauch des Waschbeckens eingewiesen. Es ist vor allem dieses Fachpersonal, das den Zauber der ganzen Anlage ausmacht: hutzelige Männer in den besten Jahren, die vor nichts Angst haben, hauptsächlich nicht vorm Lungenkrebs. Sie sitzen da und rauchen und husten und rauchen. Bisweilen öffnen sie eine Zelle oder feudeln durch's Revier, doch dann sitzen sie wieder da und rauchen und husten und rauchen. Manchmal stellt sich auch Besuch ein: andere rauchende Männer, die in der Eingangsschleuse des Sanktuariums Bierdosen ausschlabbern. Praktischerweise ist der Toilettenanlage ein Kiosk angegliedert, der die wichtigen Dinge des Lebens an Ort und Stelle feilbietet. Doch irgendwann ist die vollste Blase leer und der Reisende muß den verzauberten Ort zurücklassen. Voller Wehmut blickt er auf die rauchenden Männer und denkt, wie lange uns dieser Ort wohl noch erhalten bleibt. Schon bald wird hier wie in anderen Städten auch eine antiseptische Edelstahlorgie ein Stück Notdurfterlebnis hinweggefegt haben. Schade!

EIGENSTÄNDIGE KUNSTFORM DER BEKLOPPTEN

Rückfragen

Der Mensch, sofern der Sprache mächtig, nutzt diese am liebsten da, wo sie fehl am Platze. Allgegenwärtiges Gelulle und Gelaber aus dem Heldenleben des Fernsehzuschauers ist uns längst zur Gewohnheit geworden. Schwuppdiwupp wird da das Ohr auf Durchzug geschaltet und vom Kleinhirn der Kopfnick-Automatismus in Gang gesetzt. Während das Gefasel also nun ungehört in die Atmosphäre sintert, kann das glasig ins Nichts reinhorchende Gegenüber seinen feuchten Tagträumereien nachhängen. Die Kommunikationskrampe hat neben dem sinnentleerten Geblubber allerdings noch einen schärferen Pfeil im Köcher: die Rückfrage. Sie verlangt vom Opfer mehr als nur Gewackel mit dem Schädel. Hier werden Antworten eingeklagt. Was um so schwieriger ist, als die Rückfrage natürlich scheißendämlich daherkommt. Auf die Bitte etwa, die Tür zu schließen, folgt nicht selten der Klassiker der Gagakommunikation: »Welche Tür«? Ja, welche Tür? Die Himmelstür? Das Tor zur Hölle? Oder vielleicht nur die, die du gerade hinter dir hast offen stehenlassen, du doofes Schwein. Die Rückfrage als eigenständige Kunstform des Bekloppten erreicht ihren Höhepunkt in brenzligen Situationen. – Das gute alte Bügeleisen hat im Laufe des Plättvorgangs eigene Vorstellungen von der Stromführung entwickelt und den stählernen Griff mit der Netzspannung versorgt. Verzweifelt am geladenen Eisen klebend, brüllt der Verbraucher: »Schnell, den Stecker, den Stecker rausziehen.«

»Welchen Stecker?« ist das letzte, was er auf dieser Welt noch vernimmt. Die Rückfrage als Landplage wäre nicht so bedrohlich, hätte sie sich nicht auch längst der modernen Kommunikationswege bedient. Ein Anruf beim Klempner: »Mein Wasserhahn tropft, können Sie bitte vorbeikommen.« »Ja, ist gut, übermorgen 10 Uhr.« Am genannten Tag steht selbstredend nicht der Kloakenkollege vor der Tür, sondern um 11 klingelt das Telefon: »Guten Tag, da war bei Ihnen was mit dem Wasserhahn und irgendwelchen Tropfen, was war das nochmal genau?« Ja, in welchem geheimnisvollen Zusammenhang könnten Wasserhähne und Tropfen wohl stehen?
Der Rückfragenterrorist nimmt nichts einfach so hin, kein Zusammenhang ist ihm schlichtweg evident. Überall wittert er das letzte Geheimnis. Er ist der Philosoph unter den Bescheuerten. Bis ins Erwachsenenleben hat er sich das kindliche Staunen über das Funktionieren der Welt bewahrt. Der einzige Trost für uns Geschädigte ist: Wer die Rückfrage sät, wird durch sie umkommen. »Paß auf, da vorne fehlt der Gullideckel!«
Was für ein Gullide ...?«

"MIR GEHT'S HEUTE AUCH NICHT BESONDERS", SAGTE HERR SCHLUSCHE ZU DEM ZERTRETENEN KÄFER.

LEITFADEN ZUM GLÜCKLICHSEIN

1. Stell Dir vor, Du bist hier nur zu Besuch und kannst jederzeit abhauen.
2. Paß auf, daß immer genug Nudeln und Knoblauch im Hause sind.
3. Betrachte das andere Geschlecht als liebenswerte Vettern, die irgendwo einen entscheidenden Schritt bei der Menschwerdung versäumt haben.
4. Kauf Dir niemals ein braunes Auto.
5. Urteile nicht vorschnell über den Alkohol, er ist bisweilen recht lecker.
6. Versuche nicht andere Menschen zu verändern, das ist noch schwieriger als die desmodromische Ventilsteuerung beim Viertaktmotor einzustellen – vergiß es.
7. Versuche auch gar nicht erst, sie zu verstehen. Bei den meisten besteht nämlich keine Verbindung zwischen Sprachzentrum und restlichem Gehirn.
8. Kauf Dir einen Hund, wenn Du Dir in Deiner Wohnung keine Scheiße anhören willst – ansonsten: nimm es einfach hin.
9. Finde Deinen Seelenfrieden. – Okay, das ist leicht gesagt, aber mehr kann man dazu auch nicht sagen.
10. Bienenstich zum Beispiel schmeckt astrein, und man saut sich beim Essen so schön zu.
11. Sei immer höflich und pünktlich. Egal was andere sagen oder tun – Du hast recht.
12. Mach einen großen Bogen um angelehnte Leitern – drunterhergehen bringt Unglück.

Roger Boyes

How to be a Kraut

Leitfaden für ein wunderliches Land
Mit zahlreichen Abbildungen
Originalausgabe

ISBN 978-3-548-36961-7
www.ullstein-buchverlage.de

Roger Boyes hat die Deutschen lange studiert und weiß: Die »Krauts« sind anders – und waren es schon immer. Ihren Urlaub verbringen sie am liebsten kurzbehost, in ihrer Freizeit wetteifern sie um die Meisterschaft im Mülltrennen, und im Beruf gehen sie mit Vorliebe einer Disziplin namens Besserwisserei nach. Oh dear!
Mit lakonischem Humor und scharfer Beobachtungsgabe entlarvt Boyes all jene Marotten und Absonderlichkeiten der Deutschen, die sie so unverwechselbar machen. Ein unentbehrliches Handbuch für alle, die glauben, Deutschland bereits zu kennen.

»Eine Auflockerungs-Mission für eine verwirrende Nation« *Spiegel Online* über *My dear Krauts*

ullstein

US271

Günther Willen

Niveau ist keine Hautcreme

Gepflegte Sprüche für alle Lebenslagen

Originalausgabe

ISBN 978-3-548-37226-6
www.ullstein-buchverlage.de

Gehts noch? Ein Strauß fröhlicher Wendungen und Redensarten aus dem gemeinen Wortschatz der Deutschen in einem Buch – übersichtlich gegliedert und säuberlich geordnet. Da beißt die Maus keinen Faden ab: Dieser moderne Sprach- und Sprücheführer ist ein unentbehrlicher Begleiter auf dem Trampelpfad durch die wunderbare Welt der Phrasen, Kalauer und Floskeln – von der Wiege bis zur Bahre. Aber hallo!

»Dereinst wirst du dich für jeden Kalauer, den du dir verkniffen hast, vor deinem Schöpfer verantworten müssen.« *Harry Rowohlt*

US308

ullstein